天津《红楼梦》与古典文学论丛

赵建忠 ◎ 主编

红楼与中华名物谭

罗文华 ◎ 著

HONGLOU YU
ZHONGHUA MINGWU TAN

知识产权出版社
全国百佳图书出版单位
——北京——

图书在版编目（CIP）数据

红楼与中华名物谭/罗文华著. —北京：知识产权出版社，2019.11
（天津《红楼梦》与古典文学论丛/赵建忠主编）
ISBN 978-7-5130-6630-3

Ⅰ.①红… Ⅱ.①罗… Ⅲ.①《红楼梦》研究 Ⅳ.①I207.411

中国版本图书馆 CIP 数据核字（2019）第 265976 号

内容提要

本书以屏风、如意、茶具、钱币这四种《红楼梦》中的重要名物为主题和角度切入。充分挖掘和利用历史文献和实物资源，不仅提示和解读了《红楼梦》中一些很有价值的文化问题，而且在更加广阔深厚的中华文化背景下证实了这些名物的重要意义和特殊作用。从解读《红楼梦》的角度看，本书写出了名物在标志人物身份、塑造人物性格、展示人物关系、推动情节发展等方面所发挥的特殊作用。

责任编辑：张冠玉　　　　　　　　　　　责任印制：刘译文

天津《红楼梦》与古典文学论丛　赵建忠　主编

红楼与中华名物谭

罗文华　著

出版发行：	知识产权出版社有限责任公司	网　址：	http://www.ipph.cn
电　话：	010-82004826		http://www.laichushu.com
社　址：	北京市海淀区气象路50号院	邮　编：	100081
责编电话：	010-82000860 转 8699	责编邮箱：	laichushu@cnipr.com
发行电话：	010-82000860 转 8101	发行传真：	010-82000893
印　刷：	北京嘉恒彩色印刷有限责任公司	经　销：	各大网上书店、新华书店及相关专业书店
开　本：	880mm×1230mm　1/32	印　张：	10.25
版　次：	2019年11月第1版	印　次：	2019年11月第1次印刷
字　数：	290千字	定　价：	58.00元
ISBN 978-7-5130-6630-3			

出版权专有　侵权必究

如有印装质量问题，本社负责调换。

津沽红学研究概述
——《天津〈红楼梦〉与古典文学论丛》导言

"津沽红学"系指出生于或籍贯为天津以及长期在津工作的学者作出的学界公认的红学成果。早在新中国成立之初，周汝昌先生就出版了红学代表作《红楼梦新证》，奠定了其全国红学大家的地位。老一辈中取得重要红学成果的还有：出生在天津并且曾经在这座城市学习、生活过的杨宪益先生及其英籍夫人戴乃迭女士共同完成的《红楼梦》英文全译本，得到了红学界和翻译界的广泛肯定，他们的译作在忠实原著的基础上，文学性和创造性都很突出；出生在天津的美籍华人学者余英时的文章《近代红学的发展与红学革命》，由于涉及百年红学发展历程的很多问题，在红学界产生了巨大反响，围绕此文论点中对索隐、考证、批评等红学主要流派的争鸣思想交锋激烈，至今余波未息；长期在南开大学任教的加拿大籍华人学人叶嘉莹先生，写过《从王国维〈红楼梦评论〉之得失谈到〈红楼梦〉之文学成就及贾宝玉之感情心态》的长篇论文，系统地评析了王国维红学的得失，这是一篇很有分量的红学力作；"脂学"是红学的重要分支，毕生致力于中国古代小说文献整理的南开大学朱一玄老教授，红学资料整理方面的成果就包括《红楼梦脂评校录》。

由天津红学家与古典文学教授共同策划完成的《天津〈红楼梦〉与古典文学论丛》（以下简称"论丛"）即将由北京的知识产权出版社郑重推出，这不仅是天津红学及学术圈的大事，也是值得进入天津文化史的事件！出版前夕，出版社审稿人和论丛撰稿人希望我写一篇"导言"性质的文字置于卷首，以便向广大读者介绍这套书的基本内容和特色，作为本论丛主编，于公于私都是义不容辞的。《天津〈红楼梦〉与古典文学论丛》收录的文章以红学为主，兼及明清小说及古典文学，本论丛集中收录了改革开放后天津学人取得的重要学术成果。下面按照出版社编排次序重点介绍本论丛收录的相关红学论述：

宁宗一教授《走进心灵深处的〈红楼梦〉》分为上、中、下三篇，上篇为小说研究总论性质，中篇为经典文本赏析，下篇专谈天才伟构《红楼梦》。其中，《心灵的绝唱：〈红楼梦〉论痕》，开宗明义强调"读者面对小说中人生的乖戾和悖论，承受着由人及己的震动。这种心灵的战栗和震动，无疑是《红楼梦》所追求的最佳效应"。《追寻心灵文本——解读〈红楼梦〉的一种策略》具体指出"《红楼梦》心灵文本的追寻，使这部旷世杰作的多义性成了它艺术文化内涵的常态，而对《红楼梦》任何单一的解读都成了它艺术内涵的非常态。事实上，对《红楼梦》心灵文本的追寻，极大地调动了读者思考的积极性。每一位读者都有可能根据自己的生活经验和审美体验，思考《红楼梦》文本提出的问题并且得出完全属于自己的结论"。面对《红楼梦》"死活读不下去"的尴尬与困窘，作者仍提出应努力进入心灵世界去解读曹雪芹这部文学经典，为读者构建一条心灵通道。本书结尾篇《为新时代天津〈红楼梦〉研究进言》，系作者在京津冀红学研讨会上所提三点建议，即：第一，珍重、维护和强化《红楼梦》研究共同体，使《红楼梦》研究群体得以健康发展；第二，"红学"永远在进行时，为此，反思旧模式，挑战新模式是必然的前进过程；第三，为了拓展《红楼梦》的研究空间，我们亟须创造性思维。此文最后仍满怀深情地呼唤"曹雪芹以他的心灵智慧创造了他的小说，我们同样需要智慧的心灵去解读《红楼梦》"，足见与作者倡导的回归"心灵文本"一脉相承。

陈洪教授《红楼内外看稗田》收《由"林下"进入文本深处——〈红楼梦〉的"互文"解读》篇，该文结合《世说新语·贤媛》《晋书·列女传》记载，尝试对《红楼梦》的深层内涵进行探索。作者通过互文研究的方法，找到孳乳《红楼梦》的文化/文学的渊源。与此相联系，运用"互文"的思路，在《红楼"碍语"说"木石"》篇中对小说成书背景等方面的研究也有新收获。作者指出，"《红楼梦》中的'只念木石''偏说木石'，是和历代文士歌咏的'木石'有着文化血脉的联系，显示出作者在价值取向上的自我放逐，同时又是和当时统治者标榜的主流话语'非木石'构成特殊的互文关系，曲折地流露出作者倔强地'唱反调'情绪"。"碍语"者何？该文认为"木石"系其首选，并引述瑶华对爱新觉罗·永忠《因墨香得观〈红楼梦〉小说吊雪芹三绝句》诗批注"此三章诗极妙。第《红楼梦》非传世小说，余闻之久矣！而终不欲一见，恐其中有碍语也"为证，可备一说。而《〈红楼梦〉中癞僧跛道的文化血脉》一篇，也是把目光向文化传统的深层透视，认为"癞"与"跛"承载了讽世、批判的思想内涵。至于《〈红楼梦〉脂评中"囫囵语"说的理论意义》篇，则是站在中国古代小说批评发展史的角度去论证，按脂砚斋批语云"宝玉之语全作囫囵意……只合如此写方是宝玉"，而在贾宝玉囫囵难解的话语中，最有代表性，与全书主题密切相关的，莫过于"水、泥论"，印证这观点的，正是所收《〈红楼梦〉"水、泥论"探源》。

《畸轩谭红》系赵建忠教授红学论文选，分四个专题。（1）红学新史迹。近年来作者一直致力于红学史方面的探索，并获批2013年度国家项目"红学流派批评史论"，有些思考形成了文章发表，如《红学史模式转型与建构的学术意义》等。（2）红学新观点。如作者提出的《红楼梦》作者问题的"家族累积说"以及《曹雪芹家世研究存在的观点争鸣及当代新进展》《〈红楼梦〉后四十回的不同观点论争及新进展》等，介绍了改革开放以来较重要的红学争鸣。（3）红学新文献。本专题侧重收录了一组与《红楼梦》续书新文献相关文章，如《新发现的程伟元佚诗及相关红学史料考辨》《红学史上首部续书〈后红楼梦〉作者考辨》《〈红楼梦〉续书的最新统计、类型分梳及创作缘起》等。（4）红学新视角。如收入本专题的《"非经典阅读理论"在〈红楼梦〉续书研究中的尝试》，系作者为《红楼梦学刊》编审张云在中华书局出版的《谁能炼石补苍天：清代红楼梦续书研究》专著的书评。还有《大观园"原型"探索及〈红楼梦〉研究中的两种思路》，是作者对大观园问题研究、思考的产物。《〈红楼梦〉小说艺术的现当代继承问题》一篇，系作者为女作家计文君《谁是继承人：红楼梦小说艺术现当代继承问题研究》写的书评，意在借助于《红楼梦》经典在传播中的呈现特别是对后世作家的影响，以逆向的方式显现《红楼梦》的文学意义和真实内容。另外，为方便读者明了红学发展史的轮廓概貌、脉络流变，书末附了"曹雪芹与《红楼梦》研究史事系年（1630—2018）"。

鲁德才教授《〈红楼梦〉——说书体小说向小说化小说转型》，专门收录有"红学篇"，其中《〈红楼梦〉读法》特别强调，第一回至五回是《红楼梦》总纲，读者尤其应该仔细品味，并具体指出"第一回开篇作者就明确向读者提示小说的创作意旨，不否认和作家的经历有关，可又特别强调将真事隐去，'假语村言（贾雨村言），敷演故事'，别把小说看成是作者的自传"；"第二回，积极入世的贾雨村充当林黛玉教习，不过是为日后由他护送林黛玉至荣国府做引线。而冷子兴向贾雨村演说荣、宁二府，则概括介绍了荣、宁二府的发展历史及主要代表人物的性格特征"；"第三回，由于小说家将宝、黛设置为表兄妹关系……这样，林黛玉进入荣国府同贾宝玉会合，透过林黛玉的视点介绍荣国府"；"第四回，贾雨村借贾政题奏，复职应天府……为小说中的人物提供了社会背景。贾家由盛而衰的历程，也影响了人物发展的轨迹，可能是小说家要表现的一种意旨，但不是主要主题。贾雨村为讨好薛家而徇情枉法的错判，却又把薛宝钗推进贾府，这样，宝、黛、钗拧在一起，展开了木石前盟与金玉良缘的矛盾冲突";"第五回，小说家虚构贾宝玉神游太虚境，看金陵十二钗正副册，听唱红楼梦曲子预示了贾宝玉与众裙钗的悲剧命运。红楼幻梦仍是小说的主色调，甚或是作家认识世界的主要视点"。此外，同专题文章还包括《传统文化心理与〈红楼梦〉的典型观念》《〈红楼梦〉打破传统写法了吗？》《贾宝玉的理想人格与庄禅精神》等，也颇给人启发。

《〈红楼梦〉论说及其他》系滕云先生所著，除外篇部分收录的评论明清小说《三国演义》《水浒传》《儒林外史》及当时的评点家李卓吾、金圣叹外，内篇全部讨论红学方面内容，如《也谈贾宝玉的鄙弃功名利禄》《曹雪芹典型观初探——〈红楼梦〉人物性格刻画的艺术成就》《〈红楼梦〉人物形象的客观性》《〈红楼梦〉文学语言论》等。值得注意的是，《抽丝剥茧说脂批》一文系统地表述了作者的学术见解，如认为脂批不具备李卓吾、金圣叹、毛氏父子、张竹坡之批所显示的各自的世界观、历史观、政治观、哲学观、文学观、小说观，尤其是社会现实观的大理识。脂砚斋不懂得曹雪芹何以发愤、何所发愤、所发何愤作《红楼梦》……尽管脂砚斋作为评点名家成色不足，但脂砚斋毕竟做出了具有历史性的、属于他的大贡献：第一，脂评本有传承并开来的贡献。请注意笔者说的是脂评本而非脂评的贡献。脂评本是曹雪芹创作《红楼梦》未完成就已经以手抄本形式流传于世的众多抄本之一……第二，由于脂评本原藏带雪芹自评注，或混入小说正文，或被裹入脂批混同脂批，遂使在《红楼梦》文本之外，雪芹思想的另一种载体，记录雪芹初创《红楼梦》时措笔情形和想法的另一种亲笔，获得保存，这也是脂评本贡献于中国文化史的特功……第三，脂批提供了有关雪芹生平的若干信息……第四，脂批提供了有关《红楼梦》八十回后情节的若干信息，包括贾家及一些人物的命运变迁、结局，包括若干关目，以及八十回后全书回数规模的信息。

《〈红楼梦〉与明清小说研究》系李厚基先生遗著，由其早年研究生林骅、郑祺整理完成。"明清小说研究部分"的文章有《〈聊斋志异〉刻画人物性格的几点特色》《浅谈〈聊斋志异〉的艺术心理节奏美》《〈三国演义〉的主题和它的认识作用》《试论〈三国演义〉的结构特色》等；红学部分主要包括《闪闪发光的思想性格 无法摆脱的悲剧命运——谈贾、林等为代表的恋爱婚姻悲剧》《漫话〈红楼梦〉的作者和读者——红楼艺苑掇琐之一》等。收入丛书中的《景不盈尺 游目无穷——从金钏儿事件看〈红楼梦〉艺术构思》，体现出作者的治学特色。文章透过金钏儿这个"小人物"，进入《红楼梦》的整体宏观艺术构思，诚如作者所论述的"从金钏儿事件来看，真是以小概大，咫尺千里。虽然景不盈尺，但令人游目无穷。一个情节包涵了多少丰富的内容：不仅清晰地写出了这个天真的少女惨遭残害，以此对封建社会提出强烈的抗议；通过这个事件也巡视了许多人物的思想性格，烛照了他们（她们）的灵魂；同时，从一旁有力地推进了全书的主要矛盾线索，用来揭示出恋爱婚姻悲剧的必然的社会原因，反映出这个行将崩溃的封建贵族家庭的真实的生活面貌。自然，还必须从整体来看，曹雪芹所创造的每一个情节、故事，每一个人物，既有独立存在的意义，又互相依存，和其他各个方面有千丝万缕的联系，如果脱离了整个作品，是难以理解它的作用和所居的地位的"，正所谓"景不盈尺 游目无穷"。作者毕业于北京大学，曾受教于中国红楼梦学会首任会长吴组缃教授，收入本丛书的文章就有《吴组缃先生教我们读〈红楼梦〉》。

《〈红楼梦〉与史传文学》系汪道伦先生遗著，宋健同志整理完成。红学部分主要由《人性发展的艺术画卷——试论〈红楼梦〉是怎样一部书》《〈红楼梦〉风格浅论》《无材补天 枉入红尘——〈红楼梦〉思想赘述》《中国传统文化中的情学与〈红楼梦〉》《中国封建伦理文化的解体与〈红楼梦〉女冠男亚的新座次》《〈红楼梦〉彼岸世界中的文化雏形》《〈红楼梦〉的真假两个世界》《〈红楼梦〉中的隐线脉络》《哲理与艺术的交融——〈红楼梦〉哲理内涵探微》《〈红楼梦〉"注彼而写此"的艺术手法管见》《〈红楼梦〉塑造形象中的人物相生法》《以虚出实 以幻出真——谈〈红楼梦〉中的虚幻手法》《〈红楼梦〉平中见奇的艺术》《以儿女常情谱写儿女真情——论林黛玉性格内涵》《〈红楼梦〉对曲艺的融会贯通》《〈红楼梦〉中的枢纽性人物——贾母》《试说"说不得"的贾宝玉》《美丑正反的辩证人物——王熙凤》《兼并立冠军之美而居殿军——秦可卿排位深思》等研究文章组成，文章侧重于《红楼梦》的艺术理论研讨，作者对古代史论、文论、诗论、画论和小说理论具有极为丰富的知识，且能融会贯通，左右逢源。此外，作者对中国古典小说与史传文学的关系问题也进行了探讨，收入本丛书的文章就包括《从踵事增华到虚实相生——中国古典小说与史传文学艺术渊源发微》《略其形迹 伸其神理——中国小说与史传文学艺术渊源探微》《文其言与文其人——谈经典与小说的渊源关系》《传奇事写奇人——谈经史与小说的渊源关系》《记言与写心——谈经史与小说的渊源关系》等。

孙玉蓉先生著《荣辱毁誉之间——纵谈俞平伯与〈红楼梦〉》，上编重点谈了俞平伯的学术经历及与友朋的交往，下编系俞平伯《红楼梦》研究年谱。作为"新红学"的开创者之一，俞平伯的《红楼梦辨》在红学史上具有不可替代的地位，但晚年对自己曾主张的"自传说"进行了反省，指出"自传之说，明引书文，或失题旨，成绩局于材料，遂或以赝鼎滥竽，斯足惜也"，进而认为，"虚构原不必排斥实在，如所谓'亲睹亲闻'者是。但这些素材已被统一于作者意图之下而化实为虚。故以虚为主，而实从之；以实为宾，而虚运之。此种分寸，必须掌握，若颠倒虚实，喧宾夺主，化灵活为板滞，变微婉以质直，又不几成黑漆断纹琴耶"。他还进一步指出自己早年对高鹗续补的《红楼梦》后四十回肯定得不够。在他生命的最后时刻，念念不忘的是对《红楼梦》后四十回的再研究，感到自己对高鹗保全《红楼梦》的功劳评价得还不够。俞平伯认为《红楼梦》续书的版本很多，唯有高鹗是成功的。不管怎么说，《红楼梦》现在是完整的，如果只有前八十回，它是否能有现在的影响都很难说。他为高鹗辩护说：续书中有败笔，不能求全责备。前八十回就没有败笔了吗？他要重新撰文评论后四十回的价值，给高鹗一个公正恰当评价，然而，晚年的俞平伯已力不从心。

《文学·文献·方法——"红学"路径及其他》，系由南开大学两位青年博士孙勇进、张昊苏合著。他俩的共同导师陈洪教授在"序"中谈及高足时说："入选丛书的作者多为红学界的耆宿，八十高龄以上者超过半数。这显示了津门红学悠久而深厚的传统……不过，'江山代有才人出'，诸多前辈奠定了坚实的基础，发展还要寄希望于后昆……勇进、昊苏的研究，对于方法与路径有较多的关注。二十年前，霍国玲姐弟活跃于京师时，勇进便著长文讨论文献材料使用的学术规则问题。黄一农'e考据'提出后，昊苏也就其价值与限度著文讨论。"具体而言，"勇进篇"主要包括《"索隐"辩证》《索隐派红学史概观》《一种奇特的阐释现象：析索隐派红学之成因》《无法走出的困境——析索隐派红学之阐释理路》《〈红楼梦〉与中国人生悲剧意识》《〈红楼梦〉对中国古代小说叙事艺术的全面继承与创新》《〈红楼梦〉的写实艺术与诗化风格》等；"昊苏篇"主要包括《〈红楼梦〉文本研究的初步反思》《经学·红学·学术范式：百年红学的经学化倾向及其学术史意义》《对胡适〈红楼梦〉研究的反思——兼论当代红学的范式转换》《红学与"e考据"的"二重奏"——读黄一农〈二重奏：红学与清史的对话〉》《〈红楼梦〉书名异称考》《"作践南华庄子"考：兼及〈红楼梦〉涉〈庄〉文本的学术意义》《畸笏叟批语丛考》等。

收入本丛书中的《红楼与中华名物谭》与前九种写作风格迥异，作者罗文华多年来致力于文物收藏和鉴赏，因而从屏风、如意、茶具、钱币这四种《红楼梦》中的重要名物为主题和角度切入就比较得心应手。作者充分挖掘和利用历史文献和实物资源，详征博引，不仅提示和解读了《红楼梦》中一些很有价值的文化问题，而且在更加广阔深厚的中华文化背景下证实了这些名物的重要意义和特殊作用。从解读《红楼梦》的角度看，作者写出了名物在标志人物身份、塑造人物性格、展示人物关系、推动情节发展等方面所发挥的特殊作用。作者还通过很多名物与《红楼梦》文字之间关系的解读，印证了《红楼梦》的写作年代。如名物中的如意，是中国特有的一种象征吉祥的民族传统器物，古代帝王、豪族、文士、僧人等都有执握如意之好，以此求得称心如意与平安祥和。尤其是清代中期，是中国封建文化和传统工艺集大成时期，也是如意发展的鼎盛时期。帝王们的推崇，更使如意的制作水平登峰造极，而最喜欢如意的人则非乾隆皇帝莫属，他不仅刻意搜集民间的精美如意，还令宫中造办处制作如意，而且大量接受地方官员进贡的如意。作者介绍了很多乾隆皇帝喜爱如意的史实，指出"《红楼梦》中，对贾府这个皇亲国戚之家，多有关于如意的描写，尤其是元妃对贾府最高人物贾母的赏赐，首选金、玉如意，这些情节完全符合乾隆皇帝重视如意的历史背景。"证明《红楼梦》写作于乾隆时期，有力地支持了曹雪芹对《红楼梦》的著作权。

这套丛书是对天津地区《红楼梦》与古典小说研究成果的一次集中检阅。丛书中的老、中、青三代学人的十部著作，基本代表了天津该领域学人研究的总体水平，反映出天津《红楼梦》与古典文学小说研究的发展历程及方向。某种意义上讲，这套丛书也折射出天津

《红楼梦》与古典文学小说研究史。需要说明的是，上述文字只是作为丛书主编的简单介绍以便导读，作品究竟如何，读者才是最权威的裁判。

赵建忠　己亥仲夏于聚红厅

序

赵建忠

　　罗文华兄自幼喜爱《红楼梦》，几十年来对红学一直情有独钟。20世纪80年代初，他以优异成绩考入北京大学中文系文学专业，有了更好的研读《红楼梦》的机会和条件。北大是新红学的发源地，曾经涌现过蔡元培、鲁迅、胡适、顾颉刚、俞平伯等对红学发展有杰出贡献的学术文化大师，该校长期重视《红楼梦》的教学与研究，北大学生热衷阅读和讨论《红楼梦》的风气也延续了数十年。文华兄在北大中文系读书期间，有幸聆听过该系教授、著名文学史家和小说家、首任中国红楼梦学会会长吴组缃先生讲解《红楼梦》，并在课下多次向吴先生请教红学问题，受益匪浅。在以吴组缃先生为首的《红楼梦》及中国小说史教师团队的教育和熏陶下，文华兄对红学有了更为深刻和广阔的认识，在校就读期间他就在公开出版的报刊上发表了多篇研究和鉴赏《红楼梦》的文章，得到老师和同学们的好评。这足以说明，文华兄钻研红学，有着很早也很高的起步，有着浓厚而坚实的基础。

　　如今，罗文华兄的专著《红楼与中华名物谭》加盟"天津《红楼梦》与古典文学论丛"，即将由知识产权出版社出版，这是一件非常可喜可贺的事情。多年来，文华兄为天津市红楼梦研究会的宣传工作，为天津红学事业的发展，不辞辛苦，积极奉献；我和文华兄在天津市红楼梦研究会领导班子内相互尊重，相互信任，相互配合，友情深厚。因此，他命我作序，我却之不恭，也乐于从命。

　　通读《红楼与中华名物谭》书稿，我认为这是一部很有价值、很有意义的专著，也是一部可读性很强的好书。

清代曹雪芹创作的《红楼梦》，是公认的中国古代文学成就最高的长篇小说，同时也被赞誉为中国封建社会的百科全书。《红楼梦》对历史掌故、人物职官、宗教风俗、诗词歌赋、饮食服饰、建筑园林等诸多方面，皆有精彩的描述和灵活的运用，在丰富小说情节与人物性格的同时，留下了异常珍贵的社会文化史料。这些，都给后世的研究者留下了巨大的解读空间。

文华兄所著《红楼与中华名物谭》一书，以屏风、如意、茶具、钱币这四种《红楼梦》中的重要名物为主题，充分挖掘和利用历史文献和实物资源，溯本求源，详征博引，如数家珍，娓娓谈来，不仅提示和解读了《红楼梦》中一些很有价值的文化问题，而且在更加广阔深厚的中华文化背景下证实了这些名物的重要意义和特殊作用。

如果从解读《红楼梦》的角度看，《红楼与中华名物谭》一书写出了名物在标志人物身份、塑造人物性格、展示人物关系、推动情节发展等方面所发挥的特殊作用。《红楼梦》写茶事活动和茶具最集中的是第四十一回《贾宝玉品茶栊翠庵　刘姥姥醉卧怡红院》，妙玉以不同的茶具给不同身份的人使用，十分讲究。素有洁癖、鄙视男人的妙玉，见宝玉到栊翠庵来，非但不反感，反而把自己的专用茶具绿玉斗给宝玉用。《红楼与中华名物谭》一书在介绍"玉斗一般指酒器，这里的绿玉斗指用绿玉雕成的有柄饮茶具"后，指出："妙玉与宝玉，也是红楼二'玉'，玉斗一般指酒器，不适宜用作茶具，曹雪芹却借用带'玉'的绿玉斗表现妙玉与宝玉这段交往，也是煞费苦心了。"该书以绿玉斗这件茶具的异常，提醒读者注意妙玉对宝玉感情的微妙，进而认识到妙玉与宝玉的关系也是很值得玩味的，凸显了名物的作用。

《红楼与中华名物谭》一书还通过很多名物与《红楼梦》文字之间关系的解读，印证了《红楼梦》的写作年代。如意，是中国特有的一种象征吉祥的民族传统器物。在古代，帝王、豪族、文士、僧人等都有执握如意之好,以此求得称心如意与平安祥和。清代,尤其是清代中期,是中国封建文化和传统工艺集大成时期,也是如意发展的鼎盛时期。帝王们的推崇,更使如意的制作水平登峰造极,而最喜欢如意的人则非乾隆皇帝莫属。他不仅刻意搜集民间的精美如意,还令宫中造办处制作如意,而且大量接受地方官员进贡的如意。《红楼与中华名物谭》一书介绍了很多乾隆皇帝喜爱如意的史实,指出:"《红楼梦》中,对贾府这个皇亲国戚之家,多有关于如意的描写,尤其是元妃对贾府最高人物贾母的赏赐,首选金、玉如意,这些情节完全符合乾隆皇帝重视如意的历史背景。"证明《红楼梦》写作于乾隆时期,实际上也是有力地支持了曹雪芹对《红楼梦》的著作权。

名物,因有固定的物化成分在其中,比之风俗,它更能比较明确地印证文学作品所描写的具体时代。这即是名物研究意义之所在。尽管《红楼梦》是真假交错、虚虚实实,但其为何真、为何假、为何虚、为何实,都是有一定道理的。

从天津走出的红学大家周汝昌先生曾经说过:"红学是一门极难的学问:难度之大,在于难点之多;而众多难点的解决,端赖'杂学'。"文华兄给周汝昌先生做过近二十年的编辑,周先生慧眼识人,很早就瞩望文华兄有大作为。几十年来,文华兄不仅在文学创作、文艺评论方面硕果累累、卓有成就,而且在文物收藏与鉴赏领域经验独到、著述丰厚,是一位真正能够掌握和运用"杂学"来做学问的人。这部《红楼与中华名物谭》,就是最好的证明。为此,我深信,文华兄今后会在《红楼梦》与中华名物研究方面取得更大的成就。

2019年2月28日于天津聚红厅

(赵建忠先生系中国红楼梦学会副会长,天津市红楼梦研究会会长,天津师范大学文学院教授、博士生导师,"天津《红楼梦》与古典文学论丛"主编)

目 录

屏风篇

荣国府里屏风多 ………………………………………… 3
历史悠久用途广 ………………………………………… 6
围屏多扇称折屏 ………………………………………… 12
座屏单扇叫插屏 ………………………………………… 14
台屏砚屏小而精 ………………………………………… 16
挂屏纯为装饰品 ………………………………………… 18
文人最爱理石屏 ………………………………………… 21
书画瓷板也做屏 ………………………………………… 24
屏风收藏渐红火 ………………………………………… 29
收藏使用两相宜 ………………………………………… 31

如意篇

金玉同心说如意 ………………………………………… 39
祈福纳祥图吉利 ………………………………………… 43

如意源于痒痒挠	46
清谈说法用途多	49
最爱如意数乾隆	52
清宫玩赏成时尚	56
材质丰富玉为首	60
造型独特工艺精	64
图案吉祥寓意深	69
去粗取精通鉴定	72

茶具篇

栊翠庵茶具有真有假	81
"茶具"本应叫"茶器"	85
从酒食茶共具到专用茶具	89
陆羽《茶经》与唐代民间茶具	92
法门寺地宫文物与唐代宫廷茶具	95
从《茶具图赞》看宋代茶具	98
斗茶与黑釉盏	102
青瓷茶具与白瓷茶具	106
清丽素雅的青花瓷茶具	109
变革创新的明代茶具	112
琳琅满目的清代茶具	115
中国茶具远播海外	119
紫砂新罐买宜兴	123
紫砂壶出名于两个和尚	127
宜兴妙手数供春	130
宫中艳说大彬壶	134

海外竞求鸣远碟 138
"孟臣壶"好喝工夫茶 142
紫砂壶的"鉴"与"赏" 145
三位一体的盖碗茶具 152
精致小巧的工夫茶具 156
源于中国的日本茶具 159
奥玄宝的《茗壶图录》 163
茶具里面有礼俗 166
皮陆唱和茶具诗 169
苏轼与"东坡提梁壶" 172
范仲淹、陆游吟诗咏茶具 176
蔡襄《茶录》论茶具 180
宋徽宗著书说茶具 184
唐寅、文徵明妙笔画茶具 188
蒲松龄、孔尚任茶具各有妙用 191
乾隆皇帝定制御用茶壶 194

钱币篇

清青钱值得一辨 201
先秦钱百家争鸣 206
半两钱统一流通 210
五铢钱长流不息 214
王莽钱精美绝伦 218
开元钱铭录盛世 222
北宋钱量大版多 226
徽宗钱洋洋大观 231

xvii

南宋钱扩额纪年	235
明代钱时铸时停	240
南明钱乱世纷呈	244
清代钱满汉相依	248
乾隆钱盛世精彩	252
铸红钱稳固新疆	256
金银锭贵重高端	260
铸花钱祈福纳祥	264

附篇

西厢记妙词通戏语　牡丹亭艳曲警芳心	
——《红楼梦》第二十三回赏析	271
勇皓然巧续石头记	
——曹温百回本《红楼梦》闲评	277
吴组缃先生讲《红楼梦》	280
大"杂家"启功先生	283
给周汝昌先生做编辑	286
津沽名镇走出的红学大师	
——读周汝昌《曹雪芹小传》毛边本	289
与宁宗一先生聊"亲自读书"	292

后记　295
参考文献　301

屏风篇

荣国府里屏风多

《红楼梦》全书中,有四十多处写到屏风,出现频率很高,在中国古典长篇小说中首屈一指,可见作者对屏风这一重要的中国传统用具十分重视。

《红楼梦》第三回中,写林黛玉到荣国府:"黛玉扶着婆子的手,进了垂花门,两边是抄手游廊,当中是穿堂,当地放着一个紫檀架子大理石的大插屏。转过插屏,小小的三间厅,厅后就是后面的正房大院。"这是该书写到的第一个屏风,是一种设于门内的"萧墙"式屏风。有学者考证指出,按照周礼,不是谁都可以在门外设立屏风的,而且其材质也因等级不同而不同:"《礼》:天子外屏,诸侯内屏,卿大夫以帘,士以帷。外屏,门外为之。内屏,门内为之。"立在大门以内的屏风便叫"萧墙"。《论语·季氏篇第十六》:"吾恐季孙之忧,不在颛臾,而在萧墙之内也。"汉代刘熙《释名》:"萧墙,在门内;萧,肃也,将入于此自肃敬之处也。"钱穆先生释曰:"萧之言肃。墙,屏也。人君于门树屏,臣来至屏而加肃敬,故曰萧墙。"贾府是国公府,所以按诸侯的规制在门内设屏。这种"紫檀架子大理石的大插屏"材质厚重,规制高大,以彰显主人之富贵威严。

《红楼梦》第四十一回中,写刘姥姥误入贾宝玉卧室:"一转身方得了一个小门,门上挂着葱绿撒花软帘。刘姥姥掀帘进去……左一架书,右一架屏。刚从屏后得了一门转去……迈步出来,忽见有一副最精致的床帐。"在第五十一回中,再次写到这个屏风:"麝月便开了后门，揭起毡帘一看，果然好月色……说着，又将火盆上的铜罩揭起，拿灰锹重将熟炭埋了一埋，拈了两块素香放上，仍旧罩了，至屏后重剔了灯，方才睡下。"卧室门前设一屏风，体现出屏风在保护隐私方面的遮挡功能。

《红楼梦》里出现得最多的屏风类型是围屏。第六回中出现一种"玻璃炕屏"最为引人注目："贾蓉笑道：'我父亲打发我来求婶子，说上回老舅太太给婶子的那架玻璃炕屏，明日请一个要紧的客，借了略摆一摆就送过来。'凤姐道：'说迟了一日，昨儿已经给了人了。'贾蓉听着，嘻嘻的笑着，在炕沿上半跪道：'婶子若不借，又说我不会说话了，又挨一顿好打呢。婶子只当可怜侄儿罢。'凤姐笑道："也没见你们，王家的东西都是好的不成？你们那里放着那些好东西，只是看不见，偏我的就是好的。'贾蓉笑道：'那里有这个好呢！只求开恩罢。'凤姐道：'若碰一点儿，你可仔细你的皮！'因命平儿拿了楼房的钥匙，传几个妥当人抬去。贾蓉喜的眉开眼笑，说：'我亲自带了人拿去，别由他们乱碰。'说着便起身出去了。"有的《红楼梦》辞典将"玻璃炕屏"解释为"摆在炕上或窗台上作为文玩点缀的一种小型座屏"，这与小说的实际描述并不相符。要"传几个妥当人抬去"的炕屏，足见其体量非小，分量不轻。第七十一回中，凤姐向贾母汇报："共有十六家有围屏，十二架大的，四架小的炕屏……"可知炕屏也是围屏的一种，只是在围屏中尺寸不是最大的。炕屏，应是在炕的里侧依墙摆设的，因"请一个要紧的客"，那时玻璃传入中国不久，属于极昂贵的奢侈品，府中来了重要客人，摆上一架高贵豪华的玻璃炕屏，也是为了表达一种充分的尊重。

《红楼梦》对屏风的主要种类多有涉及，其中蕴含着十分丰富的历史文化信息，对渲染故事场景、推动情节发展和塑造人物形象也产生了重要作用。然而，伴随着社会时代的变迁，今天的读者对《红楼梦》中的屏风大多已不甚了解。因此，对屏风的历史源流、文化内涵和收藏价值进行比较全面系统的阐述是很有必要的。可喜的是，近年来学术界对屏风在《红楼梦》中的地位和作用越来越重视，如张德斌先生的《小屏闲放画帘垂》就是一篇很有意义的文章。

历史悠久用途广

《红楼梦》书中数十处写到的屏风，是中国古代十分流行的家具陈设。它始于商周，盛于明清，在世界家具工艺史上占据显赫位置。长期以来，屏风不仅是宫廷官府、富宅贵邸厅堂的实用之物和装饰之物，也是备受推崇的收藏佳品。中国古典屏风工艺精湛，因时代不同而风格各异。

据著名家具研究鉴定专家胡德生等先生考证研究，中国屏风起源很早。古有"禹作屏"之说，但无据可证。类似屏风的家具陈设的使用，在西周初期已经开始。不过当时还没有"屏风"这个名称，而称其为"邸"或"扆"。《周礼》："设皇邸。"邸，即指屏风。皇邸，就是以彩绘凤凰花纹为装饰的屏风。古书载有"黼扆""斧扆""斧依"，都是一个意思，指的是古代帝王使用的屏风。屏风也可称为"座"，专指御座后所设的屏风。《史记·孟尝君列传》中有"孟尝君待客坐语，而屏风后常有侍史，主记君所与客语"的记载，可知屏风之名应该出现在战国时期。《三礼图》说："屏风之名出于汉世，故班固之书多言其物。"这说明在西汉时期屏风的使用已经比较普遍了。

早期宫廷所设屏风，不仅有屏蔽挡风的作用，同时也是一种很讲究的陈设品。《礼记》："天子设斧依于户牖之间。"郑玄注曰："依，如今绛素屏风也，有绣斧纹所示威也。"其制，以木为框，糊以绛帛，上画斧纹，近刃处为白色，近銎处为黑色。名为金斧，取金斧断割之义。旧图云，纵广八尺，画斧无柄，设而不用之义。当时斧是天子专用的器具，置放在天子座后，是天子名位和权力的象征，其一脉相传至清代。

战国时期，屏风的制作已达到很高的艺术水平。河南信阳战国楚墓出土的漆座屏，虽属陪葬明器，然而制作技艺和工艺水平之高令人惊叹。屏座由数条蟠螭屈曲盘绕，做工圆滑自然，加上彩漆的装点，更是栩栩如生。春秋战国时期还出现了枕屏等小型观赏屏风，多为装饰床案的工艺座屏，上面透雕动物并以彩漆装饰，制作相当精美。

汉代，有钱有地位的人家都设有屏风。据《西京杂记》记载："汉文帝为太子时，立思贤院以招宾客。苑中有堂隍六所，客馆皆广庑高轩，屏风帷帐甚丽。"汉代屏风在种类和形式上较前代有所增改，除独扇屏外，还有多扇拼合的曲屏，也称连屏或叠扇屏。此时，屏风常与床榻结合使用，如山东诸城汉画像石的屏风，中间放置与之配套的床榻和茵褥。有两面用和三面用的，也有多扇而两面用的。两面用是在床榻后面立一扇，再把一扇折成直角，挡住床榻的一头。三面用是在床榻的后面立一扇，左右各有一扇围住两头，也有多扇两面，即后面由两扇或三扇围护，一扇折成直角，另一扇立在床榻一侧。还有在屏风上安兵器架的，如山东安丘画像石上的屏风，后面右侧安兵器架，用以放置刀剑等兵器。还有一扇的，放在身后，长短与床榻相等，如甘肃和林格尔东汉墓壁画屏风，屏身不高，属于小型屏风。

当代出土的实物中，以长沙马王堆墓出土的漆屏风最为典型，屏身黑面朱背，正面用油漆彩绘云龙纹图案，绿身朱麟，体态生动自然。背面朱色地上，满绘浅绿色棱形几何纹，中心系一谷纹玉璧，围板四周围以较宽的棱形彩边。在下面的边框下安着两个带槽口的木托，起保证屏身直立的作用。洛阳涧西汉墓出土的陶屏风，也属于这一类。

屏风，一般多用于室内，偶尔也在室外使用，但不多见。有一种较大的屏风专为挡门起遮蔽作用，位置相对固定，名曰"树"。也有把屏风称为"塞门"或"萧墙"的。《尔雅》载："屏，谓之树。"《礼记》"树，屏也，立屏当所行之路，以蔽内外也。""天子外屏，诸侯内屏。"室内所用屏风，大多用木材制成，而室外的屏风，用木材制的就不多了，为了经得住风雨侵蚀，常用土石砌成，作用与今天所见的影壁和照墙相同。当门设屏，第一可以挡风避光，第二增加了室内的陈设，第三为来客划出一个特殊地段，给人们一个整衣和思考的场所。

汉代时，屏风多以木板上漆，加以彩绘。纸张发明之后，则多用纸糊，上面画各种仙人异兽等图像。《后汉书·宋弘传》曰："弘当燕见，坐新屏风，图画列女，帝数顾视之。弘正容言曰：'未见好德如好色者。'帝即为撤之。"这种屏一般由多扇组成，每扇之间用钮连接，可以折叠，比较轻便，用则设，不用则收起来，人称曲屏，四扇称四曲，六扇称六曲。

屏风还有镂雕透孔的，如河南信阳楚墓出土过一件木制镂雕彩漆座屏。这类屏风多用木制，中间镂雕出立体感很强的图案，是一种纯装饰性的屏风。汉代时这种屏风还很盛行。《三辅决录》载："何敞为汝南太守，章帝南巡过郡，有雕镂屏风，为帝设之。"

还有一种较小的屏风，名曰"隔坐"，多为独扇素面。《后汉书》就有对这种屏风的描述："郑弘为太尉时，举弟五伦为司空。班次在下，每正朔朝见，弘曲躬自卑，上问知其故，遂听置云母屏风分隔其间。"《三国志·吴书》载："景帝时，纪亮为尚书令，子骘为中书令，每朝会，诏以屏风隔其座。"

魏晋至隋唐五代时期，屏风的使用较前代更加普遍。不但居室陈设屏风，就连日常使用的茵席、床榻等边侧都附设小型屏风。这类屏风通常为三扇，屏框间用钮连接，人坐席上，将屏风打开，左、右和后面各立一扇。东晋顾恺之《列女仁智图》中屏为三扇，描绘通景山水。这种三扇屏风,无需另安底座,只需打开一扇,便可直立。这时的屏风,除起陈设作用外,更主要的还是起遮蔽挡风的作用。南北朝时,这类屏风开始向高大方面发展,数量也在不断增加。《南史·王远如传》:"屏风屈曲从俗,梁萧子云上飞白书屏风十二牒。"折叠屏风的特点主要在于轻巧灵便。独扇屏风却不然,它形体宽大且沉重,还必须有较重的竖向木座支撑,否则不能直立。由于稳重,它在室内陈设中的位置相对比较固定。

隋唐五代时期盛行书画屏风。《新唐书·李绛传》记载:"李绛元和二年为学士,宪宗命与崔群、钱徽、韦弘景、白居易等,搜次君臣成败五十种,为连屏。""旧纪元和四年,御制君臣事纪十四篇,书于六扇屏风。"还有的屏风双面有图,可以随处陈设。单面的则只能靠墙陈设。这种连屏还不受屏扇数量限制,可以根据需要随意增加。据《清异录》称,五代十国时期后蜀孟知祥做画屏七十画,用活动钮连接起来,随意施展,晚年常用为寝所,喻为"屏宫"。《韩熙载夜宴图》中的立地屏风,屏体大且高直,底有墩足,上有抱角站牙,屏面精绘大幅山水。文人士大夫则更喜欢素屏风,白居易就曾作过《素屏谣》。

宋代绘画《梧荫清暇图》中的屏风,四边较宽,边框内镶里框,以矮佬和横枨隔成数格,格内镶板,浮雕绦线,屏心描绘山水风景。屏下镶裙板,镂雕曲边竖棂,下有墩子木。李公麟《高会学琴图》中的屏风和范仲淹像中的屏风属于同一类型——宽边框,全身素面,不做任何装饰,裙板镂出壶门洞,两侧有站牙抵夹,底座与屏框一木连做。从画面看,都是室外使用的场面。这类屏风为纸绢裱糊,重量不会太重。

河南禹县宋墓壁画《对坐图》描绘墓主人夫妇俩生前对坐饮茶的情景。两人分坐在靠背椅上,身后有屏风遮蔽,这样的陈设形式,主要是为显示主人的地位和身份。屏风形体不大,独扇,从画面看,高度与站立的人大体相同，估计也是随用随设的轻便之物。

宋代较大的屏风形象应以《白描大士图》为代表。屏心为独扇，从与画面人物的比例看，形体庞大。木框之内为菱形宽边，屏心满饰六方龟背锦。宋刘松年《罗汉图》中的屏风，为三扇，中扇稍大，边扇稍窄，并向前折成一定角度，呈"八"字形，可以独自直立。这类实物资料有山西太原晋祠彩塑中的圣母像。圣母端坐凤纹宝座上，身后立海水纹三屏风。屏风正扇宽大，两边扇稍窄并微向前收，呈"八"字形。这种陈设形式源于商周时期的"斧依"，直到明清时期，皇宫中还保留着这种形式。

考古发掘中也不乏其例，河南方城县出土的宋代石屏风就很典型。屏框四周起细线，下部有横档，起额外加固作用。素面，下有插榫。从形制看，与河南禹县宋墓壁画墓主人身后的屏风当属一类。横档之下，两面刻花，一面刻小朵花卉及石榴纹，另一面刻缠枝芙蓉花。山西大同金墓出土木屏风两件，杨木质，通高116厘米，底座高38.7厘米，屏宽38.3厘米，由云纹底座和长方形屏框组成。框内装方格架，两面裱糊绫绢，然后书写作画，现仅存残片。屏框下装屏座两个，座中开口，屏风插入口内，即可直立。河南方城盐店庄村宋墓出土石座四件，两侧花纹上卷，中间有长方形缺口，高9.5厘米。金代木影屏和山西大同白马河元代王青墓出土的陶影屏底座相比较，可以断定是专为架设屏风的底座。山东高唐金代虞寅墓壁画所绘的屏风，还装饰着精美的牡丹纹。

元代屏风除王青墓出土的之外，还有大同市冯道真墓出土的木影屏。木影屏底座已朽，从残存的痕迹看，为云头座。屏身上有小方格窗，四周镶四块条板。屏身下部用两根枨档间为三格，涂深棕色颜料，外罩桐油。宋代屏风在造型、装饰上，尤其是屏框内分割小格的做法，到明代还在普遍使用。

屏风在宋代以前基本以实用为主，装饰次之。到了明代，屏风不仅为实用家具，更是室内不可缺少的装饰品。明代屏风可分为座屏风和曲屏风两种。座屏风又分多扇组合和独扇插屏，多扇座屏风由多扇组合而成，或三扇，或五扇，最多九扇，都为单数，每扇用活榫连接，可以随时拆卸。屏风下有长榫销，插在座面的孔中。

清代屏风的种类更为齐全，制作手法愈加多样。通过外官进献、内务府采办或招募各地优秀工匠进宫制作等方式，屏风源源不断地汇集于皇宫大内。清代的屏风大体可分为宝座屏风、围屏、插屏三种。宝座屏风多置于各宫殿正殿明间，象征皇权。围屏因其较为灵便，易于移动，多于皇宫中重大节日时用于临时性陈设。插屏用于居室陈设，以增添室内的豪华氛围。乾隆时期，各类工艺品的制作技艺日益发展，北京的珐琅、广州的牙雕、苏州的刺绣、扬州的剔红等都是当时有名的工艺品种，这些丰富多彩的手工技巧皆被用于屏风的制作，加之乾隆皇帝喜好的书画艺术亦被表现于屏风，这一时期遂成为清代屏风艺术的鼎盛期。

根据胡德生等先生对中国屏风发展历史的阐述，可以总结出中国屏风演化的几个重要特点和规律：

第一，从西周到清代，屏风始终是最高统治者名位和权力的象征，所以宫廷屏风是中国屏风风格和工艺的主流，历代宫廷屏风最具文物价值。

第二，虽然中国屏风从一开始就同时具有实用性与装饰性，但其后来的发展大体上是装饰性越来越强，装饰效果越来越突出，纯粹装饰性的屏风越来越多。

第三，大型屏风朝便于移动、拆卸和组合方向发展，以努力发挥其实用性。小型插屏、挂屏本身具有人性化特点，适应不同时代的家居装饰。

围屏多扇称折屏

《红楼梦》第四十回中写到"围屏":"刘姥姥听说,巴不得一声儿,便拉了板儿登梯上去。进里面,只见乌压压的堆着些围屏、桌椅、大小花灯之类,虽不大认得,只见五彩炫耀,各有奇妙。念了几声佛,便下来了。"第五十三回中也写到"围屏":"贾珍……因在厅上看着小厮们抬围屏,擦抹几案金银供器。只见小厮手里拿着个禀帖并一篇账目,回说:'黑山村的乌庄头来了。'"第七十一回中,写到江南甄家送的一架大围屏,多达十二扇。围屏两扇之间以活叶相连,以便按照需要而展开,收起时则可叠成一摞。

屏风具有挡风、障蔽、间隔和艺术美化等作用。从外观式样看,屏风分插屏和围屏两大类。插屏多是单扇的,有底座,不能折卷;围屏则由多扇组成,能够随意折叠,因此又称"折屏""曲屏风""软屏风"。除此之外,还有台屏和挂屏等。

围屏一般由四、六、八、十二片单扇配置连成。只要把每扇屏风稍稍弯曲,即可起立。根据需要,可长可短,可曲可直,运用自如,装卸方便。围屏屏心装饰一般有素纸装、绢绫装和实心装,又有书法、绘画、雕填、镶嵌等艺术表现形式。

在屏风收藏市场上,完整的围屏并不多见,十二扇以上的更为少见,往往成为拍卖会上的重头戏。

2003年在香港举行的佳士得"中国宫廷御制艺术精品"拍卖会上,一组清代康熙时期的十二扇紫檀镶百宝嵌围屏以2500多万港币成交。这件高3.30米、宽6.63米的十二扇六抹大围屏是在河南某住户的隔墙中发现的,由于来源真实可信,故慕名购藏者甚多。此前这件大围屏由河北清远的一位收藏者购藏,拍卖前由浙江慈溪一酒店出500多万元巨资购藏。这件大围屏用珍贵的黄花梨木制成,每扇六抹,可分为三部分:上部为条环板,透雕寿字及螭纹;中部为《汉宫春晓图》,图的内容为禁苑行乐景象,仕女等人物多达八九十个,高殿曲廊、山水亭阁、彩瓦粉壁、石桥小道、庭阁池石、陈设用具皆有法度。另在边框和屏背等处,有用漆画刻成的鼎、簋、樽、壶、豆、盆等各种古器物。整个画面虽局部有些剥落,但其所用精到的工艺令人称绝,全部画面底子胎木板均用珍贵楠木,以明代细麻丝铺在楠木胎子底上,将天然生漆泥灰数十层堆在胎上,画上图稿,再采用精细刻灰、描金、彩绘等工艺精制而成;下部分四段,从上至下依次为:用刻灰、漆画而成的不同形态的博古条环板,透雕寿字及螭纹,透雕蕃莲卷草纹条环板和透雕下垂云头亮脚。从工艺看,这组大围屏属于漆制家具工艺,采用的是一种款彩工艺。与在髹成的厚漆上反复雕刻的剔犀、剔红工艺不同,款彩采用的是披麻挂灰后髹漆,在灰层施以刀刻,然后再填以彩漆,构成图案。在明清时期,这些漆工艺家具属于高档作品,一般用于宫廷,最低下嫁王公贵族,普通百姓则与之无缘。再从价值上说,在1994年太古佳士得香港拍卖会上,一件明代黄花梨十二扇五抹围屏,其拍卖的成交价已在65.8万港元。因此,间隔10年,许多古董价格已翻了几倍甚至几十倍,像这样的大围屏价格再翻倍也不无可能。

座屏单扇叫插屏

《红楼梦》第三回中,写到了一个紫檀架子大理石大插屏。插屏,属于座屏之一种。

座屏,即带有底座而不能折叠的屏风。座屏根据屏扇多少,还可以分为"插屏独扇式""山字式""五扇式"等。古时常将座屏作为室内主要座位后的屏障,借以显示其高贵和尊严。大型落地座屏,也叫"地屏"。

单扇的座屏叫"插屏"。基本结构为一个底座和一个立屏,立屏下部插在底座的凹槽里。插屏的屏心分为正面和背面,正面多以木雕镶嵌、牙雕镶嵌、髹漆描金等装饰手法刻画山水人物等内容,背面一般镶嵌诗句,有的则为素板。插屏的形体有大有小,差异很大。大者高三米有余,小者只有十几厘米。较大的插屏多设在室内挡门之处。插屏以双面心为佳,如果是以风景为内容,则更美。因为风景都具有由近及远、层次分明的特点,置于室内,能起到开阔视野、消除疲劳的作用,给人一种舒畅的感觉。

古玩行常用"座镜"的提法,其实就是座屏,多为插屏。

上海有一件清代早期制作的黄花梨大座屏,是插屏中的大者。此屏高215厘米、宽181厘米、深105厘米。座底以两块厚硕的大木雕制鼓坡形做墩脚,木墩中间各竖方柱,并以坐角站牙抵角加固。站牙两侧均饰浮雕,与整体雕饰相配。两立柱间榫接横枨三根,中枨与下枨中间由一立柱中分二框;上枨与中枨由二立柱分为三框,中框大于两侧框;五框内均装设透雕螭纹绦环板,工精艺秀,剔透灵动。底枨下前后装八字形壸门披水牙，浮雕双螭对戏，生动传神。牙子两侧角起回纹阳线对称，清制色彩较为明显。屏框以边抹攒接做框，框内再做子框隔出屏心。子框两竖帐与大边相榫接，内横帐则与两竖帐榫接。屏框与子框间上下各以二柱各间三小框，左右亦二横帐各间三小框。上下左右各六小框，正好寓合六六大顺之意。十二框内均安透雕螭纹绦环板。屏框插入立柱两侧凹槽，座屏稳如泰山，气势雄伟。屏心为大理石。此屏置地高大宽广，造型典雅大方，从中也可了解座屏和插屏的结构特点。

现藏于北京故宫博物院的紫檀雕云龙纹嵌玉石座屏，堪称清代屏风的典型代表。这件大型座屏由五扇组成，长4米，高3米，通体用紫檀木制作，在工艺上集雕刻、镶嵌和彩绘于一体。屏风每扇用横木分割成四块。正中一扇上下做高浮雕正面龙，龙头起昂，冲发舞爪，显示了其强悍威猛之貌。两旁屏扇上下均做相向侧面龙，昂首鼓腹，风车形爪，刚劲有力。龙身周围密布云纹，做高浮雕，突出了龙体在云雾缭绕中的升腾之势。该屏正面中段为黑漆地嵌玉石杂件，使用了玛瑙、珊瑚、绿松石、金星石、祥南石、色玉和鸡翅木等名贵材料，以其不同的颜色组成玉米、梅花、菊花、湖石、博古以及各色瓜果图案。花间成对的喜鹊，或飞翔，或伫立枝头。整个画面艳丽夺目，生机勃勃。这座屏风的背面也有装饰，每扇上下尽做形体饱满的地滚云，以高浮雕技法表现其一泻千里、滚滚而来的壮阔场面。该屏还以建筑结构中的须弥座形式做底座，上用莲瓣图案做边饰，由于用材宽绰，线条挺拔，造型庄重，从而使屏扇与屏座之间的结合处融为一体，体现了屏风自身结构的科学性及和谐美。清代象征王权统治的皇宫座屏，是清代家具中的大器，其宏大气度和精湛工艺，充分显示了皇家独特的审美情趣。

台屏砚屏小而精

《红楼梦》第十七、十八回中,写到"桌屏":"说着,引人进入房内……且满墙满壁,皆系随依古董玩器之形抠成的槽子。诸如琴、剑、悬瓶、桌屏之类,虽悬于壁,却都是与壁相平的。众人都赞:'好精致想头!难为怎么想来!'"第四十回中,再次写到"桌屏":"贾母因见岸上的清厦旷朗,便问:'这是你薛姑娘的屋子不是?'众人道:'是。'贾母忙命拢岸,顺着云步石梯上去,一同进了蘅芜苑,只觉异香扑鼻……(贾母)说着叫过鸳鸯来,亲吩咐道:'你把那石头盆景儿和那架纱桌屏,还有个墨烟冻石鼎,这三样摆在这案上就够了。再把那水墨字画白绫帐子拿来,把这帐子也换了。'"

桌屏,也叫台屏,是设在台案上的屏风,一般为单扇座屏,是插屏的一种,特小的砚屏也有屏与座连为一体的。因设在台案上,台屏形体较小,属于中小型屏风,但制作却更为精致。

砚屏是台屏的一种,是设在砚端以挡风尘的文房用具,也有人说是写字者为防磨墨的书童或他人看见书写内容而设置的案头屏障。因其立于书案上,比一般的台屏还要小,有些只有几厘米或十几厘米高,是真正的袖珍屏风,故人称"小屏风"。类似的还有梳头屏,是梳妆用的小型屏镜;灯屏,是为灯遮风的小屏风。此外,还有枕屏等小型观赏屏风。

也有人认为台屏与砚屏是一种屏风,是对小屏风的不同称呼。它们原本可能是一种提前做出来的小样,供制作大屏风时参考。久而久之,便成为一种独立的屏风形式。

不能说台屏和砚屏没有一点实用功能，但它们的"屏风"功能已经严重退化，成为客厅特别是书房精巧的陈设品，尤其受到文人的喜爱。

台屏的屏心多以大理石、瓷片制成。有的台屏没有屏心，直接用红木、玉石拼接而成。

在收藏市场上，台屏比较多见，但精巧雅致的砚屏并不多见。

挂屏纯为装饰品

《红楼梦》很多地方写到屏风，但并没有写到挂屏，而在一些《红楼梦》影视作品中，室内布景却出现了挂屏。笔者认为，这种安排是符合《红楼梦》原著环境设计风格的，也是符合《红楼梦》写作时代即清代中期富贵家庭室内装饰风格的，从而提升了《红楼梦》影视作品的观赏性。

挂屏，因像画轴和画框一样悬挂在墙壁上而得名。它已经完全没有屏风挡风、障蔽、间隔等实用功能，而成为纯粹的装饰品，起的是美化厅堂的作用。

宋代以前，就有用竹、玉、石雕刻的类似挂屏的装饰品。挂屏的真正兴起是在明末清初，与明清家具的发达和家居装饰的繁荣有很大的关系。清代，挂屏十分普及，民国时期挂屏得以延续。近些年，挂屏重新受到重视，收藏和悬挂它的家庭越来越多。只不过旧时门斗、见柱上也设有挂屏，而现在绝大多数情况下只挂在客厅和书房的墙壁上。

木框石心或瓷心的挂屏，比起纸本书画轴，其最大的优点是可以防潮，防晒效果也相对好一些，且长期悬挂而不易变形，也不用经常摘换，因此在炎热潮湿的南方地区，人们更喜欢挂屏。在京津等经济文化比较发达的北方地区，人们同样喜欢挂屏，因为一套自然、清爽、古朴、典雅的石心或瓷心的挂屏，总比艺术平庸的字画镜轴的品位要高些。

挂屏一般都成对或成套使用，如四扇一组称四扇屏，或叫"四幅成堂"，八扇一组则称八扇屏。一般每扇屏之间的图案都有一定的情节联系。也有中间挂一件中堂，两边各挂一扇对联的。这种陈设形式，在清代雍正、乾隆时期更是风行一时。在紫禁城和避暑山庄的皇帝和后妃们的寝宫内，几乎处处可见。乾隆年间内务府设立造办处，专门制造供帝后赏心悦目的各种装饰品和陈设品，挂屏就是其中重要的一项。

被称为紫禁城中"最豪华的宫殿"的倦勤斋，名取"耄期倦于勤"之意，位于皇宫东北隅宁寿宫乾隆花园内，其建筑部分完成于乾隆三十八年（1773），为典型的游乐场所，是乾隆皇帝为自己当太上皇而修建的居住、休闲之所。乾隆之后，嘉庆、道光、光绪等皇帝也有在倦勤斋活动的足迹，并以此作为书房。斋内的内装修及其布局没有大的变动，基本保持了乾隆时期的原貌，仅根据皇帝各自生活习惯的不同而略有改变。《故宫博物院院刊》（2004年第二期）发表的故宫《倦勤斋陈设档》记载了倦勤斋的内部陈设，其中多有关于挂屏的内容："……南墙挂紫檀边镶漆心诗意挂屏二件……门斗上挂御笔诗黑漆嵌螺钿边海棠式挂屏二件、紫檀边缂丝西洋人物挂屏二件……见柱上挂漆挂屏二对……南北墙挂紫檀边缂丝万叟同庆挂屏二件、紫檀边嵌玉梅竹挂屏二件……"每间都设有挂屏，是当时宫中陈设挂屏情况的真实反映。

挂屏边框用料为紫檀、红木、鸡翅木等，挂钩用料为铜或铜镀金，屏心用料比较丰富，除常见的大理石片或瓷片外，还有象牙丝、玉、珍珠、缂丝、织绣、雕漆、玻璃彩画、竹等。有的每条屏上嵌有四块或方或圆或异形的大理石片。有的在红木屏板上部镌刻诗文，下面嵌圆形大理石，散发出浓郁的书香气息。传教士油画家潘廷章1773年入清宫，他奉旨作过的油画，也曾以挂屏的形式悬挂。

2004年11月，天津国拍秋拍推出一套清光绪王少维绘山水瓷板挂屏。这套四条屏上嵌有八块瓷板，四方四圆，意为"天圆地方"。

瓷板以粉彩绘青绿山水，意境深远，疏朗有致，画艺精湛，保存完整，极为难得，终以35.2万元成交。

2005年4月，北京华辰拍卖公司举行首届艺术品鉴藏拍卖会，推出一套罕见的嵌有宋代钧瓷碎片的楠木四条屏。这套四条屏为楠木质地，上面镶嵌了清代从钧窑古窑遗址出土的宋元时期的瓷片，每扇屏上有10片，四扇屏上一共40片。这套四条屏是拍卖公司从一户收藏世家中征集到的，估价为12万~22万元。

从另外两件清代宫廷挂屏上，也可看出清代挂屏材质之丰富、工艺之精湛。一件是紫檀边牙丝编织花鸟挂屏，框边为紫檀浮雕夔龙纹，屏心用象牙通过劈丝、磨光、编织等技法编成几何纹地，上嵌骨制花鸟，构成一幅鲜花盛开、鸟栖枝头的优美画面。牙丝编织工艺是清代广州牙雕工艺的一项创举。这件牙编挂屏制作难度极大，造价昂贵，是难得的文物珍品。另一件是紫檀边文津阁缂丝挂屏，屏面采用缂丝技术，织绘出当年文津阁的全貌。文津阁位于避暑山庄内，建于清代乾隆年间，它和文渊阁、文源阁、文溯阁合称"四阁"，是储藏《四库全书》的地方。这组建筑，山环水抱，阁前有假山，山上有亭有台，山下有洞有桥，洞中有洞；阁后有花园，茂林修竹，曲径通幽，景色优美。屏左上方缂有乾隆御题文津阁诗一首，落款为"子臣永熔（乾隆帝第六子）敬书恭绘"，并有"子臣永熔""夙夜滋恭"两枚朱篆方章。此屏缂丝精湛，技术高超，实为上乘之作。

繁盛于清代的挂屏工艺，在当代有所发展和创新。2003年8月，四川成都的能工巧匠精心制作完成百鸟朝凤金银花丝浮雕挂屏，并以"最大的金银花丝作品"正式申报吉尼斯纪录。这件挂屏所耗费的珍贵原料令人咋舌：纯银11126克，纯金360克，天然优质宝石138克拉。

很多艺术品被制成挂屏，用做礼品乃至国礼。如1953年朝鲜领导人金日成赠送中国领导人的一件刺绣挂屏，取材于朝鲜民间传说，做工精美，图案典雅，很有特色。

文人最爱理石屏

《红楼梦》第三回中，写到了一个紫檀架子大理石大插屏。大理石屏，是古今文人特别喜爱的一种屏风。

大理石屏，通常称作理石屏，多为插屏和挂屏，屏心嵌有天然大理石片，石片的图案自然是十分美丽而纯朴的。这种得自天工而深具艺术境界的"作品"往往引人想象丰富，令人回味无穷。其似有似无的形象、亦实亦虚的画境，正显示其品位之高雅，这也正是古今文人最为欣赏和心仪之处。

大理石是一种变质岩，是由较纯的石灰岩重结晶变质而成，碳酸钙含量通常在95%以上。它本色呈白色，由于富含有色矿物质，在各种合力作用下呈纹层、条带、团块排列，往往构成美观绮丽的花纹和变幻莫测的图像，好像天上和世间的人物、动物、神仙或景物，令人不可思议，进而可以多方面、多角度解读，直至回味无穷。因其产于云南大理点苍山，故名大理石或点苍石。

早在唐代，大理石的观赏价值已为人所知。名相李德裕素爱醒酒石，曾作诗赞曰："蕴玉抱清晖，闲庭日潇洒。块然天地间，自是孤生者。"并将其刻于石表。据考证，这醒酒石就是他在大理收集的大理石。明清两代，大理石的赏玩价值真正被发掘出来。明代著名地理学家徐霞客见到该石之美纹后，大为赞叹："造物之愈出愈奇，从此丹青一家皆为俗笔，而画苑可废矣！"清代学者阮元总制滇黔时，专程到点苍山观看大理石，称其为"天然石画"，非笔墨所能造成，且极力揄扬，并加品题，著为《石画记》等。清代名臣林则徐看到大理石，也发出"欲尽废宋元之画"的感慨。

大理石底色有白、灰、杂色三种，以洁白如雪者为上。花纹则有黑（水墨花）、绿（春花）、褐黄（秋花）、灰、红赭色，以水墨花为最佳，春花次之，常见者为秋花石。图案中，自然山水最为多见。胜景名山，风云变幻，非亲历其境者不能领略。这样的"天然艺术"，为绘画与摄影所不能及。偶一观之，亦令人生发无限美感、无穷雅趣。这种浓缩天籁意象者，自然被行家视为上品。

大理石通常被切磨成石屏以供欣赏，除供制作插屏、挂屏外，还用于镶嵌桌椅床榻等硬木家具，也可制成各种器玩工艺品和建筑材料。品玩者常按石面之景象予以品名，题于石上。作为观赏和收藏的大理石石屏，一般以质地细腻、色泽鲜明、纹理成景、形体平整、年代久远为佳品。

近些年来，随着人们文化品位的提高和收藏热情的升温，越来越多的人对大理石产生了兴趣，美轮美奂的新老理石屏也成为收藏品的一个重要门类。天津著名收藏家苑文林先生喜欢收藏色彩艳丽、图案奇特的理石屏，多次成功举办理石屏收藏展，为普及理石屏知识做出了贡献。天津著名收藏家、收藏理论家章用秀先生一向热衷于理石屏的收藏和研究，著有《天然石画——大理石的鉴赏与收藏》一书，书中不仅包罗有关理石屏的丰富的知识，而且多有作者收藏、鉴定理石屏的实际体会和独到见解，是理石屏收藏爱好者学习和借鉴的重要教材和参考书。

理石屏（片）的交易行情，明代已有确切记载。崇祯年间（1628—1644），徐霞客到大理，见有观赏性大理石的销售市场，遂以"百钱市一小方"，珍藏于身。民国时期，钱士青在《游滇纪事》中载："大理石为云南特产，或制成挂屏八幅，上等者约二三十元，次等者十余元；或制作插屏一方，上等者约值七八十元，下等者亦须十余元。分别大理石之优劣，以天然之色，而磨工又平整，以手拂之无凹凸之处，即为上品；如着颜色而又不平整，即为下品。或制作花盆，如系完全之大理石雕出者，即为上品，价值较贵，其次以六方镶成者，而价值较廉耳。"

现今，老大理石在古玩市场被十分看好。十几年前天津鼓楼古物市场刚开业时，有一家店铺摆出了一件大理石座屏。这件座屏通高3米，石片为长方形，长约1.5米，宽约1.2米，画面为水墨花构成的连绵起伏的雪山，远远看去，犹如站在丽江大研镇眺望玉龙山脉，令人心旷神怡。石上镌有清代学者、金石家黄易题诗一首："白雪皑皑屯山谷，人迹不至鸟飞绝。冰川结冻如玉柱，千峰齐出问天公。"落款为"乾隆戊申年夏，小松"字款下为朱文"黄易"印。行家一看，就知道这是一件有很高文化含量的老石片。其座架为花梨木制作，格调高雅。店家要价4万元，基本符合老理石屏的行情。

清末，红木嵌大理石插屏在全国各地使用十分普遍，但能够保留至今的藏品大多都有破损。一件高55厘米、宽75厘米、品相好、没有破损的清末红木嵌大理石插屏，2005年在市场上可以参考到的价格应该是5000元左右。

新理石屏的价格高低主要由图案决定。图案成景并特殊的，售价就高。好的理石片要有象形性，比如名山名水、名人形象、动物形象等。其价位与图案一般的石片相比，往往相差不止一两位数。多年前一件题为"孙悟空在花果山"的新理石屏卖了20万元，后来又入藏某地博物馆。

书画瓷板也做屏

《红楼梦》第三十八回中,蘅芜君(薛宝钗)作《画菊》诗:"诗余戏笔不知狂,岂是丹青费较量。聚叶泼成千点墨,攒花染出几痕霜。淡淡神会风前影,跳脱秋生腕底香。莫认东篱闲采掇,粘屏聊以慰重阳。"末句说明,因古人起居处皆有屏风,所以偶尔也将一些书画之作粘于屏风之上,取其便捷易观之利。

在传统文物分类中,屏风属于家具的一个分支。具有一定实用性、体形较大的围屏、地屏,实际上更接近家具的内涵;而台屏、挂屏等则更富于装饰性,砚屏更是文房用具,它们在拍卖会上常常被归于杂项类拍品;至于以瓷板、书画为屏心的插屏和挂屏,由于它们的主体是瓷画和书画,在拍卖会上便分别被归于瓷器类拍品和书画类拍品。

屏风画,指经过装裱后贴上屏风框架的画作。《后汉书》记载了桓帝时的"列女屏风",《三国志》也记述了东吴画家曹不兴为孙权画屏风的掌故。当时是用粗的麻纸、布或帛等在书画背后复裱一层,以起到加固和保护作用。后来,因从旧屏风上拆下的书画需要保存,就发展成真正意义上装裱。宋代往往有画意不全的绢本立轴,是从屏上拆下再装之故;也有边上注有"某画第几幅"等字样,说明是由残缺屏画改装的。

中国书画装裱形式分为卷、轴、屏条、册页、对联、扇面等,其中"屏条"指用书画裱成条幅来装饰壁面,宋代开始流行。画身狭长,多为四尺或五尺宣纸对开。屏条单独挂的称"条屏"(屏条),

四幅并排悬挂的称"堂屏"或"四季（春、夏、秋、冬）屏"。亦有四幅以上的，明清时多至12幅至16幅，并排挂在一起，中间不露出墙壁，成双数的完整画面，称"通景屏"或"通屏"，又称"海幔"。通景屏的每一条屏条，要求裱的长短、宽窄、镶料都一样。一般都用一色浅米色或浅湖色绫绢装裱，通常尺寸比立轴要短。张挂通景画屏时，必须顾及次序。

书画屏风愈加受到收藏界重视，主要是受中国书画始终引领文物艺术品拍卖市场的影响。2002年，在香港苏富比秋季拍卖会上，一组现代书画大师张大千的泼彩朱荷屏风，由1000万港元开价，最后以1800万港元落槌，连佣金共达2022万港元，刷新了近现代中国书画拍卖的世界纪录。泼彩朱荷屏风运用了张大千晚年最擅长的泼彩半抽象手法，创作于1975年3月，地点在其美国加州的寓所。他选用的泥金绢六屏屏风是20世纪60年代末委托日本"喜屋"特别订造的。此屏风并非一般上贴金箔，而是铺足金泥于绢上。张大千选用材料讲究，购置此屏风就花费了20000美元。在众多花卉题材中，张大千偏爱荷花。他先画花蕊，再添叶，以墨打底，不足之处添墨修饰，最后写朱荷、勾金，颜色逐层添上。屏风完成后，张大千安排在香港展览，1978年，又送到韩国首尔参加张大千画展。此后，此屏风曾几经易手。张大千泼彩朱荷屏风拍卖的成功，固然主要得益于画家超凡的绘画才能和极高的社会知名度，但同时也不能不归功于画家对屏风形式的重视和对屏风选料的讲究。

中国书画屏风曾屡创天价。2004年5月15日，中国近代书画大师吴昌硕的花卉十二屏风在中国嘉德春季拍卖会近现代书画专场上以1650万元成交。这一数字不仅大大超出了此前所有吴昌硕书画作品在中外公开拍卖会的成交价格，而且成为中国近现代书画作品在中国内地拍卖市场成交纪录的第三名。吴昌硕1916年完成的花卉十二屏风，每幅高133.5厘米，横52.8厘米，题材分别为梅、兰、竹、菊、苍松、荷花、玉兰、牡丹、紫藤、石榴、水仙和白菜。拍卖会上，从日本回流的这十二条屏风并没有如事先预料的那么引人注目，嘉德公司在拍卖图录上给出的估价仅为200万~300万元。但当拍卖师叫出180万的起拍价后，竞买价像脱缰的野马般一路强劲上扬，连续冲破500万和1000万的大关，最后经过各路竞买人38轮争夺，以1650万元人民币成交。据悉，这件拍品的得主为中国南方一位年轻的民营企业家。这位企业家正在计划自建博物馆，届时吴昌硕花卉十二屏风将作为该博物馆的镇馆之宝公开展出。

2005年7月，一套现代著名画家谢稚柳创作的巨幅八开山水屏风从海外回流，在中贸圣佳公司成立十周年庆典拍卖会上拍卖，估价高达2000万元。这套屏风的价格在20多年中涨了2000倍。这套屏风是谢稚柳山水画的代表作，画了半年多。1979年，此画由谢稚柳所有，当时上海文物商店产生了收购的想法。当时中国书画的价格比较低，顶级画家的作品也不过15元一平方尺，如果按照这一价格计算，这套屏风有100平方尺，总价应该是1500元。正巧当时上海文物商店负责收购的是谢稚柳的学生，看了这套屏风后赞不绝口，认为其艺术价值非常高，堪称谢稚柳的代表作，于是提出以一万元的价格收购这套屏风。谢稚柳考虑到方方面面的因素，就答应了。上海文物商店购得这套屏风后，曾经在上海博物馆多次举行展览，标价30万元外汇券。几年之后，一位海外收藏家看到这套屏风，当即将其买走。2005年，中贸圣佳公司的文物征集人员说服了那位海外收藏家，将这套屏风拿到北京拍卖，估价2000万元。由此可见书画屏风升值幅度之大。

油画屏风在中国也有一定的历史。清代康熙时期，意大利天主教传教士、宫廷御用画家马国贤绘制的油画屏风，受到康熙皇帝的喜爱。现存北京故宫博物院的《桐荫仕女图》油画屏风，便是一件供宫廷装饰用的作品，传为马国贤的中国学生所绘。屏风的另一面有康熙皇帝御笔书法，可见这位皇帝对有透视变化的"中国式的风景画"的油画屏风的爱好程度。乾隆时期，西方油画倍受青睐，被广泛地作为宫廷装饰艺术，不少应召入宫御用的传教士油画家承旨作画。如乾隆元年（1736）正月，太监毛团传旨："重华宫插屏背后，着郎世宁画油画一张。"乾隆六年（1741），郎世宁还承旨在清晖阁玻璃集锦围屏上画了68幅油画。但是，中国古代油画屏风多存于博物馆，在民间不是轻易就能收藏到的。

瓷板屏风的主体是瓷板画。瓷板画不是器皿，没有任何实用价值，它是纯粹为展示瓷绘的观赏品。瓷板画主要有两个内容，一是传统绘画，二是人像画。画人像画的画家大都熟悉西洋画法，通晓明暗关系、用光方法，留下来的作品有一些是当时名人的画像，弥足珍贵。传统画法的瓷板画的佳品也十分难得，近些年拍卖会上出现过一批，成交价格多为数万元。

近一二十年收藏市场上的老瓷板屏风，多为清中期以后至民国时期的作品，其中民国作品又多于清代。近年市场上收藏家最追捧的是以"珠山八友"为代表的民国粉彩瓷板画。此外，清末民初浅绛彩瓷板画也越来越走俏。购藏瓷板画主要应从两个方面考虑：一是瓷板画作者的艺术地位和作品的艺术价值；二是瓷板画的完整精美程度。四块以上的瓷板画套屏就比较难得，应该高于单条的。插屏、挂屏上用于观赏的瓷板画的价值，则远远高于一般日常家具上的瓷板画。目前遗存的老瓷板屏风，有些早已失去屏座，有的连屏框都没有了。虽然屏座和屏框不是瓷板屏风价值的决定性因素，但从长远看，原座原框的瓷板屏风显然更具有收藏价值，因为屏座和屏框的用料和做工可以佐证瓷板画原收藏者的品位和身份，从而为鉴定瓷板画的真伪优劣提供重要的参考依据。

2000年前后，几乎所有的拍卖会都要推出几件十几件老瓷板屏风，而且拍得普遍较好。2002年，在天津市文物公司春季文物竞买会上，一下子推出了 58 块清代和民国时期的瓷板，其中包括瓷板插屏和挂屏，形成了一个小专场。这批瓷板是天津市文物公司从 100 多块瓷板中精心挑选出来的，有些出自王琦、王大凡、张志汤、刘希任等名家之手。其中值得一提的是"珠山八友"之一王琦所画粉彩《盲叟图》瓷板，画风古拙，吸收了"扬州八怪"中的黄慎的笔法，线条顿挫跌宕，形神毕肖，使人赞叹瓷板画家的水平绝不输于同代的书画名家。最能引起买家兴趣的恐怕还是瓷板的价格，1500～18000 元不等，大多在 3000～4000 元之间。据主办单位介绍，拍品标价低，并非为了"炒作"，只要达到标的即可成交。这场拍卖的成交率很高，说明主办单位是很有眼光的。

屏风收藏渐红火

近十几年来，随着社会收藏意识的提高，家庭居住条件的改善，人们喜欢以古朴典雅的中国传统家具装饰厅堂，以提升文化品位。享誉世界的中国古典屏风借此焕发生机，似枯木逢春，在文物艺术品市场上日渐红火，各种造型、材质和工艺的屏风都成为收藏家们购求和投资的热门货。档次稍高的老屏风已是各大拍卖会不可或缺的拍品，而档次稍低的老屏风和近年制作的新屏风也是各地民间古玩市场和工艺品商店的常销货。

以天津为例，从市文物公司各门市部到沈阳道、文庙、鼓楼、古文化街的许多古玩和工艺品商家，都经营各式屏风。饭店、餐馆和写字楼中陈设和使用屏风的也越来越多。此外，北京、河北、山西、陕西、河南、山东、江苏、安徽、上海、浙江、江西、福建、广东、台湾、香港等地的收藏家和古玩商也都把古典屏风作为投资或经营的重要对象，出现了大量老屏风由偏远地区向繁华地区转移、由小城镇向大都市集中的局面。

古典屏风的价格近二十年在国内外文物艺术品市场持续走高，并且越来越高，拍卖会特别是大型拍卖会起到了引领行情和推波助澜的作用。

以体形较大的传统家具围屏为例，1997年一组明黄花梨九扇围屏在国内市场卖到110万元，已被视为高价，而在同一时期的国际市场上，一组明代黄花梨屏风在纽约拍出了110万美元，高于国内市场多倍。进入21世纪后，收藏形势进一步看好，围屏的价格更是出现了成倍的上扬。2002年在香港苏富比拍卖会上，一组张大千泼彩朱荷屏风拍得2022万港元。2003年在香港举行的佳士得"中国宫廷御制艺术精品"拍卖会上，一组清代康熙时期的十二扇紫檀镶百宝嵌围屏则以2500多万港元成交。作为中国传统陈设品的插屏，虽然体形往往不大，但也拍得不错。如在2004年上海信仁秋拍中，一件清代红木云石插屏以8.8万元成交，一件民国时期"珠山八友"之一王琦绘粉彩人物插屏以9.02万元成交，一件明嘉靖青花"状元及第"圆插屏更是在众多藏家追捧下以14.85万元成交。近些年香港苏富比曾拍卖过一件长仅25厘米的紫檀刻螭龙插屏和一件宽15厘米的清晚期雕仙人山水螺钿插屏，分别拍至17250港元与51750港元，同样说明老屏风的价格在明显上涨。

在拍卖活动的引领和推动下，百姓也更加留心自己家里收藏或留存的各种老屏风，希望它们能够得到市场的认可，得到一个较高的价位。

收藏使用两相宜

当代很多具有经济实力和文化眼光的收藏家，不仅重视收藏屏风精品，而且喜欢在生活中使用屏风。在饭店、公司大厅陈设一件有气势的大型工艺屏风，可以显示饭店的档次、公司的实力。在餐厅陈设一组精美的工艺折屏或挂屏，可以使进餐者愉悦心情，增加食欲。在书房的案几上摆一件精巧的砚屏，或在墙上挂一组雅致的挂屏，可以提高读书和写作的效率。

收藏并且保护好老屏风，不是一件容易的事。2003年《羊城晚报》曾以《金漆大屏风分藏11家　澄海村民保文物出奇招》为题，提出了怎样保护好老屏风的实际问题。

据广东省汕头市澄海区隆都镇宅头村老年人协会负责人、八十岁的陈玉成介绍，清乾隆二十三年（1758），其先祖陈伯淮七十大寿时，特意制作了两组大小不一的描金黑漆画屏风摆放在厅堂，其中大的一幅高2.8米、全长5.5米，组合起来一面是"郭子仪庆寿"图，上下两边绘有100只鹤及各种儿童嬉戏情态；一面是祝寿词，还有以篆书写就的100个"寿"字，并绘有各种古代乐器和风俗画等。陈玉成说，他在孩提时就见过这两组屏风存放在"义和轩"书斋里。后来小屏风毁坏散失了，只剩下大屏风。而后，大屏风曾送到"岭南第一侨宅"陈慈黉故居展览，其精美的漆金画工艺让参观者赞不绝口。

由于书斋年久失修，破漏十分严重，村民们担心长此下去漆金屏风会受到损坏。1997年，村里有人提议将屏风以20万元的价钱卖给古董商，这一提议立即遭到大多数村民的反对，他们表示，就是再穷得叮当响也不能当"变卖老祖宗的宝贝的败家子"。又有人建议修祠堂来摆放屏风，既供观赏又可保存，但由于缺乏资金，此建议一直无法实现。

为了将这组宝贝屏风妥善保存，最后大家一致通过了"化整为零"的方法，将一整组屏风分拆成11小件，由11户责任心强的人家各自保管，需要时再搬到一起组合起来。村民说这样能防止屏风被个别人擅自出卖。

据行内人士介绍，宅头村的这组描金漆画大屏风在潮汕地区可谓绝无仅有，堪称稀世珍品，既有极高的收藏价值和欣赏价值，同时对研究潮汕历史文化具有重要的参考价值。不过，虽说此举体现了宅头村人自发的保护文物意识，但也隐藏着不可忽视的问题：普通人家是否具备足够的技术条件来保存好文物。因为记者看到村民是用旧报纸将屏风包扎后再分藏起来的。

收藏老屏风不易，使用新屏风也是一门学问。人均居住面积越大，就越需要陈设。在很多现代化大城市，已经有越来越多的家庭重新启用屏风。这种对于现代年轻人来说非常新颖的特殊家具，它对家居的意义已经"跳"出了以往屏风只用来挡风的作用，而更多地起到了装饰与点缀的效果，让空间获得藏而不露的妙用。屏风犹如苏州园林中的假山，既是景观的点缀，又有屏障的作用，能使有限的空间不致一览无余，从而获得藏而不露、小中有变，乃至小中见大之妙。无论居室是长方形、正方形还是不规则形状，都可以用屏风制造出多元的空间。今天的屏风在实用的基础上不断丰富和美化造型，饰以各种字画或珠贝玉雕，更像一件赏心悦目的艺术品。屏风的材料也不断扩展，布艺、铁艺、藤编等都被使用进来。

家庭使用起障蔽间隔作用的屏风，应选择具有张折灵活和搬迁容易的。用以间隔的，一般以封闭式为好，高度在略高于人的水平视线之上。用以围角的,可采用镂空式,显得活泼而有生气。如果是用来遮挡来往人视线的,最好将屏风做成 90 度直角形式。若仅仅用作装饰,则透明或半透明的效果更佳。

1999 年秋天,为丰富天津市民的家居文化生活,天津市文物公司等单位在天津文物展示中心举办了"现代家庭装饰艺术品展",展出手工彩绘、雕刻和制作的数十种大小家居屏风,其中漆灰雕刻和具有青铜效果的屏风,采用欧洲古典巴洛克装饰花纹,显得十分凝重、高雅,吸引了众多的参观者。

展览主办者之一陈树先生认为,在前卫和现代观念的冲击下,各种现代家饰艺术品早已打破了艺术创作、收藏范围的传统与单调,极大地丰富了人们的精神文化生活。相比之下,传统的大漆屏风、红木紫檀、铜锡珐琅等虽然依旧散发着凝重、典雅的异香,但是从形式到内容,已经与现代人的家居环境和审美情趣相距甚远。因此有必要不断推出各类有继承、有创新、有个性的现代艺术品,以促进现代艺术品创作与市场的繁荣,扩大艺术爱好者的收藏视野。现代家饰艺术品的发展趋势和潮流与社会的发展同步,是由人们的新思想、新观念而带来新的精神追求。现代家饰艺术品不太注重物质载体的自然属性,任何材质只要能表达美、创造美,都可以成为创作的载体。现代家饰艺术品使用各种传统的、现代的艺术形式来表现东西方经典文化的意念、形式及内容,强化艺术的表现力、感染力,充分体现现代家饰艺术品的个性与内涵,并将其艺术性、观赏性、收藏性融为一体,给人们带来新的观念、新的意识和新的精神。现代艺术品是当前国内外艺术品收藏的热点,而家饰艺术品又是现代艺术品的重要组成部分,不仅可以丰富人们的家居生活,增添艺术氛围,还可以提高人的文化素养,显示收藏者的身份与情趣。高雅的家饰艺术品,其收藏价值取决于其艺术形象及隐含的文化基因。许多现代家饰艺术品出自名家之手,且选用优质材料,经过复杂工序精制而成,是创造性的艺术产品。它反映了一个时代的社会风尚、审美情趣和工艺成就，因此具有较高的收藏价值。

也许陈树先生的观点不无"喜新厌旧"的偏颇之处，但是古典屏风应以什么方式和效果发挥好装饰现代家居的作用，确实是值得进一步研究和探讨的。

从近些年拍卖市场和古玩市场上看，老屏风多为清代和民国时期的产品，以清末民初为最多。其中，多扇的围屏、大型的座屏较少，中小体形的台屏（座镜）、插屏、挂屏比较多，但是小而精的砚屏并不算多。

若想藏品升值，必须理性投资，而理性投资的前提是必须精于鉴赏，买到真货和好货。鉴定老屏风，大体应掌握以下几个方法。

第一，看木质。购藏者要对紫檀、黄花梨、老红木等贵重木材有较强的识别能力。如果一件屏风以紫檀或黄花梨制作或做框，那么就可以基本将其定为高档屏风。

第二，看工艺。屏风的座、框、心等部位一般需要雕刻工艺，屏心一般还需要镶嵌工艺。精细的工艺往往为旧时有身份的使用者所接受，从而成为决定其价值的重要因素。具有宫廷特点的屏风往往都是作为艺术品来做的，制作时不惜工本、不计工时，因此其收藏价值必然高于一般民间风格和地方风格的屏风。

第三，看风格。屏风在清中期就有了京式、广式和苏式的分类，购藏者应该了解它们各自的风格特点。广式屏风一般不惜用材，因为广州是材料进口的大口岸，材料进口相对方便，原料来源比较充足。广式屏风用的是真材实料，尤其是主体构件，绝对不用拼接手法，不管构件的弯曲度有多大，全都用一块木头挖出来。而京式屏风就惜木如金，主体构件之外的曲线往往都是拼接上去的。苏式屏风则讲究用硬木做框，用比较次的木料做心，然后上油漆，做漆心，这样可以节省木料。

第四，看整体效果。一件屏风往往是一件综合艺术品，有一种整体的装饰效果。为此，购藏者不仅需要多方面的传统文化和工艺知识，而且需要较强的审美能力。此外，喜欢收藏大理石屏的，应该更多地掌握大理石方面的知识；喜欢收藏瓷板屏的，则应该更多地掌握瓷器和瓷绘方面的知识。近年，古典屏风复制精品成为很多大城市居民收藏投资新方向。购藏者普遍认识到，古典屏风复制精品既有一定的实用性，又可提升家居的文化品位，还能保值增值，可谓益处多多。然而值得注意的是，目前中国古典风格屏风收藏市场鱼目混珠的现象也比较严重。以红木屏风为例，红木材色悦目，材质细密，是经过人们长期检验认可的优质良材，用其生产的屏风集实用性、艺术性、收藏性、装饰性、保值性于一体，广受收藏家青睐；然而，长期以来，红木屏风市场一直处于较为混乱的局面，以假乱真的现象使购藏者难辨真伪。有的商家故意抬高标价，采用"高价低放"的方式诱导消费者购买。更为严重的是，一些文化水平较低的设计者和制作者，对古典屏风的造型缺乏正确的理解，对制作工艺缺乏严格的训练，他们设计和制作出来的屏风往往造型扭曲、工艺粗糙，根本不具备收藏价值，却大量混入市场，有的还被当作精品收藏。

为了改变中国古典风格屏风收藏市场的不规范状况，天津著名收藏家潘宝林根据自己十几年收藏、研究古典家具的经验，提出了中国古典风格屏风"文明复制"的观点。他认为，复制古典屏风，应该完全依照古代家具中珍品的样式、材质，严格按传统的工艺，用手工精心制作；应该完整地理解和继承古典屏风的文化内涵和制作技术，不仅要追求形似，而且要体现神韵，反映出复制者深厚的文化积淀和高超的创造能力。潘宝林的见解独到而深刻，得到了王世襄等著名专家学者的赞同，也逐渐为古典风格屏风收藏者所接受。著名作家冯骥才对古典家具及其复制品市场极为关注，他认为在目前文物市场上赝品伪作铺天盖地的大背景下，向人们展示和介绍明清家具复制精品，提高人们的鉴赏力，就显得特别重要。现代的复制与过去的造假不一样，它有了复制文明的意义，让寻常百姓把历史上珍贵的艺术品或文物搬入家中，这是社会文明的进步，也是只有在物质高度丰富、人们购买力增强、对文化需求强烈的现代社会中才会出现的现象。精品复制也是"复活"，是把已成为文物的古代家具复活，以便人们重新欣赏和享用它。前些年，在潘宝林的主持下，天津古木香明清家具馆主办了"明清家具复制艺术展"，天津古木香家具有限公司等单位主办了"珍藏明清家具展"。通过这些家具文化展示活动，尤其是古代屏风珍品原件与近年复制精品的对比，使古典屏风复制精品吸引了更多的新藏家。

购藏近年新制的屏风，最好是选择那些材质珍稀、工艺精良、名厂制作的产品。这样的产品价格虽然不菲，但是像海南黄花梨、印度紫檀这样的优良材质目前已经比较珍稀，原材料供不应求，用它们制作的屏风，其升值空间是完全可以预期的。据报载，在广州一家档次较高的工艺品商店，京式镶云石屏风标价12万元，紫檀木大座屏标价35万元。店内放着醒目的"明码实价"的牌子。一问售货小姐，果然不打折。售货小姐说，因为这件仿古紫檀木屏风所采用的硕大的紫檀木非常罕见，而且在木材上雕镂花鸟的技术非常高超，不是绝顶的能工巧匠肯定做不出来。

屏风作为非主流家具，不同于成套的现代实用组合家具，不是每一个家具品牌都有成型的屏风。中式屏风比较容易找到，卖中式家具的厂家或多或少都会有几件像模像样的屏风，但购藏者还是应该选择那些偏重艺术性的厂家的产品。有艺术含量的屏风，设计和制作成本较高，价格自然就要贵一些。蕴含时尚元素的屏风中，一件漆器屏风标价1.2万元，一件麻制屏风标价2.5万~3万元，一件丝制吊装屏风标价5.2万元，价钱不输于一般的老屏风。因此，要想在市场上买到如意的新制屏风，还是要多花一番心思的。

如意篇

金玉同心说如意

《红楼梦》中,很多处写到"如意"这种物件,有金的、玉的、沉香木的、伽楠的,等等,材质多种多样。

《红楼梦》第十八回中,元妃省亲之后赏赐:"原来贾母的是金、玉如意各一柄,沉香拐杖一根……"第二十八回中,元妃端午节赏,袭人告诉宝玉说:"老太太多着一个香玉如意,一个玛瑙枕。老爷、太太、姨太太的,只多着一个香玉如意。"第七十一回中,贾母过八十整寿,写礼物道:"礼部奉旨,钦赐金玉如意一柄……"这些都是把"如意"当作重礼,而且非金即玉,十分珍贵。

说到如意,也不妨看看《红楼梦》后四十回中的第一百零五回中锦衣军查抄贾府的情况。小说展示的一张抄没物品清单,所列多半是贾赦的东西。尽管这只是荣国府财产的一部分,但看上去仍觉得有点儿寒酸。且看程甲本中的这张清单:"赤金首饰共一百二十三件,珠宝俱全。珍珠十三挂,佽金盘二件,金碗二对,金抢碗二个,金匙四十把,银大碗八十个,银盘二十个,三镶金象牙箸二把,镀金执壶四把,镀金折盂三对,茶托二件,银碟七十六件,银酒杯三十六个。黑狐皮十八张,青狐六张,貂皮三十六张,黄狐皮三十张,猞猁狲皮十二张,麻叶皮三张,洋灰皮六十张,灰狐腿皮四十张,酱色羊皮二十张,猢狸皮二张,黄狐腿二把,小白狐皮二十块,洋呢三十度,哔叽二十三度,姑绒十二度,香鼠筒子十件,豆鼠皮四方,天鹅绒一卷,梅鹿皮一方,云狐筒子二件,貉崽皮一卷,鸭皮七把,灰鼠一百六十张,獾子皮八张,虎皮六张,海豹三张,海龙十六张,灰色羊四十把，黑色羊皮六十三张，元狐帽沿十副，倭灰色羊四十把，黑色羊皮六十，刀帽沿十二副，貂帽沿二副，小狐皮十六张，江貉皮二张，獭子皮二张，猫皮三十五张，倭股十二度，绸缎一百三十卷，纱绫一百八十卷，羽线绉三十二卷，氆氇三十卷，妆蟒缎八卷，葛布三捆，各色布三捆，各色皮衣一百三十二件，棉夹单纱绢衣三百四十件。玉玩三十二件，带头九副，铜锡等物五百余件，钟表十八件，朝珠九挂，各色妆蟒三十四件，上用蟒缎迎手靠背三分，宫妆衣裙八套，脂玉圈带一条，黄缎十二卷。潮银五千二百两，赤金五十两，钱七千吊。"

大概程甲本刚一问世，就有人提出，抄家清单跟贾府的富贵气象不合，显得太寒酸，多半是没进过大宅门的穷书生闭门造车拟写的。大约是接受了这番质疑，随后出版的程乙本，对这张清单做了较大改动："伽楠寿佛一尊，伽楠观音像一尊。佛座一件，伽楠念珠二串，金佛一堂，镀金镜光九件，玉佛三尊，玉寿星八仙一堂，伽楠金、玉如意各二柄，古磁瓶、炉十七件，古玩软片共十四箱，玉缸一口，小玉缸二件，玉盘二对，玻璃大屏二架，炕屏二架，玻璃盘四件，玉盘四件，玛瑙盘二件，淡金盘四件，金碗六对，金抢碗八个，金匙四十把，银大碗、银盘各六十个，三镶金牙箸四把，镀金执壶十二把，折盂三对，茶托二件，银碟、银杯一百六十件。黑狐皮十八张，貂皮五十六张，黄白狐皮各四十四张，猞猁狲皮十二张，云狐筒子二十五件，海龙二十六张，海豹三张，虎皮六张，麻叶皮三张，獭子皮二十八张，绛色羊皮四十张，黑羊皮六十三张，香鼠筒子二十件，豆鼠皮二十四方，天鹅绒四卷，灰鼠皮二百六十三张、倭缎三十二度，洋呢三十度，哔叽三十三度，姑绒四十度，绸缎一百三十卷，纱绫一百八十卷，线绉三十二卷，羽缎羽纱各二十二卷，氆氇三十卷，妆蟒缎十八卷，各色布三十捆，皮衣一百三十二件，棉夹单纱绢衣三百四十件。带头儿九副，铜锡等物五百余件，钟表十八件，朝珠九挂，珍珠十三挂,赤金首饰一百二十三件,珠宝俱全。上用黄缎迎手靠背三分。宫妆衣裙八套,脂玉圈带二条,黄缎十二卷。潮银七千两,淡金一百五十二两,钱七千五百串。"

经过这样一番调整,这张清单上所显示的财力与贾家"鲜花着锦,烈火烹油"的富贵气象更为接近。首先增加的便是伽楠材质的各种物件。沉香中最为珍贵的称为伽楠香,树脂含量较沉香高。伽楠香量少而质优,世称至贵。清单上的"伽楠金、玉如意各二柄",即伽楠镶嵌金、玉的如意,自然很珍贵。

从这个文字细节看,程乙本对程甲本的部分修改,可以视为程乙本对程甲本偏离"原本"的回归,更符合《红楼梦》原著的故事情节及发展脉络,也更符合相关情节的真实历史背景。

《红楼梦》中还写有一柄"同心如意",被视为男女定情的信物。第七十四回,写抄检大观园:"及到了司棋箱子中搜了一回……才要盖箱时,周瑞家的道:'且住,这是什么?'说着,便伸手掣出一双男子的锦带袜并一双缎鞋来。又有一个小包袱,打开看时,里面有一个同心如意并一个字帖儿。一总递与凤姐。凤姐……看那帖子是大红双喜笺帖,上面写道:'上月你来家后,父母已觉察你我之意。但姑娘未出阁,尚不能完你我之心愿。若园内可以相见,你可托张妈给一信息。若得在园内一见,倒比来家得说话。千万,千万。再所赐香袋二个,今已查收外,特寄香珠一串,略表我心。千万收好。表弟潘又安拜具。'"同心如意,是一种刻有两个心形交搭图案的如意;男女之间互赠此物,自然表示同心同意、一心一意。从这些东西可知,司棋已经与他的表弟潘又安私下定情。

因为如意寓意吉祥,《红楼梦》中还写有一些如意形状或以如意命名的物品。如第十八回中,贾妃归省庆元宵,赏给贾母的物品中有"紫金'笔锭如意'锞十锭"。"笔锭如意",图案为毛笔、银锭、如意,谐音为"必定如意"。再如第五十三回中,贾府过年,"两府男妇小厮丫鬟亦按差役上中下行礼毕,散押岁钱、荷包、金银锞,摆上合欢宴来。男东女西归坐,献屠苏酒,合欢汤,吉祥果,如意糕毕,贾母起身进内间更衣,众人方各散出"。"如意糕",是汉族的传统糕点,寓意吉祥如意,吃起来清凉爽口。据说主要原料是糯米粉和去壳的芝麻。有人介绍说,首先把芝麻炒熟备用,在干净的锅内加入水、白糖,加热,再慢慢地加入糯米粉,边加边搅,然后倒入少许麻油搅拌彻底,糯米粉成熟后关火。再把一个方盘子抹上麻油,撒上炒好的芝麻,将刚煮好的糯米粉倒在盘子里一层,把表面抹平,然后再放一层豆馅儿,等成型后,由两边向中间卷起,形成两个圆筒,从侧面看是一个如意形状。再撒上些芝麻,用刀好成段,摆好盘就可以上桌了。"如意糕"不管用什么原料,都必须显示出两种颜色,才能做出如意图案。

无论是金玉如意、同心如意,还是"笔锭如意""如意糕"这样的如意衍生品,都说明《红楼梦》作者十分注重传统的吉祥文化,并巧妙运用,成为小说的有机组成部分。

祈福纳祥图吉利

  人们在表达对亲朋好友的祝愿时，爱说"万事如意"，通俗一点儿说就是"心想事成"。可偏巧就有这么一种实物，名字就叫"如意"。如意之名取"如意"之音，是中国特有的一种象征吉祥的民族传统器物。中国古代，帝王、豪族、文士、僧人等都有执握如意之好，以此求得称心如意与平安祥和。今天，很多收藏家仍对如意情有独钟，将其视为重要文物精心集存。人们收藏如意，往往同时具有保值增值的目的和祈福纳祥的需求。作为工艺品，如意的制作很有讲究；作为吉祥物，如意可以满足人们图个吉利的心理。

  近十几年来，在中国各地文物交易市场，如北京潘家园、天津沈阳道等，各类如意，无论是古物还是新工，价格都明显上涨，而且成交活跃。北京古玩城曾售出一柄工艺精细的新制紫檀如意，价格高达6.8万元。此外，在很多城市的宾馆、饭店、机场、车站、商场的礼品部里，在越来越多的珠宝玉器专卖店里，各种玉翠如意新品也颇得消费者青睐，保持着一定的销量。无论是祝贺朋友的公司开业，还是为亲朋稳居、祝寿、贺新婚，人们花几百元或一两千元买一柄玉翠如意送上，希冀万事如意，这在大城市的人际交往中已很常见。

  然而，真正引领如意价格提升的还是文物艺术品拍卖会。在中国嘉德2004春季拍卖会上，一柄估价为20~30万元的清代乾隆白玉雕年年有余纹如意，经过买家数十次竞价，最终以143万元成交，成为中国2004年春季拍卖市场的亮点之一，在《中国商报·收藏拍卖导报》公布的《2004年全国五大拍卖公司瓷器杂项成交超百万元统计表》中排行第68位。这柄如意由整块玉材雕琢而成,玉质精良,材质硕大,雕琢精致,是玉如意中的上品,因而极受收藏家追捧。同年3月,在佳士得拍卖行于纽约洛克菲勒中心举办的一场拍卖会上,一柄清代玉如意也出人预料地拍到了35850美元的高价。近十几年,北京、天津、上海、广州及香港、台北等地的著名拍卖行,努力与长期重视如意的国际拍卖市场接轨,迎合高级买家需求,每次举办大型文物艺术品拍卖会都推出几柄或十几柄如意,成交价格不断攀升,屡创新高,从而进一步刺激了人们投资收藏如意的积极性。

爱屋及乌,收藏家们不仅喜欢如意,而且重视搜集一切具有如意纹饰的文物艺术品,如带如意耳的清代瓷瓶、雕如意形的古典家具和玉器等。著名的清乾隆冬青釉暗刻夔龙如意耳尊、清乾隆粉彩山水如意耳带琵琶尊、清乾隆粉彩花蝶纹如意耳葫芦尊、清乾隆霁蓝釉描金宝相花如意耳瓶等,都是近十几年几大拍卖会的热门拍品。

近二十年,一些单位还利用人们对如意的追慕和热爱心理,设计制作如意题材的邮票、纪念币等,受到收藏爱好者欢迎。例如,2002年是广东省立中山图书馆建馆90周年,为此中山图书馆向读者赠送了由中国集邮总公司监制的以宫廷玉如意为主图的个性化邮票。再如,为进一步宣传肇庆这一国家级历史文化名城,2003年肇庆市邮政局发售了两枚个性化邮票,主票票面为玉如意和百合花。另外,中国人民银行于2003年春节前夕发行了一套《春节》金银纪念币,纪念币背面图案中就有玉如意。

作为中国传统的重要吉祥物,如意在当代政治生活中也发挥了特殊的作用。1999年澳门回归祖国前夕,由福建老山创意工作室创意总监孙康荣精心策划的"全球华人庆祝澳门回归中华如意奉赠会",以天山白云玉雕琢成巨型中华玉如意,作为献给澳门回归祖国的礼物。孙康荣与玉雕名师彭凌伟走遍祖国大江南北,终于在新疆天山寻得一块重达三吨多、质地优良的白云玉,由厦门大学美术系主任蒋志强和福建工艺美术学院副院长庄南鹏担任主设计,历经一年多的时间,雕琢成一柄造型古朴典雅、重达一吨多的巨型玉如意,号称"中华如意之最"。这柄如意柄端呈祥云状,柄身微曲为弧形,端尾呈灵芝状,全长1999毫米,象征1999年澳门回归祖国;柄端宽66厘米,是永祈回归后的澳门特区"六六大顺"之意;柄尾宽50厘米,象征澳门回归后原有社会制度和生活方式50年不变。柄端上刻行"凤鸣朝阳",意为祈求天下太平;柄身上中下部刻有浮雕"双龙护珠"(代表长江和黄河),共同烘托一朵圣洁的莲花(澳门特区区徽标志),意为澳门回归祖国大家庭的怀抱;柄身下部刻有"海水江涯"图案,意为江山统一;柄尾上刻有"马踏飞燕",象征中华民族繁荣昌盛,发展迅猛;周边刻有长城纹,象征中华民族威武不屈的气魄;柄尾末端系着一束黄色"中国结"和两束丝制长穗,"中国结"象征中国人民同心同德、团结向上的决心,长穗一束为50根,象征中华人民共和国成立50周年,另一束为56根,象征全国56个民族为共同建设一个更加美好的新世纪而奋斗。底座为重达一吨多的红豆杉根雕,显得极为华贵。这柄如意内容丰富,工艺精美,意义深远,被誉为"中华瑰宝"。此外,策划者还采用同样材质镌刻以十比一的比例缩小规格的1999柄子如意,赠给为社会繁荣安定做出重大贡献的个人和机构。

如意源于痒痒挠

《红楼梦》中描写的如意,这种物件出现的年代很早,不应晚于战国时期。

清代乾隆皇帝作过一首《商铜如意》诗:"一柄曲拳代谈者,璘玢古色错金银。谁知子氏犹尚质,已有欣于如意人。"可见乾隆认为在商代已有如意,并相信清宫珍藏的商铜如意确是那个时代的产物。可惜现今北京故宫博物院并未珍藏这柄商铜如意,所以无法考证其制作年代。

文物学者普遍认为,如意源于搔杖。搔杖是古人挠痒的工具。背痒,手不可及,以搔杖挠之,可如人意,感到舒适快意,所以雅称"如意"。搔杖因多以竹木削成人指爪状,故又称爪杖,也就是俗称的"痒痒挠",或者叫"不求人""搔手"。它替人搔痒痒能够恰到好处,尤其被老年人喜爱,因此又得到"老人乐""老头儿乐"的别号。

迄今为止发现的制作年代最早的如意实物,是 1977 年出土于山东曲阜鲁国故城遗址的战国牙雕搔杖。它残长约 40 厘米,直柄,饰有三角云纹,杖首如一只指甲突出、屈指作抓痒状的手掌,上饰卷云纹,柄端雕一兽头。其形状与现在的"痒痒挠"无异。

如意具有的"痒痒挠"功能保持了很多年。曾有记载,唐代书法家、诗人虞世南正在家里推敲诗句,忽然觉得背痒难忍,急忙抓起一柄犀如意往衣领里一插,抓抓搔搔好一阵子,搔到了痒处,痛快是痛快了,可遗憾的是打断了构思,随口吟了一句:"妨吾声律半工夫!"沉吟片刻,自言自语说:"这倒不失为好句。"再如信奉佛教的唐明皇,有一天又要去功德院敬神礼佛,捐款施物,谁知路上背痒难熬,几个宫女连忙上前,伸出玉手直往"龙"背上摸,可就是挠不到痒处。正在无计可施的时候,陪侍一旁的金刚三藏从袖中抽出一把七宝如意,唐明皇一见,连声高叫:"好,好,好!"前些年,从五代前蜀王建的墓葬里发现了一柄银如意,长45厘米,头部就是手,五指弯曲。东邻日本也有如意,就是唐朝时传过去的。日语将如意叫做"孙の手",一听这名称,就不难联想到如意的实用功能。

"如意"之名,初见于晋代。在当时王嘉撰述的《拾遗记》中,涉及如意的文字有两段:吴主孙权见到潘夫人画像,非常高兴,以"虎魄如意"抚案即折;孙权之子孙和,"月下舞水精如意"。"虎魄"即"琥珀",一种植物树脂的化石,性脆,硬度极低,摩擦带电;"水精"即"水晶",一种呈六方柱状的石英石,性寒。"虎魄"和"水精"皆不是制作搔杖的佳材,由此推论,王嘉在这里除了彰显帝王生活的奢侈外,也透露出一个信息:如意发展到此时,已不再仅仅是搔痒用具了。另据《晋书·王敦传》记载:"每酒后,辄咏魏武帝乐府歌,以如意打唾壶边节,壶边尽缺。"南朝宋刘义庆《世说新语》也记载:"王处仲每酒后辄咏'老骥伏枥,志在千里。烈士暮年,壮心不已',以如意打唾壶,壶口尽缺。"此外《世说新语》还记载:"(晋武帝)尝以一珊瑚树,高二尺许,赐(王)恺。枝柯扶疏,世罕其比。恺以示(石)崇。崇视讫,以铁如意击之,应手而碎。"这些史料说明,当时的如意已是一种较坚固的长柄器物。

明代文学家高濂所著《遵生八笺》云:"如意,古人以铁为之,防不测也,时或用以指挥向往。"所谓"指挥向往",有两层意思:一是与随意挥舞、直指四座的麈尾、羽扇一样,是一件谈道辩玄时助兴的谈柄,如丹阳出土的南朝画像砖《竹林七贤》中,王戎博袖宽衣,右手指尖挑二尺余长的如意,侃侃而谈;二是若令旗,用于指挥军队进退攻守，如《梁书》所载之韦睿执白骨如意麾军。至于"以铁为之，防不测也"，有学者认为这是一种无根之论，如在上述那段著名的石崇与王恺斗富的故事中，石崇以铁如意为击杖，击碎珊瑚树，他身为荆州刺史，虽然可能有不虞之祸，但尚不至于整天握着一柄如意来防备不测。

关于如意起源的另一种说法是：如意源自印度僧人使用的爪杖，即搔背的工具。如意，梵文译为"阿那律"，意为"无灭""无贫"。在一般印度佛典中，"阿那律"谓之"爪杖"。在《大藏经·四分律》中，如意与锡杖、头镖、伞盖子、曲钩、刮舌刀等一样，都是僧侣的日常用品。翻译佛经的耶舍，为何译"阿那律"为如意？学者陈夏生先生认为："耶舍译《四分律》时，国人使用如意的习俗已相当普遍了，必然是译者已见过中国的如意，才会将形制相同的外来器物译成如意。"随着崇佛之风日盛，佛陀手执的如意、锡杖、伞盖，也被赋予了一种超物质的法力。其中如意的佛化，源自中国人。文殊又称"曼殊室利"，意为"妙吉祥"，专司智慧。在古印度佛典中，文殊菩萨左手托书，右手持剑；而在北魏时期开凿的龙门石窟中，文殊菩萨手执一柄如意，其形制与战国搔杖相近。二者几乎产生于同一时期，自然不存在承袭关系。陈夏生先生认为："国人塑造出手执如意的文殊菩萨，其立意无非在借文殊菩萨来赋予如意一种象征智慧、祥瑞的'法力'。"

清谈说法用途多

如意源于痒痒挠，但具有成熟形态的如意早就不再是痒痒挠了。从实用的痒痒挠，发展为象征称心如意与平安祥和的如意，其间经历了历史沧桑，吸纳了丰富的文化内涵。

魏晋时期，文人士大夫崇尚清谈，如意成为他们手中的爱物。清谈者为了增加谈兴，有的手执麈尾（一种用驼毛制成的拂尘。据考，三国时的诸葛亮轻摇的不是鹅毛扇，而应是麈尾。后人亦称清谈为麈谈），有的手持象笏（用象牙制成的记事备忘手板），再就是手拿如意，作为谈柄。后来，麈尾谈柄的功能消失，被用作专门拂除尘埃的工具；而如意的功能虽然发生演变，但直到清代乾隆皇帝，还把它当作代言之物，以辅助语言表达。

《红楼梦》第三十六回中，写有一柄白犀麈："宝玉在床上睡了，袭人坐在身旁，手里做针线，旁边放着一柄白犀麈。宝钗走近前来，悄悄的笑道：'你也过于小心了，这个屋里那里还有苍蝇蚊子，还拿蝇帚子赶什么？'"这里的"白犀麈"，即用犀角做柄的麈尾（戚本等作"白犀拂尘"），是驱赶蚊蝇、小虫的工具，所以宝钗叫它"蝇帚子"，又叫蝇甩子、蝇刷子。但有人却认为"白犀麈"是"用白犀牛的尾毛制作的拂尘"。笔者认为，虽然不能完全排除这种可能性，但是这种说法也需存疑。因为以犀角制柄，既显珍贵，又有清热凉血等药用价值，这是古人的常识；而以白犀牛的尾毛制拂尘，又有何文化依据或实际意义呢？据天津收藏家李凤池先生介绍，他曾在古玩商处见过一柄拂尘，外圈是白马尾，中间只有一小缕红色的短毛，据说是犀牛尾。犀牛尾短，其毛只能起到装饰作用，做拂尘也不实用。

还有学者认为，中古时代清谈家谈玄时持如意，大概与服用五石散的风气有关。因服五石散后身体发热，喜好凉物，故又称"寒食散"。五石散系用矿物原料炼制的一种内服散剂，其组成说法不一，有的史籍载为丹砂、雄黄、白矾、曾青、磁石，而有的史籍则载为石钟乳、硫黄、白石英、紫石英、赤石脂。其方始于汉代，魏晋名士为求长生，多服食此散，风行一时。因为行散后周身发热、发痒，自然需要用一种物件来搔痒，如意便适应了这种需求。

如意还是隐逸文化的象征，与文人逸士适情山水、悠游竹林的逍遥与自在相契合。尽管隐逸有一种背弃朝廷的意味，但皇帝们对此却多表现出宽谅甚至赞许。据《南齐书·高逸传》载，明僧绍标志高栖，无意仕途，高帝便赠给他一柄竹根如意，以赞扬其隐逸幽志。

元明时期文人执如意的方式，不同于六朝谈玄之士。在明代高濂《遵生八笺》、屠隆《考槃余事》中，将如意归入文房器玩。在元明绘画作品中，如意多与书籍、香炉、砚台一同陈设于书案。在赵孟𫖯《瓮牖图》中，如意由一名书童持握。

如意不仅与印度僧人使用的爪杖有关，而且也进入了中国的佛门，成为神圣殿堂里的法杖。据《法苑珠林》记载，晋代敦煌的竺昙猷是一位高僧。一次，他前往浙江会稽赤城山，路上遇到了一群老虎。竺昙猷相信佛法能够惠及牲畜，于是他就为老虎讲经说法。听着听着，一只老虎竟然睡着了。竺昙猷就用如意杖敲打老虎的脑袋，使它清醒。对此，唐人有诗句描述："闲将如意敲眠虎，遣向林间坐听经。"竺昙猷向老虎说法，神乎其神，姑且听之，但是故事中的如意杖则肯定是存在过的。

入唐，皇室以老子后裔自居，尚佛之风式微，从绘画中可见皇室贵戚少有执如意者。这与战乱频仍的南北朝时期帝王均有执握如意之好，以此求得安宁和吉祥的状况有所不同。陕西扶风法门寺地宫出土的一柄佛门如意杖，银质鎏金，柄是直柄，头部似卷云又似灵芝，应是唐室遗物。此时僧人手中的如意，已经失去了痒痒挠的功能而变为法杖。

宋代以后，如意作为祈吉法器，广泛而随意移植，普贤、法藏、光明、月光诸菩萨，甚至罗汉、仙女，都手执如意。后来的僧侣继六朝遗风，手持如意讲经。据宋代释道成集《释氏要览》记载，如意"今讲僧尚执之，多私记节文祝词于柄，备于忽忘。要时手执目对，如人之意。如俗官之手板，备于忽忘，名笏也"。该书还从佛学角度对"称心如意"做出了解释："如意之制，盖心之表也，故菩萨皆执之。状如云叶，如此仿篆书'心'字故。"意思是说，如意的制作是为了表达人的真心状态，即表现人的真心随缘而生妙用的自在状态，所以菩萨一般都使用它来做象征。如意的形状像云叶，云叶形如篆书中的"心"字，这象征着自由驾驭心念和实现生命完全自由解放的理想，所以这种如意被称为"称心如意"。

除文士清谈和僧人说法外，如意还有很多其他功能，如音乐、舞蹈和指挥战争。前述王处士边吟诗边用铁如意敲打玉唾壶，有学者认为，这里的如意就相当于打击乐器。如意也是舞蹈用具，手执如意翩翩起舞，被称为"如意舞"。南朝梁简文帝萧纲有咏舞诗句："腕动苕华玉，衫随如意风。"说宫女手腕上的玉饰随着舞蹈节奏的跳动，发出清脆悦耳的响声；美人们宽大的衣衫合着如意一起旋转，形成一阵阵有韵律的轻风。有学者认为，前述晋代竹林七贤中的王戎也是个如意舞高手。北朝庾信《乐对酒歌》中，有"王戎如意舞"之句。根据"竹林七贤"砖刻中人物同竹如意的比例估测，这柄如意约有60厘米长，直柄，一端呈手指状。南北朝以后，如意进入军事领域，被将领们用来指挥战争，成为威重的权杖。晚唐李克用带兵讨伐叛将朱温，手持一柄铁如意，倜傥潇洒地指挥三军，大获全胜。

最爱如意数乾隆

清代,尤其是清代中期,是中国封建文化和传统工艺集大成时期,也是如意发展的鼎盛时期。帝王们的推崇更使如意的制作水平登峰造极,而其中最喜欢如意的人非乾隆皇帝莫属。他不仅刻意搜集民间的精美如意,还令宫中造办处制作如意,而且大量接受地方官员进贡的如意。

乾隆朝以前,地方督抚在年节进贡方物时就附呈如意;至乾隆当朝,各地督抚进贡方物多以如意领衔,且数量剧增。乾隆三十年(1765)以后,历次进贡则无不有如意。如乾隆三十六年(1771)七月十七日两广总督李侍尧所进物品有镶洋表金万年如意一柄,乾隆五十九年(1794)四月十八日两广总督长麟进福寿吉祥如意一柄,等等。最为隆重的进贡是在乾隆皇帝60岁寿诞时,大臣们集资进献了用金丝编制的60柄如意,每柄上有不同的干支纪年,合为一甲子,共用黄金1361两,极为珍罕。这60柄如意至今完好无损地保存在故宫博物院。

乾隆皇帝颇讲孝道,对皇太后的寿辰极为重视,于是臣子们便也借此机会竞相表示"孝心"。乾隆十六年(1751)皇太后60大寿,臣下进献如意10柄;乾隆二十六年(1761)皇太后70圣寿,臣下呈递如意增至57柄;有一年皇太后做寿,十几天中,每天的礼物都有九把如意,寓意为"久久如意"。

乾隆认为如意寓意吉祥,因此对臣下进呈的如意,无论品级,一律照单全收。上有所好,王公大臣、各地督抚便不惜花费巨资定制、购藏如意，于年节及皇帝、皇后寿辰时呈贡，以显忠心。乾隆大量收纳如意的做法，无疑助长了宫廷和官场的奢侈之风。有一次，查抄某大臣家时，发现一张价单，上写"一柄玉如意价银四千两"。乾隆听之骇异，遂颁旨禁止臣工进贡和阗玉如意。退位之前，乾隆下谕旨："来岁丙辰，届朕归政为太上皇。着自丙辰年始，内外大臣所有年节三贡，竟毋庸备物呈进。惟元旦及朕与嗣皇帝寿辰庆节，在朝大臣亦止须备进如意，以迓吉祥而申忱悃，逾日仍不过分赐众人也。"他的继承者嘉庆皇帝对奢侈之风有所遏制，宣谕禁止无节制地进献如意。乾隆末期，权重一时的大贪官和珅探得乾隆册封太子谕旨内容，便向尚未正式即位的嘉庆进献了一柄如意，以示拥戴。但嘉庆对和珅的贪赃枉法之举早已深恶痛绝，严厉回绝，和珅弄巧成拙。待太上皇乾隆刚一辞世，嘉庆皇帝就以二十条罪状将和珅抄家治罪。清宫词人夏仁虎在《权相和珅》中所写的"清宫敛手畏权威，如意亲呈事已迟。不逐鼎湖终弃市，南山罪案岂能移"正指此事。嘉庆十八年（1813），林清等率众起义并曾一度攻进紫禁城，嘉庆在谕旨中又称："向年俱进如意，即日回赏，原上下联情之意耳。今遇大不如意之事，岂可复行呈进？朕不见此物，转觉安心；见物思名，益增烦闷。"

乾隆时期，北京紫禁城和承德避暑山庄宫殿的御座右侧都要摆放一柄镶玉如意。宫中如意陈设之多，正如乾隆诗云："处处座之旁，率常陈如意。"英使马戛尔尼在《乾隆英使觐见记》里也述其"所经各宫或各屋，必有一宝座；宝座之旁，必有一如意"。在故宫博物院珍藏的宫廷御用画家描绘的《乾隆帝薰风琴韵图》中，抚琴的乾隆身旁有一童仆，左手托底，右手扶柄，怀抱着一柄檀香木嵌玉如意。在任职于清宫的意大利著名画家郎世宁所绘《乾隆帝观画赏古图》中，观画的乾隆身旁有一宫女，也是左手托底，右手扶柄，怀抱着一柄木（或竹）制嵌玉如意。由此可见，在乾隆皇帝的日常生活中，如意总是不离左右的。

乾隆皇帝不仅自己玩赏和收藏如意，而且经常将如意赏赐给臣子，以示厚爱。至乾隆中期，甚至达到了动辄即赐的滥赏地步。乾隆四十七年（1782），军机处遵旨赏编纂《四库全书》的69人各玉如意一柄。乾隆六十年（1795），准备做太上皇的乾隆，赐毓庆宫给嘉庆居住，同时赏玉如意一柄，以备陈设。乾隆的女儿出嫁，妆奁中自然也少不了如意。如和孝公主出嫁时就得到了乾隆赏赐的一盒共9柄紫檀嵌玉如意，她的丈夫也被赐以一柄镶松石如意。

如意还被乾隆皇帝当作国礼，用于一些外交场合。如乾隆五十八年（1793），英国特使马戛尔尼和副使斯当东赴承德避暑山庄觐见乾隆，乾隆便以玉如意赏赠英王、特使、副使和随员。马戛尔尼在《乾隆英使觐见记》一书中写道："惟此如意，系一种长一英尺半之白石刻花而成，石质略类玛瑙，虽华人以为此物异常名贵，吾以为就此物之原价而论，未必值钱。"这只能说明马戛尔尼既不懂玉，又不知玉雕如意是国礼重器。此外，乾隆还多次以如意馈赠属邦和邻国的国王、王子和使臣。乾隆这样做，主观上是借如意向世界各国显示他统治的中国是太平盛世，但客观上也反映了中华民族爱好和平、礼尚往来的精神。

在中国历代帝王中，乾隆是著名的高产诗人，一生作诗达4万余首，其中自然少不了题咏他喜爱的如意的作品。据毛宪民先生统计，乾隆所作如意御制诗有60首之多，可分为咏如意、咏玉如意、咏白玉如意、咏和阗玉如意、咏檀玉如意、咏玉石子竹如意、咏竹如意、咏竹根如意、咏木根如意等九类，另外还有咏铜如意、铁如意之作。其中题为《白玉如意》者即有多首，其一云："盈尺和田玉，良工琢曲琼。惟坚待为错，曰白自含英。底藉公孙辩，还嗤惠子鸣。指挥供代语，静默足沈情。"再如《竹柄玉如意》："柄是竹之介，朵呈玉则温。揩颐岂腾口，代语不须言。总谢雕镌迹，雅符淳朴原。指挥侍臣听，那识意中存。"另如《玉如意》："竹化分真幻，铜函阅古今。清谈常在手，乐志每如心。击处珊瑚碎，挂来萝薜深。握君曾得号，禅德亦留吟。贞素标琼质，指挥延藻襟。休征愿时若，讵为宝球琳。"从这些如意的御制诗中可知，乾隆不仅视如意为可供陈设的吉祥之物，而且视之为一种"代语不须言"的代言之物。在临朝或与诸臣议事时，有时不需言语，只需通过手中的如意便可表达己意。这是乾隆视如意为"佳朋"并"屡有如意咏"的重要原因。

《红楼梦》中，对贾府这个皇亲国戚之家，多有关于如意的描写，尤其是元妃对贾府最高人物贾母的赏赐，首选金、玉如意，这些情节与乾隆皇帝特别重视和喜爱如意的历史背景是完全符合的。

清宫玩赏成时尚

清代成为如意发展的最鼎盛时期，与乾隆皇帝的大力推崇有关；而在清代中后期的皇宫里，玩赏如意更成为一种文化时尚和生活时尚。作为紫禁城、颐和园各宫殿的重要陈设品，如意处处可见。据史料记载，清宫如意曾多达十几万柄。紫禁城内无论是外朝举行庆典仪式的太和殿，还是内廷作为寝宫的养心殿，甚至皇帝与大臣、学士们一同饮茶咏诗的重华宫，凡皇帝所到之处，如意都成为最重要的陈设品。

被称为紫禁城中"最豪华的宫殿"的倦勤斋，名取"耄期倦于勤"之意，位于皇宫东北隅宁寿宫乾隆花园内，其建筑部分完成于乾隆三十八年（1773），为典型的游乐场所，是乾隆皇帝为自己当太上皇而修建的居住、休闲之所。乾隆之后，嘉庆、道光、光绪等皇帝也有在倦勤斋活动的足迹，并以此作为书房。斋内的装修及其布局没有大的变动，基本保持了乾隆时期的原貌，仅根据皇帝各自生活习惯的不同而略有改变。《故宫博物院院刊》2004年第二期发表的故宫《倦勤斋陈设档》，记载了倦勤斋的内部陈设，其中每间的坐褥左边都设有如意，而且几乎都是紫檀嵌玉三块如意，是当时宫中陈设如意的真实反映。

皇家的需求和宫廷造办处的参与，使如意不仅在数量上大大超越前代，而且形制更为丰富，并在造型上取得了十分和谐的视觉效果。不过，也有研究者认为清代如意所承载的意蕴已经随着社会观念几乎完全退化为"吉祥如意"的符号。正是因为如意被赋予的温馨祥和的色彩更为单纯和鲜明,每逢喜庆均可使用,使其使用范围显得非常宽泛。

紫禁城里,每逢喜庆年节,皇帝、皇后、皇太后寿诞,臣子们都竞献如意以表祝福,故有"椒戚都趋珠宝市,一时如意价连城"的诗句。

如意是宫中婚庆不可或缺的重要物品。有清一代,有四位皇帝在宫中举行过结婚庆典。皇帝大婚,盛况自然非同凡响,并有一定的规制。据清宫档案记载:大婚前一日,銮仪卫掌卫士大臣、銮仪使带銮校预请皇后凤舆进乾清门中门,主乾清宫正中南陈设。派结发公主、福晋、命妇四人,戴大红钿罩,穿大红袿罩,敬陈御笔用宝龙字于凤舆内正中,安设如意于凤舆内。毕,主坤宁宫东暖阁。率领内务府女官,均戴大红钿罩,穿大红袿罩,铺设龙凤喜床。公主、福晋、命妇四人,各执如意一柄,安设龙凤喜床四隅。皇帝举行大婚典礼之时,各部门、各地官员进贡的贺礼莫不以两柄金如意为先导,正所谓"吉祥先进金如意,大乐声中降凤凰"。今存实物中有带喜字装饰者,应是陈于凤舆、欢床或为帝后互致的礼物。影响所及,民间也以如意作为订婚的信物。

如意也是皇帝选后妃时的信物和凭证。传说慈禧太后为光绪皇帝选后妃时,在宫内体和殿召备选之各大臣的女儿进内,依次排列,前列为那拉氏都统桂祥之女(隆裕),末列为礼部侍郎长叙之女(瑾妃和珍妃)。当时,桌上摆置着玉如意一柄、红绣荷包两对,作为选定之物。按清代宫廷规矩,选皇后中者以如意予之;选妃中者,以红绣荷包予之。结果,在慈禧太后的授意之下,光绪皇帝将玉如意授予隆裕,立为皇后;另以红绣荷包授予珍妃、瑾妃,选入宫内。这个情节在电影《清宫秘史》中可以看到。

皇子举行"洗三"(旧时小孩在出生第三天要洗浴一次的俗称)仪式,也少不了如意。如道光十一年(1831)皇四子奕詝洗三,皇太后、皇后、和妃、祥妃等都送如意为贺。

皇帝对皇族、大臣、亲信的赏赐也多用如意。雍正皇帝曾赐给怡亲王允祥如意，并作《如意歌赐怡亲王》："彩云冉冉鸾鹤翩，鸾鹤背驭双神仙。南极西池环佩联，双双同庆帝胄贤。手执如意来当前，篆刻蝌蚪黄金填。晶莹上下星文缠，瑶台此日喜气偏。琅琅更听仙语传，唱随偕老如和弦。既指山海为岁年，复言日月同团圆。煌煌带砺眷便便，子孙永保福且绵。予因仙语嘉喜骈，为尔歌只如意篇。"皇室成员也将如意赐赠相关的贵族臣僚。

在《红楼梦》中，元春省亲时赏赐给家里人礼物，因身份最高的是贾母，所以唯独贾母得到了如意，而其他人都没得到。满族贵族晋谒尊长时，有"递如意"的礼仪，元春给贾母如意也可能与之有关。贾母得了一个金如意、一个玉如意。后来元春还了贾母一个香如意。这说明当时在像贾府这种钟鸣鼎食之家里，如意已经成为一种很流行的贵重物品了。

由于如意被赋予了单纯而明确的吉祥寓意，因此不仅在宫中，而且在整个上层社会，对如意的态度皆几近痴迷。在很多场合，人们都要手执如意，借如意的祝福来驱除不祥。

清宫重视如意的习惯，在清朝灭亡后仍有遗痕。当代作家刘心武1980年发表的小说《如意》，主人公是一个清代贵族的后裔，当年叫格格，她就一直珍藏了一对如意。这对如意与她的爱情、向往、命运相随始终。

清宫玩赏如意早已成为时尚，实际执掌国家大权近半个世纪的慈禧太后自然不能例外。现代学者唐鲁孙在《清宫古老的吉祥玩物》一文中，引内廷太监"梳头刘"的话说："慈禧有四柄心爱的如意，一柄是吉林长白山里的一只冬荣瑞草，又名灵芝，天然长成一柄如意，面现云纹，柄呈赤紫，计龄当在千年以上。一柄是沉香木的如意，夭矫坚峻，刻削蟠屈，据说置之座前，可以消痰顺气，如有闷胀岔气，用之揉搓胸膈，立刻舒畅自如。一柄是长不逾尺的翡翠如意，产自云南尖山，通体璇碧，斐斐有光，炎炎盛夏，插架高拱，满室清凉。另一柄是顺治九年满榜状元麻勒吉呈献的，历顺治、康熙、雍正、乾隆四朝，一直陈列御书房多宝格中。这柄如意颜色黝黑，既非金石，又非角木，夏日蚊蚋不侵，如有凶杀噩耗并能事先示警。慈禧垂帘，这柄如意就成了老佛爷宝座旁边的爱物了，可惜庚子年拳匪之乱，洋兵在内廷骚扰一段时期，等（慈禧）从西安回銮，这柄旷世奇珍也就下落不明了。"

2004年5月20日，北京故宫博物院举办了清代宫廷珍藏如意展，展出了207柄皇家御用如意。它们是从故宫3000多柄如意藏品中精选出来的。参观者从中不仅可以欣赏到清代如意的丰富和精美，还可以领略到清代皇家痴迷于玩赏的时尚风情。

材质丰富玉为首

如意的功能多样，取材也很广泛。据唐代以前史料记载，如意的材质有白玉、水晶、琥珀、骨、犀、漆、木、竹、牙、铁等。南朝以后，如意形制越来越大，制作材料也越来越考究，成为一种贵族的豪华摆设。

清代乾隆时期，如意大量制作，如意的材质也愈趋贵重和丰富，有金、银、铜、镀金、铁、玉、沉香木、檀香木、红木、桦木、木变石、竹等，并饰以翡翠、水晶、宝石、珍珠、珐琅、漆器、瓷器、戗金、玛瑙、珊瑚、蜜蜡、松石等。目前遗存的古代如意，有清一代数量最大，远远超过以往所有时期的总量，而如意的材质也最具代表性。

玉如意是满族的吉祥物，用其象征顺利如意。玉石如意的材质十分丰富，包括翡翠、白玉、青玉、碧玉、墨玉、水晶、孔雀石、玛瑙、珊瑚等。清代中期，由于朝廷对新疆和阗玉的进一步开采，玉制如意的数量大增。从清代流传至今的如意情况看，以白玉和翠玉制作或装饰的如意数量最多。特别是清代中期国力强盛的时候，用白玉和翠玉等贵重材料制成而不加任何镶嵌装饰的如意就更多。后世仿制清代如意，也多以白玉和翠玉为原料，施以平雕、镂雕等工艺。乾隆皇帝酷爱赏玉、玩玉，在其所作如意御制诗60首中，以"咏和阗如意"为题材的诗就达10首之多，从中即可看出他格外喜欢玉如意，也能证明当时玉如意的数量一定不小。不仅如此，乾隆还特别注意玉如意的纯洁度，曾命清宫造办处，要将白玉如意中的瑕疵"俗样都教铲削去，本来玉貌净真披"，只有这样，才"入目方堪号如意"（乾隆《咏白玉如意》）。

乾隆年间福建督抚受贿案发后，查出总督伍拉纳家藏嵌玉如意112柄、雄黄如意2柄、檀香如意1柄、嵌料石如意9柄，巡抚浦霖原籍家藏三镶如意157柄、金如意3柄，布政使家藏如意14柄、硝石如意2柄，按察使家藏金如意9柄、整玉如意2柄、带表如意1柄、三镶如意121柄、料石雕漆等如意7柄。嘉庆年间抄没军机大臣和珅家产时，抄查嵌玉如意1601柄、嵌玉九如意1018柄。由此可见嵌玉如意在如意中的比例也是很高的。从现存的清代嵌玉如意看，以紫檀嵌玉如意较为常见。

迄今为止发现的中国最早的翡翠制品，是北京明定陵出土的翡翠如意。从清代初期开始，翡翠从缅甸源源不断地运到中国；嘉庆以后，翡翠被大量用来制作如意。在清宫所藏如意中，不乏体积大、翠色鲜艳、水头足、碾琢精美的翡翠如意。如一柄翡翠灵芝式如意，以整块翠琢成，灵芝形，周身遍琢小芝、花果等，弥足珍贵。

雄精是雄黄矿中的结晶体，属斜方晶系，色橙黄，半透明。用雄精雕刻工艺品，独具特色，清代以来成为贵州著名的工艺品。但是提炼雄精十分困难，因而产量很低，存世更少。清宫中有一柄雄黄琢菊花如意，造型圆浑，色泽微红，表面光滑，乃以雄精拼接碾琢而成，为同类制品中的代表作品。

清代的水晶如意也很有特色。如一柄灵芝式如意，由整块水晶琢成；芝茎弯曲，茎身缠绕草叶、小芝等；芝茎中部琢阳文篆书"万年瑞芝"；芝首圆润自然，碾琢精细，抛光好；如意通体通透，晶莹光洁，透明度很高，为水晶中的上品。再如一柄云龙如意，以整块水晶碾琢；琢饰龙凤戏珠及海水江涯纹，纹饰高凸，造型粗放，刀工简洁；龙凤很有气势，形神俱备；水晶中稍有白色絮状物，被制作者巧妙地利用，制为自然的云雾，变疵为宝，可谓匠心独运。

象牙，历来是十分珍贵的工艺原料。以象牙制作如意，工艺一般为两种，一种是标准造型，一种是取天然竹木的造型。如一柄清中期的象牙龙纹如意，柄首呈团云造型，开光镂雕二龙戏珠，云纹地；柄身曲度呈 S 形，上下浅浮雕花卉纹，中部略宽，开光镂雕四只蝙蝠，云纹地；柄端椭圆，开光镂雕两只蝙蝠，云纹地，与柄身中部相呼应。此为标准型。再如清代的一柄象牙雕灵芝如意，就是依照天然灵芝雕琢而成。此如意柄首取灵芝的基本形态，以卷云纹表现；柄身枯枝交搭缠绕，枝间圆雕大小灵芝；柄端刻有一行篆书，字迹硬拙。此器之妙在于以云纹造型灵芝，使之有一种似云非云、似灵芝又非灵芝的如幻如真的意境。

取天然木根、枝丫，不着一刀，或略做雕刻制成如意，南北朝时已经流行。如意的功能不断演变，而根雕如意始终兼有搔杖和谈柄的双重功能。如一柄清代的黄杨木如意，取黄杨木根的天然形态，稍事雕磨而成；二枝并生，一大一小两个瘿瘤自然形成柄首和柄握，天生弯度自然形成 S 形的曲度，一副支离的病态，应为文人偏爱。另一柄黄杨木雕如意，精致有余而略失苍古，其不露刀痕地雕成瘿瘤柄首和枝蔓缠绕的柄身，在盘曲的枝蔓间圆雕象征智慧和知性的灵芝。此柄如意颇具巧思，但非文人情趣，应是士大夫的文房清供。

景泰蓝三镶如意在清代比较盛行。如一柄清代的如意，柄首、柄握、柄端三处为金镶和阗白玉，柄身为景泰蓝。其烧制工艺细腻、精致，器型规整、标准，图案典雅、富丽。

金铸如意，可以乾隆万寿大典的一件瑞器为例。这柄如意以金铸一株虬曲的老硬桃枝，上结两桃，一为玉琢，一为碧玺雕，桃叶若临劲风，紧贴于枝，为珐琅烧成。白玉桃上镌"乾隆御玩"四字，填金隶书。工艺熔铸金、珐琅、镶嵌于一体，工料俱佳，侈美奢华，属于清宫造办处珐琅作的呕心之作。还有一柄乾隆年间的纯金如意，通体金黄，手柄上用绿色松石镶嵌"万年如意"四个字，光华璀璨，尽显皇家气派。

不同材质的如意，有不同的用途。金属质地、镶嵌有手掌大整块翡翠、一尺多长的如意，是陈设在厅堂里供观赏用的；翠玉质地、稍小一些的如意，是拿在手中把玩的；还有一些特殊质地的如意是插放在花瓶里的，取的是"平安如意"之意。

造型独特工艺精

在中国传统器物中，如意的造型是十分独特而明晰的。明清之际学者方以智《通雅》引《音义指归》云："如意者，古之爪杖也。或骨、角、竹、木作人手指，柄三尺许。"如意既然由痒痒挠发展而来，其最初的造型，包括其长度、弧度、各部位比例等方面，就与人的手指、手掌、手臂等部位密切相关。虽然后世如意的形制变化不一，出现了带钩式、直柄式、灵芝式、随形式、犀角式、云叶式、穿插式、三镶式等，单柄首就有葵瓣、云头、莲花、灵芝等不同样式，但如意的轮廓始终没有脱离开搔杖的雏形。

在长期的形制演变过程中，如意吸收了笏板、灵芝等器物的形状特点，到宋代基本定型，到清代乾隆时期已经完全定型。应该说，集中国古代如意造型工艺之大成的清代宫廷如意，其各部分的比例是协调的，主线条的曲折度是优美的，相关的装饰是适当的，因此其基本造型是成功的，适应了中华民族的审美习惯，具有浓郁的民族风格。根据不同材质的特点以及不同的实际需要，如意的造型会出现一些变化，而且细节的变化非常丰富，但其基本造型还是比较明确的，使人容易辨识、接受和喜爱。制作和装饰如意的所有工艺，都没有影响如意造型的独特性。

与造型相关，传统的如意执法有两种：一种是右手握柄身中部，左手托柄的底端，右上左下，斜执于胸前；一种是右手托柄身中部，以防止下滑，柄身的曲度则设计成 S 形。

唐宋时，柄身宽度为上宽下窄；明清以后，柄身的中部，亦即右手握处，多略宽。如意柄身中部变宽，也与越来越多地镶嵌进各种珠宝有关。宝物镶嵌得越多，柄部就越宽大，而长度则随之缩短，渐渐地演变为灵芝形，成为陈设品或馈赠品。清代如意的长度，大多数在10几厘米到70多厘米之间，以三四十厘米为最多。

那么，如意为什么会演变成为灵芝形状呢？

第一，如意的手指，弯曲呈半拳状，与灵芝的形状相似；将灵芝的形状特点吸收进来，可以增强如意的美感。

第二，也是最主要的，民间崇拜灵芝，认为灵芝是呈天瑞、表地祥的仙草，能够延年益寿。灵芝是一种可药、可食的珍贵菌种植物。天然野生灵芝一般生长于深山老林枯朽的栎树及其他阔叶树木桩旁，通常每10万株枯树中只有几株能生长出灵芝。这是由于灵芝孢子的壁壳非常坚硬，胚芽很难穿破，发芽率很低。灵芝的稀少性，无疑使它显得格外珍贵。中国是世界上最早记载灵芝的国家，可追溯到黄帝时代。《山海经》上就有炎帝的小女儿瑶姬精魂化为灵芝的神话传说。东汉《神农本草经》列灵芝为"上药"，认为它有"益心气、安惊魄、补肝益气、坚筋骨、好颜色"等功效，"久食，轻身不老，延年神仙"。明代大医药学家李时珍的《本草纲目》记载，灵芝味苦、平、无毒、益心气、活血、入心充血、助心充脉、补肝气、补中、增智慧、好颜色、利关节、坚筋骨、祛痰、健胃。在中国传统文化中，灵芝成为吉祥的象征物，有"仙草""瑞草""神芝""祥瑞之物""长生不老草"等多种美称。由于灵芝比较名贵，得之不易，人们甚至把见到灵芝都视为祥瑞的征兆。《孝经》载，王者德至草木则芝草生。因此，历代统治者都以得到灵芝为荣，借以标榜自己的圣明贤德。汉武帝就曾因宫殿梁上长出一朵灵芝而大赦天下。东晋著名道教养生家葛洪称灵芝为"久食长生、扶本固正、食之成仙"的"仙丹妙药"。神话故事《白蛇传》有白娘子冒死上昆仑山盗来灵芝仙草救活丈夫许仙的美丽传说，赋予灵芝以爱情的文化象征。

宋代，如意与灵芝逐渐融合，最后成为一体。当时，灵芝造型广泛地出现在各种器皿上。宋元时期的如意纹金盘，上面的灵芝纹由八组正反S形组成，造型别致，方中带圆，形体丰腴，层次十分清晰。这种灵芝纹形，是由渐变的螺旋线延伸而成，富有韵律美。金盘内有突出的四个双钩小如意头组成盘心，"四四"与"事事"谐音，寄寓着"事事如意"的吉祥含义。明清时期，如意造型的工艺品比比皆是。就连江南水乡原揽船石雕刻也多是如意，有直挺的，也有弯曲的，有平雕的，也有立雕的；有单独的如意，也有装饰的如意。更多的则采用拟人手法，塑造出的如意石雕犹如舞女，一个个因势象形，各具情态，灵动潇洒，飘飘欲仙。有的石驳岸上连续出现九个如意，讨口彩"九如"，集中了人间一切美好的祝愿。

由于造型确定，如意的制作工艺便主要体现在雕刻和镶嵌上。受清代中期精巧、繁缛的工艺之风的影响，比起前代，清代宫廷如意普遍雕刻和镶嵌得更为细腻和精湛。

金属如意中，金、银、铜如意的工艺，包括镶嵌、錾花、花丝、烧蓝、鎏金、错金等。制作工艺较为繁复精细的是金银累丝如意，即用细如发丝的金银丝曲折累积焊连成玲珑剔透的如意。更有在金如意上以珍珠、宝石、翡翠、玉瓦镶嵌出龙凤、花鸟、文字等纹饰者，堪称稀世珍品。故宫博物院收藏的一柄铁错银龙纹嵌松石如意，修长匀美，首较小，云头式，上有凹陷浅槽，镶嵌蓝色不透明料块为饰，现虽有遗失，但风格独特，极为醒目；如意首背面错银凤纹；柄身正面亦错银杂宝纹及龙纹，背面错图案化的锦纹。另一柄铁错银如意，铁制，乌黑沉重，简拙古朴，通体嵌错银丝组成的纹饰；柄首正面错一有翼异兽；此外还错有九宫、星月等纹饰，颇为奇特。还有一柄七成金累丝嵌石如意，金累丝制，通体在钱纹地上饰云凤纹及寿字；如意首隆起成三台，中央嵌松石，柄嵌蓝宝石、碧玺，柄身两侧又以宝石嵌杂宝纹，朵状尾部亦嵌松石；金累丝纹饰上饰点翠，现多已脱落。

竹木如意在明代和清代前期最为流行，主要被当作清玩。这些如意以天然木根、竹根稍加雕饰而成，工艺并不复杂，但却自然古朴，轻巧生动。木如意材质有紫檀木、黄杨木、乌木、檀香木、沉香木等；竹如意有以竹根雕刻的，有木雕贴竹簧的，有贴饰竹丝的，还有将竹木雕刻后再嵌饰金玉百宝图案的。如一柄竹雕灵芝如意，曲柄翘首，呈天然灵芝形；柄茎上方分出两支小杈，加工成小灵芝，芝首以自然根结略加刮磨而成芝朵，灵异逼真，颇具雅逸之趣。再如一柄文竹嵌竹丝嵌玉荷花鸳鸯如意，将打磨光洁的棕竹丝弯曲成波浪状，并列粘贴于柄身上；柄首的竹丝则盘成圈状，中央嵌荷花鸳鸯纹玉饰，制作工艺十分复杂。

清代如意工艺中，特别值得一说的是三镶如意。木柄三镶玉如意是清宫如意收藏中的大类，主要是为迎合帝王鉴古之雅好。如意两端为灵芝或云叶形，中间凸出心形或圆形，表示"称心如意"。三镶如意木柄的质地有紫檀、花梨、黄杨、黄檀及檀香木等十余种，以紫檀较为多见。它们或为光素，或雕刻吉祥图案，或嵌金银丝花纹。如意的首、身、尾三处分别嵌饰玉雕，是为"三镶"。如意上嵌饰的玉饰有历代古玉，也有清代时专门碾琢的。古玉中不乏战国之玉佩、汉代之玉璧、宋元之玉带板、明代之玉饰，也有清人用和阗玉仿古者。如一柄清代中期紫檀嵌玉八卦三镶如意，柄首所嵌"海东青捕天鹅"玉饰即为辽金时期著名的"春水"玉，莹润细腻，极其珍罕。再如一柄紫檀嵌玉三镶如意，紫檀柄，首、身、尾镶螭纹玉璧、玉瓦；如意首玉璧的中央镶有一颗产自黑龙江流域的东珠，粒大晶莹，点缀在双螭之间，组合为二龙戏珠纹饰，光彩夺目。还有一柄紫檀嵌宝石花鸟三镶如意，通体满镶翠、玉和各色宝石，首、身、尾镶嵌三块青玉瓦，首、尾均嵌牡丹花枝，中腹嵌桃枝图案；以翡翠为叶，紫红色碧玺为花朵和桃实，中腹上、下各嵌四只白玉鹤，飞翔在花果之间，艳丽华贵而略有堆砌之感。

一般来说，镂刻精细、贵重华丽的如意往往配以穗带腰结，有的还系有用红珊瑚珠串成的坠子。清代乾隆御制如意穗带腰结的编织，可谓花样百出，有花篮、盘长、双鱼、寿字、双喜、"卍"字等，极富祈吉意义。如有的如意系红丝长穗，腰饰盘长结，寓意吉祥永延，形象喜庆和谐，民俗色彩浓郁。

图案吉祥寓意深

形如灵芝、貌似祥云的如意，其造型本身就很吉祥。如意既然是典型的吉祥物，制作者还要想方设法设计出各式各样的吉祥图案，装饰在如意上。这些图案吸收了礼法、宗教、民族、民俗、文化、艺术等各种因素，涉及宫廷和民间生活的方方面面。宋代，如意上越来越多地出现祥瑞图案。到清代中后期，各类如意上的吉祥图案几乎囊括了中国传统的所有吉祥图案。

如意头上雕刻的图案，大都是借"如意"二字顺意发挥而成的吉祥图案。有的如意头被雕成两个柿子状，"柿""事"同音，因而叫作"事事如意"。有的如意头上刻五只蝙蝠围绕一个大"寿"字飞翔，"蝠""福"同音，名为"五福捧寿"，指长寿、富贵、康健、德行、善终，真是样样如意。如意头上的图案为灵芝的，称"灵芝如意"，象征长寿延年。此外，如意上装饰的图案还有其他祥瑞的寓意，动物、植物、清供、博古类如"百（柏树）事（柿）如意""万（万年青）事（柿）如意""一统万年""太平有象""吉祥（大象）如意""平安（花瓶）如意""年年（鲶）有余""和（荷）合（盒）如意""必（笔）定（锭）如意""四艺（琴棋书画）如意""四合（四个）如意""鸳鸯荷花""鱼龙变化"等；神仙、人物类如"麻姑献寿""刘海戏蟾""张骞浮槎"等。

寓意"富贵"的，如紫檀木嵌碧玺三镶如意，在以绳纹组成的三股束花木柄上浮雕牡丹花枝，如意首和柄身、尾部都镶有椭圆形錾缠枝莲纹的金托，托内嵌三块大碧玺，分别为紫红色与黄色，质地莹润,色泽鲜明,配以黄色盘长丝穗显得分外庄重;其中牡丹即寓意"富贵"。

寓意"太平"的,如黄花梨嵌螺钿三镶嵌玉如意,柄身为黄花梨木制,通体镶嵌螺钿梅花,三块白玉嵌于如意的首、身、尾部,分别雕刻太平有象、花卉瓶景、狮子等,如意首与中腹玉饰上还分别琢有篆书"四海升平""富贵长清",寓意太平吉祥。

寓意"长寿"的,如铜镀金錾蝠寿寿星如意,体形弧曲圆浑,通体镂雕勾连云蝠纹及团寿纹,布排错落;如意首为云头式,高浮雕寿星,其身侧有瑞鹤衔芝、白猿献寿及松柏竹枝等为衬。

寓意"平安"的,如白玉嵌石鹌鹑嘉禾如意,首镶嵌玉石麦穗数株及鹌鹑两只,取"穗"与"鹌"之谐音,寓意"岁岁平安"。

寓意"多子"的,如金宜子宜孙小如意,以模压配合捶揲、焊接等工艺成型。柄体扁平,錾回纹边,鱼子纹地上凸起"宜子宜孙"楷书吉语,并以云蝠纹点缀;如意首亦以鱼子纹为地,中有"喜"字,可知其为婚礼用品。

寓意"三多"的,如墨玉嵌石三多如意,以沉着蕴藉的墨玉碾琢而成,并镶嵌桃、佛手、石榴等装饰物;桃、佛手和石榴纹饰的组合寓意"三多",即多寿、多福、多子。

中国古代民间喜爱的八仙和暗八仙图案,也是如意上常用的纹饰。如沉香木雕八仙纹如意,首呈心状,柄略宽,中间拱起;通体满雕寿星和八仙组成的图案;如意首雕饰突额长髯的寿星,两旁伴有八仙中的汉钟离、韩湘子。柄中部吕洞宾、铁拐李同立。柄下方由上到下依次为张果老、曹国舅、蓝采和、何仙姑。柄上还浮雕四个委角方框,框中分别刻有阳文楷体"万""福""攸""同"四字。再如檀香木镂雕暗八仙纹如意,通体饰镂空纹样,分两层,下层为蜂窝状地纹,雕刻极其细薄且连续不断,上层为暗八仙并点缀花草等,其间有飘带纹缠绕环结。"暗八仙",即八仙手中所持的法器,包括铁拐李的葫芦，能炼丹制药，普救众生；吕洞宾的剑，有天盾剑法，可威镇群质；汉钟离的扇，称玲珑宝扇，能起死回生；张果老的鱼鼓，能占星卜卦，灵验生命；韩湘子的笛，有妙音萦绕，通万物生灵；曹国舅的拍板，其仙板神鸣，万籁无声；蓝采和的花篮，篮内神花异果，能广通神明；何仙姑的荷花，出泥而不染，可修身禅静。由这八件法器组成的图案，暗喻"八仙"人物，象征吉祥喜庆。

如意的寓意不仅体现在个体的图案上，而且体现在群体的组合上。从清代乾隆中期开始，如意贡品多以九柄成套，取《诗·小雅·天保》中的"九如"：如山、如阜、如冈、如陵、如川之方至、如月之恒、如日之升、如南山之寿、如松柏之茂，其寓意最吉。乾隆十六年（1751）、二十六年（1761），皇太后六十、七十寿辰，臣下多日恭进"九九"寿礼，都有如意九柄，占一九之数，可见其重要程度。有位大臣一次进献了"九九如意"，就是九柄如意为一盒，九盒共81柄如意。流传至今的还有一套60柄金如意，每柄上有不同的干支纪年，合为一甲子，是乾隆六十万寿（1770年）时王公大臣所进，用金1361两，极为罕见。

此外，如意本身也被当作一种重要的吉祥纹饰，广泛用于中国古代的建筑、雕塑、绘画、瓷器、玉器、家具、茶具、服饰、纸笺等众多的艺术和生活领域。

去粗取精通鉴定

如意是中国传统的收藏品。儒、释、道三教皆奉之为"执友",帝王将相则拜之为"握君",社会各界都以珍藏如意为荣。现代著名学者、书法家、西泠印社第三任社长张宗祥先生,因得到一柄明代铁如意,遂名其斋曰"铁如意馆"。在当代,如意仍然是一个重要的收藏门类,而能够正确地鉴定和欣赏古今如意,去粗取精,去伪存真,成为收藏如意取得成功的必要前提。

以假乱真,清代宫廷艺人就曾为之。1988年3月18日黄昏,一个窃贼潜藏在北京故宫博物院御花园内,企图盗窃陈列在体顺堂西间明窗案几上的一柄清代铜镀金镶料石珠花嵌表如意(如意上嵌有一块椭圆形表),但未及得逞即被工作人员抓获。值得一提的是,这个窃贼在如意鉴定方面是个纯粹的外行,他冒极大风险欲盗的这柄铜镀金镶料石珠花嵌表如意,虽然具有珍贵的历史和文物价值,但仅属于院藏三级文物。他利欲熏心,被清代宫廷艺人以假乱真的工艺效果所迷惑,把巧妙镶嵌在表周围的工艺玻璃料石、水晶、碧玺、绿松石等,看作更为值钱的珍珠、钻石、宝石、玉翠等,又将铜镀金看作更为值钱的纯金,落得个可恨、可悲而又可怜的下场。

鉴赏如意,特别是清代成熟期如意,首先要深刻认识其文化内涵,尤其是它的吉祥含义。如意的材质、造型、工艺、纹饰和附饰,都要服从于其吉祥寓意,都是围绕这个主题设计和制作的。如果一柄如意不能使人产生美感、善感,看上去不舒服、不如意,那么它的材质再好、工艺再精,也不能算是一柄好如意。如意,如意,不如意岂能如意?

　　当然,在把握主题的基础上,对如意的鉴赏也要具体问题具体分析。这就需要收藏者对中国传统工艺及其欣赏知识有尽可能多的了解。以人们较为常见的玉质如意为例,玉的内在美,即玉的自然属性美或质地美,是极为重要的鉴赏条件。古人认为玉有仁、义、智、勇、洁"五德","君子无故,玉不去身","君子于玉比德焉",等等。玉如意将玉的崇高寓意与如意的吉祥寓意结合在一起,备受人们珍爱。因此,收藏通体玉如意(也有的是首与柄插在一起的),重点要看玉质是否纯洁精良,如硬度、光泽度、温润度等,其次看雕刻工艺是否精湛。

　　对于嵌玉三镶如意来说,主要看木质柄与镶嵌的玉块是否相得益彰,工艺美就显得更为重要。具体来说,一要看木柄的材质如何,如果是紫檀、沉香木、黄杨木等,就属于较好的木质;二要看柄上镶嵌的玉块的材质如何,要注意有些三镶如意的嵌玉泛青或灰,质地干涩,不是真正的和阗白玉;三要看木柄和玉块上的雕刻工艺是否精细,刀法应既精巧细腻又生动流畅,而且富有神韵,无凝滞呆板之感;四要看木柄与玉块镶嵌得是否得体,以天衣无缝、珠联璧合为上品。如一柄清代嵌玉如意,不仅柄木和玉质精良,而且雕工不凡。木柄上镶嵌着三块白玉,每块白玉周边均以黄金镶嵌,上面还雕刻有人们誉之为"花王"的牡丹花及双翅展飞的仙鹤图案,形象逼真,栩栩如生。此外,嵌玉如意还配以黄花梨外框匣,框匣外还以黄花梨箱装,十分讲究。箱盖板上,右侧雕刻有"民国十九年小春月置国历十一月一日重装饰",正中横刻有"贻善台朱",左下侧落款刻有"见□连箱匣合金计价大洋拾陆元正",皆为楷体。据收藏者回忆,这柄嵌玉如意原系清代官宦人家后代所有,是在民国年间转让的。整个如意质地精良,形制美观,因材施艺,浑然天成。

　　对不同时期的如意,鉴赏和收藏的侧重点也应有所不同。清代以前的如意存世较少，有些如意为铁制或竹木制，材质较普通，工艺水平也一般，但仍具有较高的历史价值。清代早期，顺治、康熙二帝崇尚简朴，谕旨臣工禁献玩赏之物，如意制作尚未繁荣；清代晚期以后，如意与其他种类的传统工艺品命运相似，逐渐衰落，除去一些大型的三镶如意尚有可观外，工艺大都陷于因循与粗陋；因此，清代中期，特别是乾隆时期，制作的如意精品最多，应是如意收藏家最值得关注的。

收藏如意，提高眼力，必须多看古代如意真品和珍品。北京故宫博物院、台北故宫博物院和南京博物院是收藏古代如意较多的博物馆。2003—2004年，北京故宫博物院首次展出数百年来深藏宫廷的200多柄如意，给如意收藏爱好者提供了一次难得的参观机会。这次展出的如意基本都是清宫御用的，只有一柄铁如意是明代皇宫遗留下来而被清宫收藏的。展品中的一柄乾隆翡翠如意为所藏2000余柄如意中唯一的一件一级文物。这件翡翠如意长59厘米，冰种，质地细腻通透，翠色鲜艳。如意首雕两个螭虎相嬉，柄雕三个螭虎。柄中部两个螭虎相向而卧，柄尾部一个螭虎动感十足。如意首周边起线，不但增加了装饰效果，更突出了重点；如意柄不起线，平地立雕，增加了三个螭虎的活动空间。整件如意用材大，翠质高，立意高古，风格素雅，制作精良，堪称国宝。但尾柄有一绺裂，稍有遗憾。另一柄乾隆翡翠三镶金如意，同样令人叹为观止。如意长66厘米，如意首、中柄、尾柄各镶翡翠一块，翠色艳绿，质地细腻。三块翡翠出现自然形成的蝙蝠和瓜蔓图案，实为罕见。制作者为突出其天然意趣，只把白地薄薄地陷下一层，在鼓起的翠色上略加刻画。如意首尾各镶蝙蝠纹翡翠，中镶瓜总蔓纹翡翠，寓意福寿万年。此如意为18K金制成，周身满雕七珍八宝，象征金玉满堂。更难得的是，这柄如意配原座原罩，罩为黄花梨木嵌螺钿，更显其富贵端庄。与此相同的如意还有三柄，其三镶翡翠图案也一模一样，可见是同一块翠料制成的。台北故宫博物院则设置有"吉祥如意文物"专题展览。该博物院收藏的如意达180余柄，主要为清代藏品。北京、天津、上海、广州、香港及台北等地的著名拍卖行和文物商店在举办拍卖和展销活动时，常常推出一些高档清代如意，这也是如意收藏爱好者亲眼观赏如意、学习如意鉴定知识的好机会。

近十几年，随着人们需求的增加，新制如意大量涌入工艺品市场，颇得消费者青睐。这些如意的材质以翡翠为最多，其次为硬木的，也有三镶的；造型多因袭清代或稍加改造，但工艺大多没有乾隆时期的精细，机器参与制作的痕迹明显。一般来说，这些新制如意的收藏价值不高，但稍好者可以作为陈设品和礼品。根据材质的优劣和工艺的高低，这些如意的价格从数百元到数万元不等，集中在数百元至两千元之间。近些年，一些新生产的低劣"如意"，几十元就能买到，与如意原本高贵的身份实在相差太远。消费者购买时应注意物有所值，并尽量选择精品。例如，选择翡翠如意时，应认清是否为缅甸出产的翡翠，并分清 A、B、C 货；选择紫檀如意时，应认清是哪种类型的紫檀，并能识破用低等木材染色冒充紫檀的伎俩。

在各种古玩中，如意理应是身份和价值都较高的。清末贝勒、民初溥仪小朝廷的御前大臣载润，曾得到光绪皇帝赏赐的一对乾隆时期造办处制作的白玉如意。1940年，他因生活困难，不得已将这对白玉如意以3000元的价格（当时能买一千多袋洋白面）卖给了北平的古董商。古董商又加价两千多元，转售给天津富商李赞臣。亲眼见过实物的专家认为，这对白玉如意极为珍贵，在当时就远不止几千元的价格。

从如意收藏的历史和文物艺术品市场整体行情看，目前应该是如意收藏和投资的有利时期。首先，社会越安定，生活越富足，人们就越需要吉祥如意、福寿康宁，如意的文化意义就越受到重视，收藏如意的人就越多，如意的价值就越高。很多古代如意精品在清代时就已被皇宫收藏，现在则珍藏在几家大博物馆里和一些海内外著名收藏家手中，真正在市场流通的并不多；物以稀为贵，珍稀之物会越来越受收藏家追捧，价格会越来越贵。近些年古代如意拍卖市场的价格走向，也充分预示了如意的升值趋势。

其次，相比于其他同类文物如玉器、杂项等，如意的价格并不算高。即使是前文提到的在中国嘉德2004春季拍卖会上以143万元成交的清代乾隆白玉雕年年有余纹如意，以及在北京翰海2004秋季拍卖会上以104.5万元成交的清代白玉如意（在《中国商报·收藏拍卖导报》公布的《2004年全国五大拍卖公司瓷器杂项成交超百万元统计表》中排行第94位），在香港佳士得2004春季拍卖会上以101.336万元成交的清代乾隆白玉嵌百宝如意，也仍有较大的流通余地和一定的升值潜力。因为与这三柄清代白玉如意同期拍卖的几件清代乾隆玉器，包括乾隆白玉三足炉、乾隆羊脂白玉瓶、乾隆白玉香炉，都以300余万元的高价位成交，乾隆白玉坐佛更以495万元的高价位成交（在《2004年全国五大拍卖公司瓷器杂项成交超百万元统计表》中排行第12位）。

更为巧妙的投资，宜将眼光放在不同特色的如意精品上。在北京翰海2005迎春拍卖会上，一柄清中期福寿玉如意以42.9万元成交，取其寓意和玉质。在上海嘉泰2004秋季拍卖会上，一柄紫檀雕白玉三镶如意以6.82万元成交，所镶三片玉瓦分别透雕云龙图案，取其工艺。

上述拍卖实例说明，2004—2005年，如意拍卖市场格外火爆，清代如意屡创佳绩。综观2004年如意拍卖市场，创出高价的拍品主要以玉质为主，但也不乏其他材质的如意，特别是天津市文物公司推出的一柄紫檀嵌牙雕吉庆龙凤纹如意，格外引人注目，它由两柄三镶如意合并而成，非常别致，成交价为15.4万元；再如中国嘉德推出的仿翠釉如意，是一柄非常精细的瓷质如意，专家认为应为清宫之物，成交价为8.8万元。在这样活跃的如意市场中，收藏爱好者从自己的实际情况出发，选择价格合理、价位合意的如意，是大有可为的。

投资新制如意，可选择翡翠质地。据有关人士2005年初统计，翡翠原材料价格以每年30%的速度增长。现在人们购买翡翠不仅是一种消费，更是为了保值增值，优质翡翠成了理财投资的对象。近些年，国际品牌的钻饰在中国市场收获颇丰，而专家预计翡翠会是下一个消费热点。与黄金和钻石相比，翡翠更有投资价值，因为未来玉石制品价格的上涨是长期趋势。作为玉石材质基地的缅甸，近十几年来开采的玉石资源超过了过去三百多年的开发总量。集中全球95%以上翡翠原料的缅甸帕敢山区，好的原料越来越少。市场行情在巨大的供需矛盾下探底回升。据上海媒体报道，上海的投资者都像做期货一样看好翡翠升值，而香港等地的翡翠专营商也开始抢滩上海市场。2004年上海宝玉石协会举办过一次无底价翡翠拍卖专场，80%的买家都是普通消费者而非专业人士，最终30多件无底价拍品全部成交。

对于新制翡翠如意的投资者来说，应注意以下几点：第一，要尽量收藏好的翠种，如优质的玻璃种和冰种；如果红、绿、紫同时存在于一块翡翠上，即代表福、禄、寿三喜，象征吉祥如意，用这样的翡翠制作如意，那就是如意加如意。第二，要肯下本钱收藏大件翡翠，一大块翡翠制作的如意的价值往往能顶得上十几件小料。第三，遇到好翠料，一定要根据规范的如意设计，不惜资金请福州等地够水平的工艺师雕刻，力争达到最满意的效果；玉器的雕工在整件玉器作品中的地位越来越高，在原料相同的情况下，出自名家巧匠的作品与普通的雕件相比，价格往往能相差数倍。第四，收藏翡翠完全有理由以新翠为主，因为老翠虽然有年份，但水头儿往往不如新翠。有些如意收藏者多年来一直坚持这几条收藏原则，因而形成了自己独特的如意收藏风格，并取得了明显的经济效益。

茶具篇

栊翠庵茶具有真有假

清代曹雪芹的长篇小说《红楼梦》对历史、人物、诗词、饮食等多方面描写得淋漓尽致,被誉为中国封建社会的百科全书。书中提及茶的地方竟有数百处之多,对陈设器用的描写也是非常细腻的,写茶具也不例外。这是因为,《红楼梦》时代是讲究饮茶的时代,《红楼梦》所写的豪门贵戚府邸又是最讲究饮茶的地方。

书中第三回,黛玉进贾府,出现了"茗碗""茶具"字样。第七回写迎春和探春下围棋,二人的丫鬟司棋和待书手里都捧着茶钟。第三十八回写贾母等人进入藕香榭中,只见栏杆外一个竹案上头设着茶筅茶盂各色茶具,那边有两三个丫头扇风炉煮茶。直到高鹗所续第一百零九回,贾母临终时睁眼要茶喝,邢夫人便进了一杯参汤。贾母刚用嘴接着喝,便道:"不要这个,倒一钟茶来我喝。"由此可见,茶与茶具贯串了《红楼梦》情节始终。

《红楼梦》写茶事活动和茶具最集中的是第四十一回《贾宝玉品茶栊翠庵 刘姥姥醉卧怡红院》。写贾母带了刘姥姥至栊翠庵来。妙玉相迎进去。众人至院中,往东禅堂来。妙玉笑往里让,贾母道:"我们才都吃了酒肉,你这里头有菩萨,冲了罪过。我们这里坐坐,把你的好茶拿来,我们吃一杯就去了。"妙玉亲自捧了一个海棠花式雕漆填金云龙献寿的小茶盘,里面放一个成窑五彩小盖钟,捧与贾母。众人都是一色官窑脱胎填白盖碗。那妙玉便把宝钗和黛玉的衣襟一拉,二人随他出去。妙玉让她二人在耳房内,自向风炉上扇滚了水,另泡了一壶茶。宝玉也轻轻走进来。妙玉刚要去取杯,只见道婆收了上面的茶盏来，妙玉忙说："将那成窑的茶杯别收了，搁在外头去罢。"宝玉会意，知为刘姥姥吃了，他嫌脏不要了。又见妙玉另拿出两只杯来，一个旁边有一耳，杯上镌着"瓟斝"三个隶字，后有一行小真字是"晋王恺珍玩"；又有"宋元丰五年四月眉山苏轼见于秘府"一行小字。妙玉斟了一斝递与宝钗。另一只形似钵而小，也有三个垂珠篆字，镌着"点犀䀉"。妙玉斟了一䀉与黛玉，仍将前番自己常日吃茶的那只绿玉斗来斟与宝玉。宝玉笑道："常言'世法平等'，他两个就用那样古玩奇珍，我就是个俗器了。"妙玉道："这是俗器？不是我说狂话，只怕你家里未必找的出这么一个俗器来呢。"宝玉笑道："俗语说'随乡入乡'，到了你这里，自然把这金玉珠宝一概贬为俗器了。"妙玉听如此说，十分欢喜，遂又寻出一只九曲十环一百二十节蟠虬整雕竹根的一个大䀉出来，笑道："就剩了这一个，你可吃的了这一䀉？宝玉高兴地忙说："吃的了。"妙玉笑道："你虽吃的了，也没这些茶糟踏。岂不闻'一杯为品，二杯即是解渴的蠢物，三杯便是饮牛饮骡了'。你吃这一䀉便成什么？"说得宝钗、黛玉、宝玉都笑了。妙玉执壶，只向䀉内斟了约有一杯……宝钗约着黛玉走出来。宝玉和妙玉陪笑说道："那茶杯虽然脏了，白撂了岂不可惜？依我说，不如就给了那贫婆子罢，他卖了也可以度日。你道可使得？"妙玉听了，想了一想，点头说道："这也罢了。幸而那杯子是我没吃过的，若我使过，我就砸碎了也不能给他。你要给他，我也不管你，只交给你，快拿了去罢。"宝玉便袖着那杯，递给贾母屋里的小丫头拿着，说："明日刘姥姥家去，给他带去罢。"

在这不长的文字中，作者描写了丰富多彩的茶具。但可能是出于人物性格塑造和故事情节发展的需要，从古董的角度看，这些茶具有真有假。

先说海棠花式雕漆填金云龙献寿的小茶盘。在厚漆上面刻出花纹，然后填以金粉，叫雕漆填金。云龙献寿，是一种花纹样式，即有云有龙,并有"寿"字,寓有祝寿之意。这样的小茶盘是一件很高档的工艺品,非普通人家所能有。

再说成窑五彩小盖钟。成窑是明代成化年间官窑所出的瓷器,瓷质精细,制法奇巧,以五彩小件为独胜,当时就极为贵重。钟,同"盅"。小盖钟,是有盖的小茶杯。因成窑杯极珍贵,清代康雍年间多仿制。书中写刘姥姥用了,妙玉嫌脏不要,后来又听了宝玉的话干脆送给了刘姥姥。因此也有研究者怀疑这是一件"假的珍贵古董",20 世纪 60 年代初,文物学家沈从文先生与红学家周汝昌先生的通信中就提到过这个问题。

第三说官窑脱胎填白盖碗。官窑是北宋五大名窑之一,是专供御用的瓷器,窑场在北宋首都汴梁(今河南开封)。但后来凡供宫廷所需的瓷器亦称官窑。脱胎,指胎薄如釉制而视之若无胎骨。填白,填上粉料和月白色釉,以显花纹或增光泽。盖碗,有盖的碗。官窑脱胎填白盖碗,是一种宫廷烧造专供御用的超薄型、有花纹的光润明亮的青瓷器。

第四说瓟斝。瓟匏都是属于葫芦科的瓜名。斝是盛酒的器具。瓟斝是用一斝形模子套在小瓟匏上,使之按模子的形状成长,成型后去子风干做成的饮器。一说是一种特制的饮器,状似瓟匏,故名。曹雪芹笔下的葫芦器应是精致可爱的,但书中称器上有"晋王恺珍玩"和"宋元丰五年四月眉山苏轼见于秘府"款识,显为夸张之词。因为葫芦器是从清康熙时才开始有的,晋人和宋人是不可能见到的。这就跟"唐代做的宣德炉""宋版《康熙字典》"一样,是件假古董。

第五说点犀盉。点犀盉,庚辰本、戚本均作"杏犀盉"。盉是古代碗类器皿,点犀盉就是用犀牛角制作的碗类器皿。犀角横断面有白色圆点,故叫点犀盉。犀角入药,是强力解毒剂,以之制成杯盏等物,亦有防毒、解毒的作用。犀牛角本身就珍贵,远远超过象牙,点犀盉的价值可以想见。

　　第六说绿玉斗。玉斗一般指酒器，这里的绿玉斗指用绿玉雕成的有柄饮茶具。素有洁癖且鄙视男人的妙玉，见宝玉到栊翠庵来，非但不反感，反而把自己的专用茶具绿玉斗给宝玉用。因此，妙玉对宝玉的感情可谓十分微妙，妙玉与宝玉的关系也是很值得玩味的。妙玉与宝玉，也是红楼二"玉"，玉斗一般指酒器，不适宜用作茶具，曹雪芹却借用带"玉"的绿玉斗表现妙玉与宝玉这段交往，也是煞费苦心了。

　　最后说九曲十环一百二十节蟠虬整雕竹根的一个大盒。曹雪芹这样描绘，无非是说这是一件工艺十分复杂的大茶杯（盏）。邓云乡先生在《红楼风俗谭》一书中说："这件玩艺，如现在谁家翻出来，自然是其价不菲的古董，可以送进《红楼梦》博物馆陈列，但在当时，也只能把它归入工艺品门类，连'假古董'也够不上了。"

　　《红楼梦》写作时代，江苏宜兴制作的紫砂壶已经非常著名，清朝皇宫及北京、南京等地的贵族、富商、文人多有使用与收藏；然而，《红楼梦》写了这么多种茶具，却没有提到紫砂壶。与曹雪芹几乎同时代的吴敬梓，在另一部长篇小说名著《儒林外史》中便写到了紫砂壶。例如该书第四十一回："船舱中间放一张小方金漆桌子，桌上摆着宜兴砂壶，极细的成窑、宜窑的杯子，烹的上好的雨水毛尖茶。"这是对明清时期南京春天茶事的真实描写，不仅有紫砂壶，还有宜窑的杯子，即紫砂杯。曹雪芹出生在南京，并在南京生活过十几年，《红楼梦》内容有着浓重的南京背景，但却没有提到著名而常见的紫砂壶，是何原因，值得研究。

"茶具"本应叫"茶器"

在现代人眼里,茶具无非是一把茶壶,几个茶碗,或者再加上一个盛茶壶、茶碗的茶盘,仅此而已。即使是在茶艺馆和一些家庭较为流行的工夫茶,其茶具也仅限于泡饮所用的几种,只不过冲饮时间长一些、程序复杂一些罢了。

然而,纵观近两千年的中国茶具史,茶具的内容却远不是这么简单,古代"茶具"的定义也与现在大不相同。

中国古代茶具,泛指采茶、制茶、贮茶、烹茶、饮茶等使用的各种工具;现在的茶具,则专指与饮茶直接相关的器具。现在的"茶具",相当于古代茶具中的饮茶器具,而当时的饮茶器具叫做"茶器"。

西汉王褒的《童(僮)约》是中国最早谈及饮茶使用器具的史料,其中谈到"烹茶尽具",是要家童(僮)烹茶之前洗净器具。但是这些器具不一定就是茶具,很可能也包括食具。即使是茶具,也不都是饮茶器具,至少还应包括烹茶器具。

到了唐代,饮茶之风极盛,茶具普遍使用,"茶具""茶器"两词在当时的诗文里随处可见,如陆龟蒙《零陵总记》说:"客至不限匝数,竟日执持茶器",白居易《睡后茶兴忆杨同州诗》说:"此处置绳床,旁边洗茶器",皮日休《褚家林亭诗》说:"萧疏桂影移茶具",等等,但茶具的概念仍不同于现在。在陆龟蒙著名的《奉和袭美茶具十咏》中载,"茶具"包括茶坞、茶人、茶笋、茶籝、茶舍、茶灶、茶焙、茶鼎、茶瓯、煮茶十个方面,几乎涵盖了茶叶制造和品饮的全部内容。

在唐代陆羽所著中国第一部茶学专著《茶经》中,"茶具"指采茶、蒸茶、成型、干燥、封藏和记数的工具,而"茶器"则指生火、煮茶、烤茶、碾茶、量茶、盛水、取水、滤水、分茶、盛盐、取盐、饮茶、盛贮、清洁和陈列的用具。可见唐代的"茶具"与现在的茶具基本上没有关系,而唐代的"茶器"中的一部分却相当于现在的茶具。当代研究茶具史的学者,重点研究的是唐代的"茶器",而不是唐代的"茶具"。

唐代对"茶具""茶器"的称呼一直沿袭到北宋,蔡襄在写《茶录》时仍然称饮茶器具为"茶器"。到了南宋,审安老人写《茶具图赞》时,才将以往被称作"茶器"的饮茶器具改称"茶具",并一直沿用至今。

中国的茶具,从远古到唐宋时期,是产生和完备的过程;从唐宋时期到现在,则基本上是在逐渐精简,即从采茶、制茶、贮茶、烹茶、饮茶等器具皆备,发展为以饮茶器具为主。茶具的这个发展规律与数千年来中国饮茶方式的几次演变,即煎饮法——羹饮法——冲饮法——泡饮法,密切相关。

煎饮法是最早的饮茶方法。原始社会,人们发现茶树的叶子无毒能食,便采食茶叶。当时纯粹是为了填饱肚子,而不是去享受茶叶的色、香、味,所以还不能算饮茶。而当人们发现茶不仅能祛热解渴,而且能振奋精神、医治多种疾病时,茶便开始从食粮中分离出来。

煎茶汁治病,是饮茶的第一个阶段。在这个阶段里,茶就是药。当时茶叶产量较少,也常当作祭祀用品,南朝齐武帝萧赜就下遗诏在他死后以茶饮为祭。

羹饮法是饮茶的第二个阶段。从春秋战国至两汉,茶从药物转变为饮料。当时的饮用方法,正像郭璞在《尔雅》注中所说的那样,茶"可煮作羹饮",也就是说,煮茶时还要加粟米及调味的作料,煮作粥状。到唐代,还多用这种饮用方法。时至今日,我国一些少数民族地区由于是在唐代时接受的饮茶方式而形成习惯,故仍在茶汁中添加其他食品。在煎饮法和羹饮法这两个阶段中,农业文明色彩浓郁,中国茶文化尚未形成,采茶用具比较重要,煮茶、饮茶的器具则多与食具混用。由于茶具处于产生和缓慢发展阶段,所以茶具文化处于朦胧阶段。

冲饮法是饮茶的第三个阶段。研碎冲饮法大致出现于三国时期,唐代开始流行,宋代兴盛。三国时期魏国的张揖在《广雅》中记载:"荆、巴间采叶作饼。叶老者,饼成,以米膏出之。欲煮茗饮,先炙令赤色,捣末,置瓷器中,以汤浇覆之,用葱、姜、橘子芼之。其饮醒酒,令人不眠。"这里说得很明确,当时采下的茶叶,要先制成饼,饮时再加以炙烤,捣成碎末,用沸水冲之。这与今天饮砖茶的方法基本一样。但是这时以汤冲制的茶,仍要加葱、姜、橘子之类拌和,可以看出从羹饮法向冲饮法过渡的痕迹。西晋傅咸《司隶教》记载:"闻南市有蜀妪,作茶粥卖,为廉事打破其器具。嗣又卖饼于市。而禁茶粥以困蜀姥,何哉?"由于官吏的取缔,这位来自四川的老大娘只好由卖茶饮而改卖饼茶,也说明羹饮法与冲饮法有一个交替的过程。到唐代,陆羽反对在茶中加入其他调料,强调品茶应品茶的本味。只是在煎茶时要加盐,但要求"不夺茶味"。纯用茶叶冲泡,被唐人称为"清茗"。到宋代,便以饮冲泡的清茗为主,羹饮法除了边远之地已很少见到。从唐人时兴的"煎茶法"到宋人时兴的"点茶法",也可看出研碎冲饮法逐步确立的过程。成熟的冲饮法,涉及采茶、制茶、贮茶、烹茶、饮茶等复杂程序,茶具自然繁多,而且分工很具体,使用很讲究。至此,茶文化和茶具文化已经形成并达到了一个高峰。

泡饮法是饮茶的第四个阶段,可叫做全叶冲泡法。此法专采春天茶树的嫩芽,经过烘焙之后,制成散茶,饮用时用全叶冲泡。散茶品质极佳,饮之宜人。炒青绿茶自唐代已有,刘禹锡《西山兰若试茶歌》中就说"山僧后檐茶数丛……斯须炒成满室香",说明嫩叶经过炒制而满室生香。至明代,制茶方法以制散茶为主,饮用方法也基本上以全叶冲泡为主。这与今天流行的饮茶方法是一样的。泡饮法强调饮茶过程本身的功能,以往冲饮法时的茶具自然省去了很多。因此,泡饮法逐渐流行的过程,是中国茶文化和茶具文化逐渐走向深入的过程。

历史地看,从远古到唐宋时期茶具的产生和逐渐完备,是社会进步的反映;唐宋时期茶具的繁复,是中国古代物质文明和精神文明高度发达的反映;唐宋以后茶具的逐渐精简,则是社会分工越来越细、生活节奏越来越快、生活方式越来越便捷、饮茶行为越来越普遍、人际交往越来越频繁的结果,同样是社会进步的反映。合时、合理、合用,应是评价茶具价值的首要标准。

从酒食茶共具到专用茶具

中国茶文化的内容极为丰富,但茶具是茶文化中的决定性、标志性和代表性因素。专用茶具在中国的出现,标志着中国茶文化的形成;茶具在中国的完备,则标志着中国茶文化的成熟。

中国茶具的产生和发展,经历了一个从无到有、从共用到专用、从粗糙到精致、从单纯的实用品到兼有观赏价值的工艺品和艺术品的过程。随着"茶之为饮",茶具也应运而生;随着饮茶的发展,茶叶品种的增多,饮茶方法的改进,茶具也不断发生变化,制作技术不断完善。

中国早期的饮茶器具,是与酒具、食具共用的,而且这种酒食茶共具的历史是相当漫长的。

在远古时代,人们把茶当作一种药物或食料,而非日常饮料。东汉的《神农本草经》说:"神农尝百草,日遇七十二毒,得荼而解之。"反映了四五千年前神农氏就发现茶叶具有解毒的作用。到了商周时期,这种食用茶叶的习惯得到继承和发展,还给茶叶取名"荼",《诗经·七月》就有"采荼"的记载。因茶味苦涩,故又称"苦荼"。最早发现茶,是作为治病的药物,消炎解毒。其使用方法是生嚼茶叶吞服,或口嚼茶叶用于外敷。其后,古人发现茶叶还有帮助消化肉食的作用,就将茶叶加入粮食中一同煮食(羹饮)。在食用茶叶的过程中,发现饮茶比饮水解渴,且能振奋精神,消除疲劳,便煮成茶汤饮用,逐渐发展成为解渴饮料。对茶由药物和食料演变成日常饮料的时间,至今尚无统一看法。史料表明,春秋战国时期人们开始饮茶,到秦汉时期饮茶风习已逐渐传播开来。

原始社会,人们从茶树上采摘茶叶后,直接用嘴咀嚼,根本谈不上使用茶具。只有茶逐渐成为日常饮料时,与饮茶相配的器具才有了产生的可能。

中国最早的饮茶器具叫做"缶",小口大肚,用陶土制成。《韩非子》中说尧时饮食器具为土缶。如果当时饮茶,自然只能以土缶作为器具。中国的陶器生产已有七八千年的历史。浙江余姚河姆渡出土的黑陶器,便是当时食具兼作饮具的代表物品。

最早谈及饮茶使用器具的史料,是西汉王褒的《童(僮)约》,其中谈到"烹茶尽具,已而盖藏"。这里的"荼"指的是"茶",尽"作"净"解。《童(僮)约》原本是一份契约,所以在文内写有要家童(僮)烹茶之前洗净器具的条款。明确表明有茶具意义的最早文字记载,则是西晋左思的《娇女诗》,其中有"心为茶荈剧,吹嘘对鼎䥶"。这"鼎""䥶"当属茶具。唐代陆羽在《茶经·七之事》中引《广陵耆老传》载:晋元帝时,"有老姥每旦独提一器茗,往市鬻之。市人竞买,自旦至夕,其器不减"。接着,《茶经》又引述西晋"八王之乱"时,晋惠帝司马衷蒙难,从许昌回洛阳,侍从"持瓦盂承茶"敬奉之事。

前些年,在浙江上虞出土的一批东汉时期的瓷器,内有碗、杯、壶等茶具,考古学家认为这是世界上最早的瓷茶具。较早的茶具还有西晋的越窑青瓷鸡头壶和耳杯。

这些都说明中国在汉代以后、隋唐以前,已有专用茶具出现,但茶具与食具和包括酒具在内的其他饮具之间的区分并不十分严格,在很长一个时期内是共用的。

孙皓赐茶代酒的故事,说明三国时期酒具与茶具是难以区分的。据《三国志·吴志·韦曜传》记载,吴国的第四代国君孙皓嗜好饮酒,每次设宴,来客至少饮酒七升。但是他对博学多闻而酒量不大的朝臣韦曜甚为器重，常常破例。每当韦曜难以下台时，他便"密赐茶荈以代酒"。这是"以茶代酒"的最早记载。

中国茶具的品种也是随着饮茶的普及和提高而逐渐丰富、完善起来的。当社会的发展和生活水平提高时，人们对饮茶器具也有了新的要求，从而出现了用于贮茶、煮茶、饮茶的器具，主要是煮茶用的锅、饮茶用的碗、贮茶用的罐等。后来由于以压制饼茶为主，除煮、饮和贮藏用的茶具外，又添了炙、研末和烧汤用的器具。秦汉时期，饮茶已有简单的专用器皿。从秦汉到唐代，随着饮茶区域的扩大，饮茶风气的普及，人们对茶叶功用认识的提高，促使陶器业发展迅速，瓷器也出现了。

唐代，饮茶之风日盛，刺激了各地瓷窑的兴起，大量烧制茶具。据陆羽《茶经》记载，当时产瓷茶器的主要地点有越州、岳州、鼎州、婺州、寿州、洪州等。此外，四川、福建等地均有著名的瓷窑，如四川大邑生产的茶碗，杜甫有诗称赞："大邑烧瓷轻且坚，扣如哀玉锦城传。君家白碗胜霜雪，急送茅斋也可怜。"从中也可见唐代茶具的生产已很具规模。

大体来说，从春秋战国到汉代以后、隋唐以前，基本为酒食茶共具的历史；汉代以后至隋唐以前，出现专用茶具；唐代，出现相当完备的专用组合茶具；自唐代至今，基本为专用茶具的历史。

陆羽《茶经》与唐代民间茶具

有唐一代,国力强盛,文化繁荣,茶具也得到很大发展。饮茶之风在全国兴起,茶成为各民族、各地区、各阶层民众的日常饮料。同时,人们更加讲究饮茶的技艺和情趣。中唐时,茶具不仅门类齐全,而且质地讲究,人们也注意因茶择具。唐代是中国茶具生产和使用的第一个高峰。据陆羽《茶经》记述,当时"饮有粗茶、散茶、末茶、饼茶者",其中有代表性的是饼茶,其次是末茶。陆羽提倡煎茶法,即先将饼茶放在火上烤炙,然后用茶碾将茶饼碾碎成粉末,再用筛子筛成细末,放到开水中去煮,最后将煮好的茶汤舀进碗里饮用。唐代还有一种点茶法,是将茶末放在茶瓯中,调成稠膏,用开水冲点,而不用烹煮。唐代茶具的发展与饼茶和末茶的饮用有着密切的关系。

唐代存在两种茶文化现象:一种是以文人、僧侣为主体的民间茶文化,一种是以皇室为主体的宫廷茶文化。这两种茶文化的精神内涵有所区别:前者崇尚自然、俭朴,而后者崇尚奢华、繁缛。但是两种茶文化也有相通之处,它们都体现了"和""敬"的精神。陆羽《茶经·四之器》中记述的茶具,大体代表了唐代民间茶具风格;而20世纪80年代后期陕西扶风法门寺地宫出土的唐代茶具,则大体代表了唐代宫廷茶具风格。

陆羽(733—804),字鸿渐,复州竟陵(今湖北天门)人。他出身于一个贫困的家庭,自幼好学,8岁开始学煮茶,22岁开始对茶的考察游历,48岁完成《茶经》,名扬海内,被誉为"茶圣""茶宗""茶祖""茶仙""茶神"。正如宋代大诗人梅尧臣所评价的:"自从陆羽生人间，人间相学事新茶。"《茶经》的内容十分丰富，涉及栽茶、采茶、制茶、饮茶等各方面事宜，是中国第一部茶学专著，也是世界第一部茶文化专著。

陆羽在《茶经·四之器》中开列的 28 种茶具分别为：

风炉：形如古鼎，有三足两耳。炉内有床放置炭火。炉身下腹有三个窗孔，用于通风。上有三个支架，用来承接煎茶的鍑。炉底有一个洞口，用以通风出灰，其下有一只铁制的灰承，用于承接炭灰。

灰承：有三只脚的铁盘，放置在风炉底部洞口下，供承炭用。

筥：用竹或藤编织而成的箱，供承炭用。

炭挝：六角形的铁棒，上头尖，中间粗。也可制成锤状或斧状，供敲炭用。

火筴：又名箸，用铁或铜制成，圆而直，顶端扁平，供取炭用。

鍑：又称釜或鬴，用铁制成，内光外粗，耳呈方形，主要供烧水、煎茶用。

交床：十字形交叉做架，上置剜去中部的木板，供置鍑用。

夹：用小青竹制成，供炙烤茶时翻茶用。也可用精铁或熟铜制造。

纸囊：用白厚的剡藤纸缝制，供贮茶用。

碾：用橘木制作，也可用梨、桑、桐、柘木制作。内圆外方，既便于运转，又可稳固不倒。内有一车轮状带轴的堕。轴中间方，两头圆，能在圆槽内来回转动，用它将炙烤过的饼茶碾成碎末，便于煮茶。

拂末：用鸟羽毛做成，碾茶后，用来清掸茶末。

罗合：罗为筛，合即盒，经罗筛下的茶末盛在盒子内。罗用竹制成，弯曲成圆形，绷上细纱或绢。盒用竹或薄杉木板制成，亦呈圆形。

则：用海贝、蛤蜊的壳或铜、铁、竹制作的匙、小箕之类，供量茶用。

水方：用稠木，或槐、楸、梓木锯板制成，板缝用漆涂封，可盛水一斗，用来煎茶。

漉水囊：囊的骨架可用生铜制作，也可用竹、木制作。囊可用青竹丝编织，或缀上绿色的绢。囊有柄，便于手握。此外，还需做一个绿油布袋，平时用来贮放漉水囊。水囊实是一个滤水器，供净水用。

瓢：又名牺杓。用葫芦剖开制成，或用木头雕凿而成，供舀水用。

竹夹：用桃、柳、蒲葵木或柿心木制成，两头包银，用来煎茶激汤。

熟盂：用陶或瓷制成，供盛放茶汤，育"汤花"用。

鹾簋：用瓷制成，圆心，呈盆形、瓶形或壶形。鹾就是盐，唐代煎茶加盐，簋就是盛盐用的器具。

揭：用竹制成，供取盐用。

碗：亦称盏、瓯，用瓷制成，供盛茶饮用。

畚：用白蒲编织而成，也可用筥，衬以双幅剡纸，能放碗十只。

札：用茱萸木夹住栟榈皮，做成刷状，或用一段竹子装上一束棕皮，形成笔状，供饮茶后清洗茶器用。

涤方：用楸木板制成，用来盛放洗涤后的水。

滓方：似涤方，用来盛茶滓。

巾：用粗绸制成，用于擦干各种茶具。

具列：用木或竹制成，呈床状或架状，能关闭，漆成黄黑色，用来收藏和陈列茶具。

都篮：用竹篾制成，用来盛放烹茶后的全部器物。

以上28种器具，并非每次饮茶时件件必备。在一定的环境、条件下，可以相应地省去一些茶具。

2004年，从中日韩茶文化学术研讨会上传出消息，经过近一年的科学实验，专家们不仅第一次研制出了唐代饼茶，还用它验证、复原了陆羽的煮茶法，从而在千年之后首次科学地复原了唐代茶艺。

法门寺地宫文物与唐代宫廷茶具

从古都西安沿古代丝绸之路西行110公里，就到了汉代"扶助京师，以行风化"的扶风；往北10公里，就是当时的美阳县治。而今，一座宝塔高耸入云，重重无尽的仿唐建筑星罗棋布。这便是闻名海内外的法门寺和法门寺博物馆。

法门寺是中国境内安置释迦牟尼真身舍利的著名古刹、皇家寺院，始建于北魏，当时称"阿育王寺"。隋代，阿育王寺改为"成宝寺"。唐代是法门寺的全盛时期。原寺规模宏大，寺内占地面积一百余亩，拥有24座院落，唐代时有僧人500余名。法门寺地宫聚集了唐王朝供佛的大量奇珍异宝。874年，唐僖宗敕命法门寺地宫封门，一座伟大的文化宝库埋没地下，1000多年不被人知。1987年，国家拨款重建法门寺塔，在清理塔基时发现了石函封闭的地宫。地宫内文物珍宝之多，令人目眩，最为贵重的是藏于八重宝函之内的释迦牟尼真身舍利。

法门寺地宫所藏一套金银茶具，质地精良，造型优美，工艺先进，系列完整，是迄今为止发现的世界上最早、等级最高的宫廷茶具，从中可见唐代帝王对茶文化的重视和供佛的虔诚。唐懿宗、僖宗父子重视茶具，他们下诏文思院和地方官吏打造鎏金银碾子、罗子、笼子、匙子、则子、盐台、龟台以及银火筋和琉璃茶碗柘子等造茶、饮茶的器具。在法门寺地宫所藏一些茶具上有以硬物刻画的"五哥"两字。而"五哥"乃是唐僖宗小时皇宫内对他的爱称，表明这些茶具为唐僖宗所供奉。法门寺地宫所藏宫廷茶具与陆羽《茶经》记述的民间茶具互为补充，相映生辉，使人们对唐代茶具有了更加完整、清晰的认识。

由宪宗到僖宗五六十年期间，是唐王朝由衰落趋于瓦解的历史时期。这个时期，宦官擅权与藩镇割据相始终，皇权削弱，皇帝的废立和生死都被宦官集团所操纵。宗教是皇权的保护神，皇权又是宗教的庇护伞，懿宗、僖宗把皇权寄托在宗教上，企图利用宗教的力量来维护皇权的稳定和巩固，所以系列茶具的造型和纹饰富有浓厚的宗教色彩。将其秘藏于地宫供佛，祈求佛祖降福，以保安宁，这是唐僖宗封藏系列金银茶具的目的和愿望。

法门寺地宫所藏这套茶具包括了从茶叶的贮存、烘烤、碾磨、罗筛、烹煮到饮用全部过程所用器具。其中属于贮茶器类的金银丝结条笼子，以金丝和银丝结编而成，制作精巧细腻，玲珑剔透，是唐代金银工艺中绝无仅有的精品，代表了晚唐时期金银器制作工艺的最高水平。以前人们认为金银编织工艺到明代才达到娴熟阶段，法门寺地宫出土的精美的金银丝编织茶具把这一工艺的成熟期提前了八九百年。金银茶具选料名贵，造价高昂，标志着唐代工艺和文化的辉煌成就，但也从一个侧面反映了晚唐统治者奢靡虚华的作风。

除金银茶具外，法门寺地宫还出土了秘色瓷茶具。秘色瓷在法门寺地宫未开启之前，一直是个谜。人们只是从记载中知道它是皇家专用之物，臣庶不能用，故曰"秘色"。"秘色"，亦即青色，"青则益茶"（《茶经》）。秘色瓷由越窑特别烧制，从配方、制坯、上釉到烧造的整个工艺都是秘不外传的，其色彩只能从唐代陆龟蒙《秘色越器》诗所云"九秋风露越窑开，夺得千峰翠色来"等描写中去想象。法门寺地宫出土的瓷碗、瓷盘、瓷碟，从"地宫宝物账碑文"中得知，原来它们就是"秘色瓷"。秘色瓷是越窑青瓷中极为罕见的一种色调。法门寺地宫出土的秘色瓷茶具色泽绿黄，晶莹润泽，造型活泼，朴素大方。其中两个银棱秘色瓷碗，碗口为五瓣葵花形，斜壁，平底，内土黄色釉，外黑色漆皮，贴金双鸟和银白团花五朵，非常精美。法门寺地宫中发现的 13 件宫廷专用瓷——秘色瓷，是世界上有碑文记载的最早、最精美的宫廷瓷器。

法门寺地宫出上的素面圈足淡黄色琉璃茶盏和素面淡黄色琉璃茶托，虽然造型原始，装饰简朴，质地微显浑浊，透明度较低，但却表明中国的琉璃茶具在唐代已经起步，在当时堪称珍贵之物。

从《茶具图赞》看宋代茶具

饮茶的方法，有"唐煎宋点"之说。到了宋代，唐人用煎茶法饮茶的方法逐渐被摒弃，点茶法成为当时主要的饮茶方法。到了南宋，用点茶法饮茶更是大行其道。与之相适应，宋代茶具变化主要体现在煎水用具由釜改为茶瓶，茶盏尚黑，还增加了"茶筅"。

点茶法为斗茶所用，茶人自吃亦用此法。此法先将饼茶烤炙，再敲碎，碾成细末，用茶罗将茶末筛细，置碗中，注入少量沸水，调成糊状。以釜烧水，微沸初漾时，即将开水冲入杯、盏、碗内。须冲点，收止自如，不多不少。但茶末与水同样需要交融一体，于是发明了一种"茶筅"，即打茶的工具，多为竹制。水冲放茶碗中，需以茶筅用力搅动。这时水乳交融，渐起沫，洁白如堆云积雪。因茶乳融合，水质浓稠，饮下去盏中胶着不干。

《红楼梦》第三十八回写贾母等人进入藕香榭中，只见栏杆外一个竹案上头设着各色茶具，便有茶筅。

20世纪70年代以来，河北宣化下八里村北陆续发掘出一批辽代墓葬，其中七号墓壁画中有一幅点茶图，反映了宋辽时期用点茶法饮茶的生动情景。画面上共有八人，分为两组：图右前方一组，由四人组成，其中一位似为女主人，三人似为茶童，在女主人的指点下，正为点茶做准备。在他们之间，有一个茶碾子，用它将饼茶碾成细末；一个方盘，盘中有饼茶一块，锯饼茶用的茶锯一把，刷茶末用的茶刷一只；一把团扇，在烧水生火时，用于扇风；一只造型优美的荷花形茶炉，用来生火，其上坐有一把执壶，用于烧水点汤。图左后方一组,亦为四人,是四个幼童,从神态看,似乎出于好奇,偷看点茶之道,当然也有进而取饮之意。在幼童身旁,有一张长方形桌子,桌子上放有茶碗、茶盏、茶托、执壶等,均是用点茶法饮茶所必备的器具。

宋人饮茶之法,无论是前期的煎茶法与点茶法并存,还是后期的以点茶法为主,其法都来自唐代,因此饮茶器具与唐代大致一样。但是宋代茶具,尤其是皇室贵族和文人士大夫所用茶具,更加讲究法度,制作愈来愈精。如煮水用的茶瓶,大多鼓腹细颈,单柄长嘴,嘴呈抛物线状,便于注水时控制自如。

北宋蔡襄在《茶录·论茶器》中说到当时的茶器,有茶焙、茶笼、砧椎、茶钤、茶碾、茶罗、茶盏、茶匙、汤瓶。宋徽宗的《大观茶论》列出的茶器,有碾、罗、盏、筅、瓶、杓等,与蔡襄《茶录》中提及的大致相同。

集宋代点茶用具之大成,并通过图样表现宋代茶具形制的,是南宋审安老人的《茶具图赞》。审安老人姓名无考,他于咸淳五年(1269)以传统的白描画法描绘了十二件茶具的图形,称之为"十二先生",并按宋时官制冠以职称,赐以名、字、号。《茶具图赞》一图一赞,图文并茂,对各种茶具的质地、形制、作用等从文化的角度做了生动的描述。

《茶具图赞》所载"十二先生",即备茶和饮茶时用的十二种茶具。它们是:韦鸿胪、木待制、金法曹、石转运、胡员外、罗枢密、宗从事、漆雕秘阁、陶宝文、汤提点、竺副师、司职方。《茶具图赞》附图表明,韦鸿胪指的是炙茶用的烘茶炉,木待制指的是捣茶用的茶臼,金法曹指的是碾茶用的茶碾,石转运指的是磨茶用的茶磨,胡员外指的是量水用的水杓,罗枢密指的是筛茶用的茶罗,宗从事指的是清茶用的茶帚,漆雕秘阁指的是盛茶末用的盏托,陶宝文指的是茶盏,汤提点指的是注汤用的汤瓶,竺副师指的是调沸茶汤用的茶笼，司职方指的是清洁茶具用的茶巾。

"十二先生"的职称和名、字、号，以及批注的"赞"和相应的质地、形制、作用等，仅以"韦鸿胪"为例。韦鸿名文鼎，字景旸，号四窗间叟。赞曰："祝融司夏，万物焦烁，火炎昆岗，玉石俱焚，尔无与焉。乃若不使山谷之英堕于涂炭，子与有力矣。上卿之号，颇著微称。"此具姓"韦"，表明由坚韧的竹制成。"鸿胪"是掌握朝廷礼仪的赞导。而"胪"又是"炉"的谐音，隐喻"竹炉"之意。而"火鼎"和"景旸"，说明它是生火的茶炉；"四窗间叟"是说这种茶炉开有四个窗，可用来通风。"赞"中所说的"祝融"，为火神，含祈祷上苍保佑之意。

《茶具图赞》将饮茶器具由"茶器"改为"茶具"，并一直沿用至今。

宋代著名的陶瓷茶具产地有"五大名窑"，即官窑、哥窑、汝窑、定窑、钧窑。

官窑是专烧宫廷用器的窑场。宋代官窑分北宋官窑和南宋官窑。北宋官窑设在首都汴京（今河南开封），为时很短。南宋官窑前期设在龙泉（今浙江龙泉大窑、金村、溪口一带），后期设在临安郊坛下（今浙江杭州南郊乌龟山麓）。两窑烧制的器物，胎、釉特征非常一致，难分彼此。均为薄胎，呈黑、灰等色釉层丰厚，有粉青、米黄、青灰等色。釉面开片。器物口沿和底足露胎，有"紫口铁足"之称。生产的茶具有茶盏、茶盘、茶瓶等。

宋代哥窑遗址长期以来难以确定。哥窑是否存在，学术界仍有争议。也有文献将浙江龙泉官窑称为哥窑。传世的哥窑茶具，青釉开片，紫口铁足，类似于南宋官窑。

汝窑在今河南宝丰清凉寺一带，因北宋时属汝州而得名。北宋时为宫廷烧制青瓷，釉色以天青为主。生产的茶具有茶盏、茶瓶、茶盘等。

定窑在今河北曲阳涧磁村和燕山村,因唐宋时属定州而得名。北宋后期创覆烧法,包括盏、碗、瓶等茶具在内的器物口沿无釉,称为"芒口"。北宋时期承烧部分宫廷用瓷,器物底部有"官"或"新官"铭文。宋代除烧白瓷外,兼烧黑釉、酱釉、红釉、绿釉等品种。

钧窑在今河南禹县,此地唐宋时为钧州所辖,故得名。以烧制海棠红、玫瑰紫的窑变釉瓷而闻名。生产的茶具有茶碗、茶盏、茶瓶、茶盘等。

除"五大名窑"外,宋代耀州窑、吉州窑、磁州窑、建窑等烧制的茶具也很有特色。

除北京故宫博物院等著名博物馆外,当代醉心于宋代茶具收藏的私人收藏家亦不在少数。天津著名收藏家张金明潜心收藏宋代各窑瓷器,尤其重视茶具,仅他收藏的建窑、耀州窑、吉州窑等窑烧造的茶盏就有数十个。

斗茶与黑釉盏

中外历史上有斗鸡、斗牛、斗蛐蛐等民间游艺和竞赛活动,中国茶史上也有"斗茶"之事。

斗茶是茶客比赛茶叶质量的一种活动,尤为文人所好。它出现于晚唐,盛行于宋代,在以产贡茶闻名的茶乡建州(今福建建瓯)最为流行,多安排在每年春季新茶制成后。这种活动常常是三五知己相约,各取所藏好茶,轮流烹煮,相互品评,决出名次,以分高下。茶叶要做成茶饼,再碾成粉末,饮用时连茶粉带茶水一起喝下。斗茶多为两人捉对"厮杀",三斗二胜,计算胜负的单位术语叫"水",说两种茶叶的优劣为"相差几水"。

斗茶先要比汤色。一般以纯白为上品,青白、灰白、黄白诸色则等而下之。汤色纯白,说明茶质鲜嫩,炒的火候也恰到好处;色发青,表明蒸时火候不足;色泛灰,是蒸时火候太老;色泛黄,说明采摘不及时;色泛红,是炒焙火候过了头。此外,还要看汤花,就是茶水泛起的泡沫,主要是看汤花泛起后水痕出现的早晚,早者为负,晚者为胜。如果茶末研碾细腻,点汤、击拂恰到好处,汤花匀细,犹若"冷粥面",就可以紧咬盏沿,久聚不散。这种最佳效果,名曰"咬盏"。如果汤花不能咬盏,而是很快散开,就会立即出现水痕,这就输定了。对此,北宋蔡襄在他的《茶录》中说得很明白:"视其面色鲜白、著盏无水痕为绝佳。建安斗试,以水痕先者为负,耐久者为胜。"这种比技巧、斗输赢的活动,富有趣味性和挑战性。

在武夷山民间流传着一个苏东坡跟司马光斗茶的故事。苏东坡是著名的文学家，也是著名的茶人，他跟司马光斗茶，结果苏东坡赢了。司马光心里很不服气，他就给苏东坡出了一个难题。他说："你看，茶是越白越好，墨当然是越黑越好；茶是越新鲜越好，墨是越陈越好；茶是越轻越好，墨是越重越好。这么矛盾的两样东西，你苏东坡为什么都喜欢呢？"苏东坡笑着回答他："奇茶妙墨俱香。茶也香，墨也香。"可见苏东坡幽默的性格和宽广的胸怀。

宋代盛行斗茶，饮茶所用茶具为黑瓷茶具，产于浙江、四川、福建等地，其中最为人津津乐道的是福建的建窑盏，即著名的"建盏"。因其色黑紫，故又名"乌泥建""黑建""紫建"。建盏中以兔毫盏最为人称道。兔毫盏釉色黑青，盏底有放射状条纹，银光闪现，异常美观。以此盏点茶，黑白相映，易于观察茶面白色泡沫汤花，故名重一时。蔡襄《茶录》认为："茶色白，宜黑盏，建安所造者绀黑，纹如兔毫，其坯微厚，熁之久热难冷，最为要用。出他处者，或薄或色紫，皆不及也。其青白盏，斗试家自不用。"宋代祝穆在《方舆胜览》中也说："茶色白，入黑盏，其痕易验。"苏轼的"来试点茶三昧乎，勿惊午盏兔毛斑"，黄庭坚的"兔褐金丝宝碗，松风蟹眼新汤"，都是咏此茶盏的名句。

制作建盏，配方独特，窑变后会显现出不同的斑纹和色彩。除釉面呈现兔毫条纹的兔毫盏外，还有鹧鸪斑点、珍珠斑点和日曜斑点的茶盏，这些茶盏分别被称为鹧鸪盏、油滴盏和日曜盏。如现存于世的一个南宋黑釉油滴盏，束口，深腹，卷足，盏面的珍珠斑点，透过泛光的釉彩，犹如夜空中闪闪发光的繁星，美不可言。一旦茶汤入盏，这些茶盏都能放射出五彩纷呈的点点光芒，为斗茶活动平添一分情趣。在日本镰仓时代（1192—1333），到浙江天目山学佛的日僧回国时带去一批建盏，因取自天目山，故称"天目茶碗"。其中有三件日曜盏现藏于日本东京静嘉堂文库等地，被誉为"天下第一"珍品。

同时被带去的还有油滴盏，同样被当作国宝珍藏。

建盏而外，四川广元窑烧制的黑瓷茶盏，其造型、瓷质、釉色和兔毫纹与建瓷也不相上下。浙江余姚、德清一带也生产过漆黑光亮、美观实用的黑釉瓷茶具，其中最流行的是一种鸡头壶，即茶壶的嘴呈鸡头状。日本东京国立博物馆至今还珍藏着一件"天鸡壶"，被视为珍宝。此外，江西吉州窑、山西榆次窑等，也都大量生产黑瓷茶具。就连主要生产白瓷茶具的定窑，也开始生产黑瓷茶具。吉州窑的黑釉盏色黑如漆，银斑如星，器重如铁，击声如磬。基本型制是大口小足，状如漏斗或斗笠，胎体厚实凝重，器口釉薄，腹釉渐厚，器足露胎，质地粗松，呈栗壳色，盏口有敞口和敛口之分。盏口下内凹一圈，称为"注汤线"，是专为斗茶时观察汤痕而设计。斗笠状器型便于点注，茶汤易干而不留渣，茶香易散发。厚重的胎体便于保持茶汤温度，使水痕持久。吉州窑黑釉茶盏独特之处，还在于窑变结晶斑纹和木叶纹、剪纸贴花装饰工艺。

传说，元人灭南宋，入主中原，统一全国，将斗茶作为宋人亡国的一条教训，厉禁斗茶，黑釉盏也因之停烧。但确有史料表明，元代仍沿用黑瓷茶具，而且元中书令耶律楚材还在诗中称赞过建盏。明代开始，由于"烹点"之法与宋代不同，黑瓷建盏"似不宜用"，仅作为"以备一种"而已，并且逐渐衰微。大约在明末时，黑盏退出了历史舞台。

20世纪70年代末，福建的科研机构开始对建窑瓷器进行研究和仿制。1991年仿制的"鹧鸪斑"建盏达到了质似、形似和神似的程度，几乎可以乱真。建阳一带的大小窑场也开始了对"建盏"的仿制。最早的仿制品主要是"兔毫"和"油滴"类。由于对古代窑址的科学挖掘，仿制者已经完全掌握了古代"兔毫"和"油滴"茶盏的釉料闻方和烧制工艺，加之现代化的科研手段和烧制设备，使今天的仿制品比古代的真品显得更加完美。许多高仿品茶盏中的"兔毫"又细又长,发色或棕黄或银白,如金如银。"油滴"晶莹圆滚,釉色在阳光下反射出五彩光晕,十分漂亮,鉴别起来十分困难,加之别出心裁的售假手段,使不少古陶瓷、古茶具收藏家看走了眼。

青瓷茶具与白瓷茶具

中国是瓷的国度。在各种茶具中，瓷质茶具的历史最长，使用范围也最广泛。这是因为瓷质茶具坯质致密透明，釉色丰富多彩，成瓷温度高，无吸水性，造型美观，装饰精巧，音清而韵长，这些优点是其他材质的茶具所不具备的。使用瓷质茶具沏茶，能获得较好的色、香、味。从性能和功用上说，瓷质茶具容易清洗，没有异味，传热慢，保温适中，既不烫手，也不炸裂。

瓷质茶具品种很多，按照釉色分类，除黑瓷茶具外，还有青瓷茶具和白瓷茶具。唐代形成"南青北白"的格局，即北有邢瓷，是白瓷的代表；南有越瓷，是青瓷的代表。陆羽《茶经》在谈到茶碗时认为：邢瓷类银，越瓷类玉，邢不如越一也；若邢瓷类雪，越瓷类冰，邢不如越二也；邢瓷白而茶色丹，越瓷青而茶色绿，邢不如越三也。陆羽这种重青轻白的偏好，除了跟他个人品茶的角度有关，还因为越瓷从色彩和质感上更接近玉，而人们把玉比作修身的标准和情操道德高尚的化身。这反映出当时文人士大夫的美学情趣。

青瓷茶具是中国最早出现的瓷质茶具。早在东汉年间，已开始生产色泽纯正、透明发光的青瓷。晋代浙江的越窑、婺州窑、瓯窑已具相当规模。那时青瓷的主要产地在浙江，最流行的是一种叫"鸡头流子"（壶嘴称为"流子"）的有嘴茶壶。六朝以后，许多青瓷茶具都有莲花纹饰。唐代的茶壶流子较为短小，取代了晋时的鸡头流子。唐代顾况《茶赋》所云"舒铁如金之鼎，越泥似玉之瓶"，皮日休《茶瓯》诗有"邢客与越人，皆能造瓷器，圆似月魂堕，轻如云魄起",韩偓《横塘诗》则云"越瓯犀液发茶香",都赞扬了翠玉般的越窑青瓷茶具的优美。

浙江龙泉窑创烧于北宋早期,南宋晚期进入鼎盛阶段。龙泉青瓷以造型古朴、瓷质细腻、釉层丰厚、色调青莹而蜚声中外。特别是传说中制瓷艺人章生一、章生二兄弟俩的"哥窑""弟窑",无论釉色还是造型都达到了极高的水平。哥窑瓷胎薄质坚,釉层饱满,色泽青静,有粉青、翠青、灰青、蟹壳青等品种,以粉青最为名贵。釉面显现纹片,纹片形状多样:纹片大小相同的称为"文武片",有细眼似的叫作"鱼子纹",类似冰裂状的则称"白坂碎"。此外还有"蟹爪纹""鳝血纹""牛毛纹"等。这本来是因釉原料收缩系数不同而产生的一种疵病,但人们喜爱其自然而有韵味,反而成了别具风格的特殊美。它的另一特点是器脚露胎,胎骨如铁,口部釉隐现紫色,故有"紫口铁脚"之称。弟瓷造型优美,胎骨厚实,釉色青裂,光润纯洁,有梅子青、粉青、豆青、蟹壳青等。其中以粉青、梅子青为最佳。滋润的粉青酷似美玉,晶宝梅子青宛如翡翠。青瓷艺人向来追求"釉色如玉",弟窑产品就达到了这样的艺术品位。因此,哥窑被列为五大名窑之一,弟窑亦跻于名窑之列。明代中叶,人们在论述龙泉青瓷时,常常以"哥窑""弟窑"为主题,有的干脆以哥窑、弟窑取代之。而现代一些专家认为,章生一、二兄弟各主一窑的传闻纯属演绎而来,于史无据。

宋代,龙泉窑留生产青瓷茶具进入鼎盛时期,茶壶、茶碗、茶盏、茶杯、茶盘等茶具远销各地。明代,青瓷茶具更以其质地细腻、造型端庄、釉色青莹、纹样雅丽而蜚声中外。16世纪末,龙泉青瓷传入法国。它那青翠欲滴的釉色,令法国人惊叹不已,视为稀世珍品。他们不愿以俗名称呼它,适逢名剧《牧羊女》风靡巴黎,风趣的巴黎人认为,只有剧中主角雪拉同的青袍堪与龙泉青瓷媲美,于是他们把龙泉青瓷称为"雪拉同"。至今法国人对龙泉青瓷仍用这一美称。世界上各大博物馆普遍珍藏有龙泉青瓷,仅土耳其的伊斯坦布尔博物院就有一千多件；日本东京还设有专楼珍藏，只有高级外宾到来或樱花盛开的时节才开放，供人们观赏。

青瓷茶具除了具有瓷器茶具的众多优点外，因色泽青翠，用来冲泡绿茶，更有益汤色之美。不过，用它来冲泡红茶、白茶、黄茶、黑茶等，则易使茶汤失去本来面目，似有不足之处。

白瓷，早在唐代就有"假玉器"之称。定窑（在今河北曲阳，宋属定州）始烧于唐而终于元，以烧白瓷为主，兼烧黑瓷、酱色釉瓷和绿釉瓷等品种，在宋代取得很高的成就，是宋代五大名窑之一。江西景德镇生产的白瓷以"白如玉，薄如纸，明如镜，声如磬"而闻名。其他如湖南醴陵、河北唐山、安徽祁门的白瓷茶具等也各具特色。湖南醴陵瓷器的特点是瓷质洁白，色泽古雅，音似金玉，其画面犹如穿上一层透亮的玻璃纱，洁白如玉，晶莹润泽，层次分明，立体感强。宋末元初在福建泉州德化开始建有瓷窑，所产瓷器洁白可爱。唐、宋时期景德镇白瓷茶具和龙泉青瓷茶具都由泉州出口，对泉州烧瓷影响很大，德化瓷可能是由江西、浙江瓷窑传播过去的。明代德化白瓷的胎骨致密，透光度好，光泽明亮，乳白如脂，在光照下釉面隐呈牙黄色，故往往被称为"猪油白""象牙白"，而外国人则称之为"鹅绒白""中国白"。

白瓷茶具则因色泽洁白，能衬托出各种茶汤的色泽，传热、保温性能适中，造型各异，堪称饮茶器皿中的珍品。早在唐代，河北邢窑生产的白瓷器具已"天下无贵贱通用之"。白居易还作诗盛赞四川大邑生产的白瓷茶碗。元代，江西景德镇白瓷茶具已远销国外。明代永乐"甜白"瓷茶具因衬托茶色之美而影响至今。

白釉茶具因能清晰地反映各种茶色，所以适合冲泡各类茶叶。加之白瓷茶具造型精巧，装饰典雅，其外壁多绘有山川河流、四季花卉、飞禽走兽、人物故事或缀以名人书法，具有艺术欣赏价值，因此使用最为普遍。

清丽素雅的青花瓷茶具

2003年1月31日,新华社以《国航新职业装亮相山城》为题发表消息:1月31日,三位中国国际航空公司重庆分公司的空勤人员身着新职业装亮相。从2月1日起,该公司空勤人员将全部换着具有现代美感和国航特色的新装。国航新职业装采用被国际上称为'中国红和中国蓝'的明瓷中霁红与青花两种颜色做主色,突出了东方女性之美,体现了国航新装民族化与国际化相结合的特点。由此可见,青花颜色以"中国蓝"的崇高荣誉为中国人民所喜爱,为世界人民所认可。因此,元代以来数百年青花瓷茶具一直是瓷质茶具中最主要的品种,也就不难理解了。

青花虽称"中国蓝",却是古代中西文化交流的产物。青花瓷器发源于唐代,成熟于元代。13世纪,成吉思汗统一蒙古后,三次西征,结果不仅带回来一个横跨欧亚的帝国版图,也带回来一件后来对中国乃至世界文化史产生重大影响的东西,叫做"苏里勃青",就是制作青花瓷器描画所用原料呈色剂,含氧化钴。青花瓷即以氧化钴为呈色剂,在瓷胎上直接描绘图案纹饰,再涂上一层透明釉,然后在窑内经1300℃左右高温还原烧制而成。那白地之上的蓝色,清丽素雅,幽远深邃,滋润明亮,摄人心魂。青花瓷是古代中国借鉴外国先进文化和技术,在自身土地上培育出的一朵无比灿烂的工艺之花,在明清两代得以弘扬升华,终为全世界所叹服,成为代表中华文明的一个崇高符号。

对"青花"色泽中"青"的理解,古今有所不同。古人将黑、蓝、青、绿等色统称为"青",故"青花"的含义比今天要广。人们把青花比作幽蓝的火焰、碧蓝的天空或蔚蓝的大海,都是想象力的发挥。

元代中后期,青花瓷茶具开始成批生产,景德镇成为中国青花瓷茶具的主要生产地。由于青花瓷绘画工艺水平高,特别是将中国传统绘画技法运用在瓷器上,因此也可以说是元代绘画的一大成就。青花瓷茶具在烧制技术达到一定高度后,又在造型上进行改革,如把壶的流嘴从宋代的肩部移至壶腹部,得到国内外的推崇。日本茶道开山之祖村田珠光最喜爱这种青花茶具,后来日本就把它定名为"珠光青瓷"。

明代,景德镇生产的青花瓷茶具,如茶壶、茶盅、茶盏等,花色品种越来越多,质量愈来愈精,成为其他生产青花茶具窑场模仿的对象。永乐、宣德时期,景德镇官窑青花瓷器的烧造进入一个全盛时代,被誉为中国青花瓷器制作的"黄金时代",以其胎质、釉层的精细肥厚,青花色泽的浓艳,纹饰的多样,线条的优美和造型的丰富而闻名于世。成化时期的青花瓷器则胎体轻薄秀美,釉子洁白肥腴,纹饰纤细活泼,并大量采用双勾平涂技法,也为后世所看重。

清代,特别是康熙、雍正、乾隆时期,青花瓷茶具又达到一个新的高峰,超越前朝,影响后代。康熙年间烧制的青花瓷器具,更是被称为"清代之最"。其特点是青花呈色青翠,且呈现浓淡深浅的层次变化,最多者可达数十层。绘画技法则借鉴中国纸绢水墨画"分水"皴染和西洋画的透视技法,使画面富有立体感。

明清时期,制瓷技术的提高,社会经济的发展,对外出口的扩大,饮茶方式的改变,都促使青花茶具获得迅猛的发展。当时除景德镇生产青花茶具外,较有影响的产地还有江西的吉安、乐平,广东的潮州、揭阳、博罗,云南的玉溪,四川的会理,福建的德化、安溪等。此外,全国还有许多地方生产"土青花"茶具,在一定区域内供民间饮茶使用。它们虽多为粗瓷产品，却展现出各地民间极有韵味的瓷绘艺术风格。

元明时期，云南的玉溪等地烧制的青花瓷茶具虽无景德镇青花瓷茶具精致华丽，但却质朴而率真，如布衣荆钗，别具风韵。玉溪窑烧制的青花瓷以碗、盘为主。胎大多为青灰色或灰白色，粗松且有气孔。釉为青黄色或青灰色。青花采用当地的土青料，呈色不稳，青中含绿、青中含灰或青中含紫，见晕散和铁褐斑。施釉大多不及底，露胎处见明显的旋削痕。其绘画笔法跌宕起伏，有奔石惊雷之势，极度夸张和变形的纹饰带有几分神秘，从中可以感受到原始艺术的野性之美。

晚清民国时期，陕西渭河以北的民间窑场也曾烧造过青花瓷茶具。与南方青花瓷笔法纤细、装饰图案程式化不同，渭北青花绘画吸收了剪纸、布堆绣、水印年画等陕西民间艺术中喜闻乐见的传统图案，取材多选择怒放的牡丹、团菊、梅花、桃花等四季花卉，还包括摇钱树、庭院花木、山水亭村等。在人物、动物纹样上选择童子、马、狮、喜鹊登梅、鱼戏莲等形象。民窑工匠们用稚拙的笔法绘制出对美好生活的向往，运笔挥洒写意，勾画粗犷，充分展现出北方民瓷的简单淳朴之美。这些青花民瓷形体厚重，胎土比较粗糙，普遍施有一层白色化妆土，民间俗称其为"土青花"。如一把民国时期烧造的青花童子执莲壶，造型为头大身圆、屈膝而坐的可爱男童形象，右手抚右膝，左手于胸前持一朵莲蓬。肩部塑出注水壶口，身两侧分别安有弯流和持把。器表施有白色化妆土，用青花钴料描绘出童子五官和绣花裹肚，最传神之处是用色料点染人物双颊，活脱脱一个留着梳子头、红脸蛋的渭北农村小男孩形象。这把童子持莲壶与古代童子壶造型一脉相承，又把北方民瓷青花的质朴之美表现得酣畅淋漓。

变革创新的明代茶具

相对唐、宋而言，明代茶具发生了重大的变革。因为唐、宋时人们以饮饼茶为主，采用的是煎茶法或点茶法以及相应的茶具。元代时，条形散茶已在全国范围内兴起，饮茶改为直接用沸水冲泡。这样，茶事程序得以简化，茶具品种大为减少，最常用的是烧水沏茶和盛茶饮茶两种器具，而唐、宋时炙茶、碾茶、罗茶、煮茶的器具也就成了多余之物。

虽然一些茶具逐渐退出了历史舞台，但使用的茶具则更为讲究，在设计和制作上仍需改进和创新。在饮茶器具上，最突出的变革创新有二，一是出现了小茶壶，二是茶盏的形和色有了大的变化。明代最为崇尚小茶壶，张谦德《茶经》说："茶性狭，壶过大则化香不聚，容一两升足矣。"明代茶盏，仍用瓷烧制，但由于茶类改变，宋时盛行的斗茶开始衰落，饮茶方式改变，此时所用的茶盏已由黑釉盏变为白瓷或青花瓷盏。明代的白瓷称为"甜白"，以永乐"甜白"最为出名。白瓷茶盏料精式雅，洁白如玉，可以更好地衬托茶汤的色泽之美，是中国白瓷茶具的精华。许次纾的《茶疏》中就有"其在今日，纯白为佳"之说。流传至今的明代白瓷茶具有永乐暗花莲卉纹碗等。江西景德镇白瓷茶具和青花瓷茶具的极大发展，是明代茶具变革创新的重要表现。

此外，由于明代饮的是条形散茶，比以前的团饼茶更易受潮，所以贮茶、焙茶的器具比唐、宋时显得更为重要。而饮茶之前，用水淋洗茶叶，以去掉"尘垢"和"冷气"，又是明代饮茶所特有的。明代对烧水候汤及相应的器具也给予更多的重视。因此就饮茶全过程而言，明代所需的茶具，在高濂的《遵生八笺》中列了16件，另加总贮茶器具7件，合计23件。属茶具的有：商象，即古石鼎，用以煎茶烧水；归结，即竹扫帚，用以涤壶；分盈，即杓子，用以量水；递火，即火斗，用以搬火；降红，即铜火筋，用以簇火；执权，即茶秤，用以秤茶；团风，即竹扇，用以发火；漉尘，即茶洗，用以淋洗茶叶；静沸，即竹架，用以支鍑；注春，即瓦壶，用以注茶汤；运锋，即果刀，用以切果；甘钝，即木砧墩，用以搁具；啜香，即瓷瓦瓯，用以品茶；撩云，即竹茶匙，用以取果；纳敬，即竹茶橐，用以放盏；受污，即拭抹布，用以洁瓯。属总贮茶器的有：苦节君，即竹炉，用以生火烧水；建城，即箬制的笼，用以高阁贮茶；云屯，即瓷瓶，用以舀水烧水；乌府，即竹制的篮，用以盛炭；水曹，即瓷缸瓦缶，用以贮水；器局，即竹编方箱，用以收放茶具。另有品司，即竹编圆提盒，用以收贮各种茶叶。这里开列的23件茶具，不仅名称显得稀奇古怪、深奥玄妙，而且其中很多与烧水、泡茶、饮茶无关，似有牵强凑数之感。文震亨的《长物志》中已说得很明白："吾朝"茶的"烹试之法"，"简便异常"，"宁特侈言乌府、云屯、苦节君、建城等目而已哉！"

明代茶具的又一大创新，是紫砂茶具的成熟和兴盛。从确切的文字记载看，紫砂茶具创造于明代正德年间。在各种陶瓷茶具中，紫砂茶具起步较晚，但在中国悠久深厚的茶文化、陶瓷文化和器具文化的合力打造下，它的起点很高，发展很快，明代中后期就极为盛行，被誉为各种茶具中的上品，至今数百年兴旺不衰。供春是历史上第一位有名可考的制壶名家，和其后的另一位制壶大家时大彬，成为明代众多紫砂壶艺家中的佼佼者。他们的作品真实地反映了明代的饮茶特点和审美特点，成为当时工艺品和艺术品的典范，而且因为他们的艺术构思和技术理念顺应中国文化的发展方向，所以对现代的工艺制作和艺术创作仍然具有极大的启示和借鉴作用。

明代文风、茶风皆盛，出现了多种研究茶的著作，其中大都有对茶具的论述。如撰于1440年前后的朱权的《茶谱》，对中国茶文化就颇多建树。朱权为明太祖朱元璋之子，封宁王，谥献，故亦称宁献王。他博学多才，曾编著《通鉴博论》《家训》《宁国仪范》《汉唐秘史》《史断》《文谱》《诗谱》等数十种书。《茶谱》是他对自己饮茶经验的总结，包括品茶、收茶、点茶、熏香茶法、茶炉、茶灶、茶磨、茶碾、茶罗、茶架、茶匙、茶筅、茶瓯、茶瓶、煎汤法、品水等内容，从中可见茶具所占比例之大。明朝初年罢贡团茶，散茶独兴，但饮茶方法仍以点茶为主。朱权《茶谱》所记茶具为点茶茶器，技法为点茶技法，只是弃团茶而用叶茶，继承了宋代在大茶瓯中点茶再分到小茶瓯中饮用的习惯。点茶法在明朝前、中期仍流行，直到明朝后期才被泡茶法所取代。

嘉靖、万历时期文人许次纾所著《茶疏》，也是明代茶书中比较著名的一种。《茶疏》涉及范围较广，包括产茶、品第、采摘、炒茶、收藏、烹点、择水、火候、饮啜、茶所等。作者提出应停止饮茶的种种情形："作字，观剧，发书柬，大雨雪，长筵大席，翻阅卷帙，人事忙迫，及与上宜饮时相反事。"饮茶时"不宜近"的是："阴室，厨房，市喧，小儿啼，野性人，童奴相哄，酷热斋舍。"而饮茶时"不宜用"的茶具等物则是："恶水，敝器，铜匙，铜铫，木桶，柴薪，粗童，恶婢，不洁巾帨，各色果实香药。"作者讲究饮茶环境、器具，表现了明代文人把饮茶当作一门艺术、一种修养，注重情趣，追求雅兴的特点。

从明代至今，饮茶方式基本一样，茶具品种也没有太大变化。也就是说，今天通常使用的茶具，是在明代定型的。

琳琅满目的清代茶具

清代，饮茶方式仍然沿用明代的直接冲泡法。因此，清代的茶具也基本上沿袭了明代茶具的模式。但是清代的陶瓷茶具有了进一步发展，形成了景德镇瓷器和宜兴紫砂陶器两大系列，即闻名世界、影响至今的"景瓷宜陶"。"景瓷宜陶"的开发制作，使清代茶具异彩纷呈，琳琅满目。清代，特别是"康乾盛世"，是中国封建文化、工艺的集大成时期，也是中国古代茶具制作的黄金时期，留下了大量的茶具珍品。

清代的瓷质茶具，在釉彩、组合、造型、纹饰等方面，也有所突破。除继续生产青花、五彩茶具外，还创制了粉彩、珐琅两种釉上彩茶具。康熙后期，景德镇官窑匠师在珐琅彩的启发和影响下，引进了铜胎珐琅不透明的白色彩料，在工艺上又借鉴了珐琅彩的多色阶的配制技法，创造出了"粉彩"釉上彩新品种。这种白色彩料，是一种含砷的乳白色玻璃。它是采用一种叫"白信石"或"亚砒霜"的天然矿物，配入铅熔块、硝钾等熔剂中制成的，景德镇俗称"玻璃白"。由于玻璃白与五彩彩料的融合，使各种彩色产生了"粉化"，红彩变成粉红，绿彩变成淡绿，黄彩变成浅黄，其他颜色也都变成不透明的浅色调，并可控制其加入量的多寡来获得一系列深浅浓淡不同的色调，给人以粉润柔和之感，故称这种釉上彩为"粉彩"，它与康熙硬彩（五彩）相对，亦称"软彩"。清代著名的粉彩瓷茶具有雍正牡丹纹碗、乾隆梅石竹纹茶壶等。珐琅瓷是元末传入中国的，但真正烧造珐琅彩瓷还是在康熙后期。珐琅彩瓷是由景泰蓝——铜胎珐琅器转化而来，故又名"瓷胎画珐琅"。其彩料是从西洋引进的珐琅料。此种彩料含有大量的硼和砷，画在瓷胎上烧成后色泽特别鲜艳明亮，有透明玻璃质感和立体感。由于彩料烧成后特别坚硬，故又有搪瓷的感觉。清代著名的珐琅彩瓷茶具有雍正时时报喜茶壶、乾隆开光仕女茶壶等。

清代的茶盏，以康熙、雍正、乾隆时盛行的盖碗最负盛名。盖碗由盖、碗、托三部分组成。盖呈碟形，有高圈足做提手；碗大口小底，有低圈足；托为中心下陷的一个浅盘，其下陷部位正好与碗底相吻合。康熙时期的盖碗，带托者较少；雍正以后，托才被普遍使用。北京故宫博物院所藏一个乾隆霁蓝釉描金银图案盖茶碗，造型规整秀美，金银图案富丽堂皇，绘画严谨细致，盛世特征鲜明，给人以华贵、奢靡之感。

清代也是紫砂茶具制作的辉煌时期。清代紫砂茶壶品种日益丰富，茶壶造型、制壶技艺和装饰手法多姿多彩，有风格、有特色的制壶名家灿若繁星。康、雍、乾时期以陈鸣远为代表，嘉、道时期以陈曼生为代表，形成清代紫砂壶艺两大高峰。陈鸣远、陈曼生等巨匠把对中国传统文化的深刻理解，融入茶具创新的过程中，不仅极大地丰富了紫砂壶艺的内容和形式，同时在紫砂壶上为中国优秀文化创造出一个新的载体。历史地看，清代紫砂茶具的发展速度之快、茶壶造型之丰富、文化人参与之广泛和深入、文化品位之高、对世界和对后世影响之大，要远远超过清代瓷质茶具。在清代思想文化禁锢较多，后期文化、工艺走向衰落的大形势下，被视为地方窑之一的宜兴窑制作的紫砂茶壶却呈现出百花齐放、群芳竞艳的局面，这不能不说是中国文化史和工艺史上的一大奇迹。

自清代开始，出现了福州的脱胎漆茶具，四川的竹编茶具，海南的椰子、贝壳等生物茶具，使中国茶具显得更加丰富多彩。

清代民间的"茶担子"，体现了组合茶具的特色。如扬州的"茶担子"也叫"游山具",担子两头各有一个上中下三层的木框子。前头上层放着小颈、环口、修腹、带风门的铜茶罐子,"旁置火箸二,小夹板二";中层"贮锡胎填漆黑光面盆、浓金填掩雕漆茶盘"和手巾;下层为楔,藏宜兴砂壶和柴炭袋子等。后头上层"贮秘色瓷盘八";中层置"填漆黑光茶匙、锡茶器和取火刀石";下层贮铜暖锅等。扁担上还挂着斑竹烟袋和大小蒲团,每逢担子一出,人们争相拥来吃茶。

清代,与茶具有关的名人故事,流传下来不少。如"张之洞戏考官",说的是清末名臣张之洞,从小就聪明好学,显示了出众的才华。他参加童子试时,因不满主考官歧视,得罪了主考官。主考官一怒之下,想把张之洞赶出考场,又怕人家笑话他胸狭量窄;忍了吧,又实在丢面子,真是左右为难。这时,院里有一只小猪钻进了竹丛,拱得竹子乱动。主考官忽然有了主意,对张之洞说道:"考场是有规矩的,不容你搅和。本官念你是个小孩子,就不过分计较了。现在本官出个上联,你要是能对出来下联就什么事也没有了,对不上来可就别怪本官不客气!"张之洞把笔一放,大大方方地说道:"那就请大人出上联吧。"主考官捋了捋胡子,说:"小猪拱小竹,小猪动,小竹动。"这个上联听起来没什么,可"猪""竹"同音,又一起动,可就不好对了。张之洞从来没为对对子犯过难,这回可是有点儿慌了。主考官得意地心说:"你就收拾东西,准备走人吧!他拿起一把茶壶,对着胡子拉碴的嘴,美滋滋地喝开了香茶。张之洞一见,顿时眼前一亮,马上说道:"胡嘴咬壶嘴,胡嘴动,壶嘴动。"话音刚落,考场立刻鸦雀无声,谁也没料到一个小孩子竟这么厉害。主考官更是目瞪口呆,他来到张之洞面前,客客气气地说:"我的小老爷子,你快答卷吧,咱们什么也不说了,行吧!"

在民间,还广泛流传着一个"锡茶壶"的故事,也与张之洞有关。据说,张之洞喜好锡茶壶,自号"壶公"。一日,有个花银子买官的候补知府来拜见。张之洞有意考他，便在纸上写下"錫、荼、壸"三字叫其识认。候补知府一见便脱口而出：此"锡、茶、壶"是也。张听后笑道：能识"锡、茶、壶"三字，尚可造就，着读书五年，再来听鼓！随即将这个"草包"打发回原籍。其实，"錫"音"阳"，是金属的一种；"荼"音"途"，是植物的一种；"壸"音"昆"，是宫中的道路。"錫、荼、壸"三字，每字比"锡、茶、壶"多一画。这个花钱买官的候补知府平时见惯、用惯了锡茶壶，加上肚中"墨水"不多，以致出此"洋相"。

晚清大学者辜鸿铭，主张一夫多妻制，他以茶具为喻：男人像茶壶，女人像茶杯，"人家家里只有一个茶壶配上四个茶杯，哪有一个茶杯配上四个茶壶的道理？"后来，文学家邵洵美在诗人徐志摩与陆小曼的新婚纪念册上画了一幅茶壶茶杯图，上题："一个茶壶，一个茶杯；一个志摩，一个小曼。"徐志摩是茶壶，陆小曼是茶杯，这当然也是袭用辜鸿铭的创意，只是反其意而用之，借此提倡一夫一妻制。

中国茶具远播海外

中国茶具的发展史,伴随着中国茶具向世界的传播史,亦即中华文明向人类文明的贡献史。

包括茶具在内的中国外销瓷生产至晚始自唐代,唐三彩中的许多器型和纹饰都带有明显的阿拉伯文化色彩,这在以往的中国瓷器中是很少见的。宋元时期的青白釉瓷主要销往东南亚,龙泉青瓷销往日本、朝鲜、菲律宾、土耳其和欧洲。元代青花主要销往西亚和中东。明清时期中国瓷器则大量销往欧洲、东南亚和日本。

中国外销瓷最常见的品种是餐具、茶具和咖啡具。它们的器形、尺寸、图案,往往中西合流。瓷器上的绘画题材,除中国传统山水、花鸟、人物外,多为西方静物、风景、人物、神话、圣经故事和风俗画等。

以清代为例,中国瓷器的出口大致有两个途径,一是历朝皇帝对各国入觐使节的赐予,应系官窑器,这是小部分;二是大量的贸易输出,为民窑器。后者除了江西景德镇产品,还有广东、福建等沿海地区的产品。

中国瓷器在世界各地特别是欧洲十分畅销,贵族阶层往往把优质的中国瓷器作为炫耀财富的工具。王宫的收藏更加丰富,布置也特别繁华,法国国王路易十四、波兰国王约翰三世都设置了专门陈列瓷器的中国厅;德国帝后把中国瓷器视为艺术珍品,集存于德累斯顿的瓷宫;英国女王玛丽二世在荷兰居住时购买大量瓷器装饰其乡间别墅,后来又将这种风尚带入英国,在汉普顿宫陈列瓷器。各国皇室大量收藏中国瓷器用于装饰与使用，影响到整个社会，使用中国瓷器成为身份和地位的象征。收藏瓷器成为一种高雅的社会风气，只要有收藏的地方就一定有精美的中国瓷器。当时，从事"瓷器室"设计的设计师也应运而生，以荷兰籍的法国建筑师丹尼尔·马罗特最享盛名，其代表作是为汉普顿宫设计的"瓷器室"。18世纪，这种风气也在民间普及推广，即使不很富裕的人也在家中摆放一些中国瓷器作为陈列品。热衷于瓷器收藏而不惜花费大量时间和金钱者比比皆是。与来访者津津乐道地介绍家中陈设的珍贵而精美的中国瓷器并共同鉴赏，成为风雅时尚。同时，瓷器在欧洲的普及，使其摆脱了单纯的装饰，而开始进入实用阶段，最典型的就是茶具的使用。这与当时欧洲饮茶成风密切相关。法国的热夫林夫人就用购自有名的得拉薛尔瓷器店的茶壶、茶杯等，招待每星期日参加沙龙的百科全书派思想家和文人，传为美谈。

　　清三代——康熙、雍正、乾隆时期，是中国瓷器制作的黄金时期，这个时期包括茶具在内的外销瓷也很有特色。如一组九件康熙青花瓷器，为茶叶罐、茶壶、梅花菱口盘各一对和大小盘三只。其图案画意相同，具体细节略有变化，仿明代成化青花描手法，精工细绘。画面为夕阳西下，牧童晚归，两条水牛翘首奋蹄疾走。开心的牧童左手牵绳，肩扛竹竿，右手忘情地高抛笠帽于半空，仿佛一只放飞的风筝。晚风吹拂，双燕嬉逐，好一幅春天牧归图。盘口沿及罐、壶肩部有一道花卉纹饰，开光处绘兰草。一种图案在各式瓷器上同时出现，形成一套，这是为国外需求而专门烧制的外销瓷。再如一对康熙青花牧童晚归纹瓜棱盖罐，高12厘米，腹径6厘米，其用途应为茶叶罐。造型俊美，做工精细，淡描青花，神韵十足。罐身一周的纹饰与上面介绍的九件套瓷器相同，可以360度旋转观赏。盖边亦为花菱口，纽用青花深蓝，盖外表仍淡描青花花草纹。引人注目的是罐下面的海水纹花边贴塑，好似透雕，立体传神，这在国内传统瓷器中鲜见，应为按欧洲风格定做的。

1985年，在从1752年沉没的荷兰商船"盖尔德麻尔森号"上打捞到的中国瓷器，茶具约占三分之一。有专家认为，当时的茶具是广义的，包括茶壶、有柄杯、无柄碗和碟。那时有柄杯的价格几乎是无柄碗的两倍，用于饮巧克力；而无柄的碗则分咖啡碗、巧克力碗与茶碗。在相当长的时间内，有的地方也直接用茶碟饮茶。茶碗有大小5种，咖啡碗有大小3种，巧克力碗也有大小之分。据研究，18世纪上半叶欧洲使用的整套茶具是比较复杂的，一个实例是它包括一把茶壶与座，一个奶罐与座，一个残茶碗，一个有盖糖碗与座，十二只茶碗与碟，六只有柄巧克力杯，六只无柄巧克力碗。由于当时咖啡更多的是在咖啡馆饮用，所以家用的整套茶具没有咖啡碗。正因为如此，茶碗也被用于饮咖啡。整套咖啡饮具是稍后才发展起来的。自1758年以后，荷兰东印度公司的订单已区分茶具与咖啡具，但似乎始终不存在整套的巧克力饮具，巧克力杯碗常是茶具或咖啡其的一部分。

除中国瓷制茶具外，17世纪以来，中国宜兴紫砂茶具由于具有良好的实用功能和独特的艺术造型，一直是东西方很多国家喜爱的茶具。明末，宜兴紫砂茶具在中国兴起不久，就由葡萄牙商人与中国茶叶一起远涉重洋运至欧洲，很快受到宫廷和贵族阶层的欢迎，被西方世界称为中国的"红色瓷器""朱砂瓷""朱泥器"，成为欧洲市场的热销产品。葡萄牙人、荷兰人、德国人和英国人都先后以这种"红色瓷器"做蓝本，竞相仿制。1635年，荷兰著名的茶壶技师朱尔迪成功地仿制出一把中国式紫砂壶。1672年，英国人模仿鼎蜀壶，制造出第一批紫砂壶。

明、清两代，输出直往日本和东南亚各国的紫砂茶具也很多。紫砂壶在日本有"名器名陶天下无类"的赞誉。1878年，由于紫砂茶具在日本供不应求，所以特邀中国宜兴紫砂匠师金士恒、吴河根等东渡日本传授技艺，并培养了鲤江方存、杉江寿门等一大批制作紫砂茶具的日本工匠。正是因为日本人对紫砂器的格外喜爱,所以中国一批名家制作的紫砂茶具,很早就都流落到日本。鸦片战争以后,西方古董商人纷纷来中国搜罗文物,宜兴的紫砂壶也在收购之列。古代风格的紫砂茶具外销的成功,使宜兴地区出现了竞相模仿古器之风,进一步扩大了国外市场,以至墨西哥和南美洲国家也大量进口中国紫砂茶具。进入 20 世纪,宜兴紫砂茶具在国际上的地位越来越高,曾参加巴拿马赛会、巴黎博览会,并在芝加哥博览会和伦敦国际艺术展览会上获得奖状和金质奖章,使古老的东方艺术焕发出新的光彩。

紫砂新罐买宜兴

中国的茶具发展到明代的时候,出现了一个大奇迹:紫砂壶兴起了。

紫砂壶,为坐落于太湖岸边、蜀山脚下的宜兴所特产,因此老百姓都叫它"宜兴壶",宜兴也因盛产紫砂器而被公认为"陶都"。

紫砂壶是茶文化、陶文化和壶文化相结合的产物,文化内涵极为丰富。紫砂壶的使用、养护和收藏成为时尚,是社会物质文明和精神文明都有所提高的一种反映。茶具的质地虽然有很多种,但从明代至今,以宜兴紫砂壶最为流行。紫砂壶色泽自然,造型古朴,线条优美,工艺精湛,享有"茶具称为首"的盛誉,并且成为举世公认的最能代表中华民族风格和气质的茶具。

紫砂壶的优点很多,如泡茶不走味,盛暑不易馊,茶水纯郁芳馨;耐热性能好,寒冬时节注入沸水而无炸裂之虞,还可文火炖烧;传热缓慢,端提不烫手,对嘴不烫口;造型简练大方,风格超凡脱俗,使用越久,色泽越发光润古雅,韵味越发深厚沉郁;历代文人雅士参与设计和书刻铭文,使其更具有艺术价值。

明代周高起的《阳羡茗壶系》是中国第一部宜兴紫砂壶专著。作者认为紫砂壶是最好的茶具:"近百年中,壶黜银锡及豫闽瓷而尚宜兴陶,又近人远过前人也。陶曷取诸?取诸其制,以本山土砂,能发真茶之色香味。"他还特别强调紫砂壶中的名家作品在当时就具有很高的价值:"至名手所作,一壶重不数两,价重每一二十金,能使土与黄金争价。"

认为紫砂壶是最好的茶具,不独周高起一人之见,古今中外有识之士多有同感。如冯可宾的《茶笺》说:"茶壶陶器为上,锡次之。"文震亨的《长物志》说:"茶壶以砂者为上,盖既不夺香,又无熟汤气。"李渔的《杂说》说:"茗注莫妙于砂,壶之精者又莫过于阳羡,是人而知之矣。"日本奥玄宝的《茗壶图录》也说:"茗注不独砂壶,古用金银锡瓷,近时又或用玉,然皆不及于砂壶。"

紫砂壶受到人们的关注和珍视,是中国茶文化和茶具文化发展到一定水平的结果。由于深厚的传统文化的影响,中国的饮茶之风起始,就被注入强烈的文化意蕴,继而,也在茶的种植、采摘、加工、冲泡、品饮的过程中,凝聚起道德和美学意识,并逐渐程式化,形成一种具有独特的民俗礼仪特征的象征艺术。茶具作为茶饮形式的载体,也理所当然地在茶文化的发展中,派生成对茶文化系统本身发展和演变具有一定影响与推动作用的次生文化。没有茶具,就不会有茶饮的文化品位;没有茶具的发展,就不会有茶文化的丰富提高。宜兴紫砂壶作为中国茶具的精华,引导着茶饮形式在民族文化的艺术殿堂中蓬勃发展,折射出华夏文明的光辉。

紫砂壶盛起于明代,有其深刻的思想文化背景。明代,思想继宋代程朱理学之后,发展出王阳明的心学,在中国学术思想史上,被称为新儒学。这个学说集儒学的"中庸、尚理、学简",释学的"崇定、内敛、喜平",道学的"自然、平朴、虚无"为一体。在艺术上,主张以自然为美。具体反映在茶具上,明人要求平淡、闲雅、稳重、自然、质朴、收敛、内涵、简易、蕴藉、温和、敦厚、静穆、苍老……中国茶文化本身追求朴拙高尚的人生态度,但唐宋时期繁琐的茶饮礼仪形式挤掉了茶人的精神思想,留下的只是茶被扭曲的程式形态,喝茶是在"行礼",品茗是在"玩茶"。而紫砂壶的风行,则打破了繁复的茶饮程式,一壶在手自泡自饮,文人在简单而朴实的品饮中,可以在体验紫砂自然的生命气息的同时,使思想在无限的精神空间中任意驰骋。"良辰美景奈何天,赏心乐事谁家院"(明代汤显祖《牡丹亭》),其中的"良辰美景"和"赏心乐事",倒是能够借来体现当时文人用紫砂壶品茗时心灵获得暂时自由的情境。能够给人以平和、闲雅、质朴、温馨的内在感受,与心灵息息相通的东西,其价值自然胜过金银珠宝。

"茶圣"陆羽在《茶经》中谈到茶的作用时,说它作为饮品"最宜精行俭德之人",这就将饮茶与做人紧紧地联系在一起。谈到茶道的"四标",他说:"夫云霞为天标,山川草木为地标,推能归美为德标,居困趣寂为道标。"这就把茶与道德修养和生活品位紧紧联系在一起。茶如此,紫砂壶亦如此,在它们身上,体现了中国文人对精神体悟的注重,对理想境界的追求。正是因为中国茶文化渗透包括儒、释、道思想在内的中国文化的深厚传统,所以中国人饮茶不仅追求美的享受,还要以茶修炼自己的道德,求得精神上的自洁、自省、自律。有灵气和悟性的人,当对紫砂壶收藏、使用、把玩、欣赏、研究到一定高度时,便会达到这种精神境界。因此真正会喝茶的人,都把赏壶作为品茶的不可分割的一部分。好茶需用好壶泡,茶壶一体才有味,这才是茶与壶之间的辩证关系。

长期以来,激烈的社会竞争带来的沉重的工作压力和生活压力,使人们渴望心灵获得暂时的自由,进而寻求自我完善和自我解脱。在现代生活中,饮茶是一种养生之道、休憩之道,安宁之道;使用饮茶之器中最具文化特色的紫砂壶,令人更加领悟到养生之有益,休憩之必需,安宁之可贵。

了解了紫砂壶的文化背景和文化含量,就能够理解它在提高生活质量、提升生活品位方面的重要作用。站在文化时尚的高度看这个问题,自然就会明白为什么现在最能体现中华民族所具有的雍容、典雅、自然、简约和落落大方气质和风度的明式家具重新得到人们青睐,特别是明式家具那简洁明快的线条与现代人对器物造型的理解有着多么惊人的相似之处;为什么现在喝大碗茶的越来越少,在大都市里几近于绝迹,而在各种时髦、方便、可口的包装饮料兴起和普及的同时,紫砂壶重新走进千家万户,并且赢得了新的爱好者。

紫砂壶出名于两个和尚

传说中，紫砂壶的兴起，归功于两个和尚。其中，一个和尚发现了紫砂器原料，一个和尚发明了紫砂壶。

紫砂器属于陶器。陶器的起源是多元的，是农耕文化发展到一定阶段的产物。黄河流域是中国古代文明的摇篮，农业生产有着悠久的历史，陶器的产生和繁荣也在这里。长江流域的新石器文化也是相当发达的，当时的人们以种植水稻为主，兼营渔猎，并从事制陶等原始手工业。

1973年首次在浙江余姚河姆渡村发现的河姆渡文化，是长江下游已发现的年代最早的一种原始文化，和仰韶文化的年代不相上下，它出土的陶器多是夹炭黑陶；继承河姆渡文化的因素而发展起来的马家浜文化，因1959年首次在浙江嘉兴马家浜发现而得名。马家浜文化的陶器以夹砂红陶为主，并有部分泥制红陶、灰陶以及少量的黑陶和黑衣陶。陶器的成型基本上采用手制，部分器物经慢轮整修，晚期灰陶增多并出现轮制，器表多素面或磨光，纹饰有弦纹、绳纹、划纹，附加堆纹和镂孔等。位于长江下游太湖之滨的宜兴，其文化类型与马家浜文化一脉相传。在1975年进行的古窑址普查中，在归径乡的骆驼墩和唐南村以及周墅的元帆村等处，找到了各种磨制的石器，还发现了许多陶器残片，大部分是红陶、夹砂红陶，还有少量灰陶等。从而证明远在五千多年前，宜兴人民就在这里从事农业生产，并且烧制原始的陶器。

宋代，是中国陶瓷业发展的一个繁荣时期。宜兴均山窑的产品在这时已富盛誉，部分产品还为其他名窑如钧窑、汝窑所仿制。更为重要的是，宜兴的紫砂陶，作为全国范围内独有的品种，开始在陶瓷业的舞台上崭露头角。宜兴的青瓷在三国、南北朝时期，多为贵族士大夫所用；唐五代以后，由于宜兴的陶土中铁钛氧化物含量较高，瓷胎较松，断面比较粗糙，质量不高，在胎釉、造型、装饰和烧成诸多方面均不及浙江的越州窑，就渐渐不再生产青瓷，而以日用陶器作为主要生产方向。宜兴紫砂陶就是在这样的陶瓷文化背景下孕育而成的，在中国极为悠久的陶瓷史上，它实在是一个迟来的晚辈。

跟很多传统手工行业都要给自己找一个祖师爷来供奉一样，陶都宜兴的陶工们尊称"陶朱公"范蠡为陶业祖师爷，奉为"造缸先师"。这其实是个很大的误解。宜兴鼎蜀镇产陶，始于新石器时代，而春秋时的范蠡，在佐助越王勾践灭吴国后，便"乘轻舟，以入于五湖"，经营农业货物和商业，后定居在山东肥城西北陶山。在早有记载的传说里，紫砂陶的发现者是一位"始陶异僧"。

传说古时候，有一天，鼎蜀村里来了一位形貌怪异的云游僧人，他一边走一边喊："卖富贵土！卖富贵土！"大家以为这和尚用癫话诓人，纷纷嗤笑他。和尚却不以为怪，又高呼"贵不欲买，买富如何？"和尚旁若无人，喊得更响走得更快了。几位智慧老人觉得奇怪，便尾随在他后面，朝黄龙山走去。在一个拐弯处，和尚忽然不见了，老人们四下张望，忽见坡前有几个新开挖的土坑，里面有五颜六色的泥土，红的、黄的、绿的、青的、紫的……灿烂光亮，美丽至极。老人们把这些奇妙的五色土带回去捣练、烧制，竟出现了意想不到的色彩效果。人们一传十，十传百，鼎蜀山村的村民都来挖掘这山间的富贵土，烧造出最早的紫砂壶。

紫砂陶被誉为"五色土"，它的原料用泥的确是五彩斑斓的，大体包括紫泥、绿泥（本山绿泥）、红泥三种，而以紫泥最为常见。烧制时温度稍有高低，产品就会呈现出紫铜、葵黄、墨绿、铁青、棕黑、朱砂黄、海棠红等各种颜色。紫砂泥是矿体，开采时质坚如石。这种块状岩石自矿层中开采出来后，首先经露天堆放，风吹雨打数月后，自然松散如黄豆大小，再用石磨或轮碾机碾碎，用不同规格的筛网筛选后，倒在容器中加适量的水拌匀，就地成湿泥块，俗称生泥。再用木槌压打，重复数十次，成为可以制作用的熟泥。熟泥黏中带砂，柔中见刚，富有韧性，可塑性好，成型后的胚体强度高，干燥收缩和烧成收缩率小，为多种多样的品种、多姿多彩的造型、千变万化的线条提供了良好的加工施艺条件。烧成的器物，表面光挺，但平整之中往往含有小颗粒，呈现着一种砂质效果，所以称之为紫砂、紫砂器或紫砂陶，确实是中国独有的一种陶器。

说另一位和尚发明了紫砂壶，是因为明代周高起的《阳羡茗壶系》有这样的记载："金沙寺僧，久而逸其名矣，闻之陶家云，僧闲静有致，习与陶缸瓮者处，抟其细土，加以澄练，捏筑为胎，规而圆之，刳使中空，踵傅口柄盖的，附陶穴烧成，人遂传用。"将紫砂壶的发明权，归为金沙寺僧。《阳羡茗壶系》是目前已知的第一部专写宜兴紫砂壶的专著。清代乾隆年间吴骞的《阳羡名陶录》，而清代光绪年间日本奥玄宝的《茗壶图录》，民国时期李景康、张虹的《阳羡砂壶考》，皆沿袭了《阳羡茗壶系》的说法。

金沙寺僧俗家姓名不详，大约生于明代成化、弘治年间，确切年代已难查考。金沙寺在宜兴西部。金沙寺遗址西一公里处，曾发现一个规模较大的古龙窑群，是明代缸窑的遗址，附近还找到少量紫砂残片。据此，可以证实上面关于金沙寺僧的记载中，"附陶穴烧成"的说法是有根据的。

宜兴妙手数供春

金沙寺僧虽然没有作品传世,但他的徒弟供春却青出于蓝,创作出流芳百世的"供春壶",成为公认的紫砂壶鼻祖。

供春是学宪(分管一省学政的提学副使的尊称)吴颐山的家童。吴颐山名仕,字克学,宜兴人,明代正德甲戌(1514)进士,以提学副使任四川参政。吴颐山在宜兴金沙寺读书时,家童供春陪侍在侧。供春利用侍候主人的空隙时间,常常偷偷去瞧老和尚制作陶器。供春为人十分机巧,颇得金沙寺僧匠心,也淘出细土,抟作壶坯,用茶匙掏空里面,参照寺内大银杏树的树瘿为壶身的花纹,用手指掠按内外,指拇螺纹隐约可见。供春十分珍惜金沙寺老僧的一灯之传,经过多年的创作实践,不断突破樊篱,别开生面。人们将他所制紫砂壶称为"供春壶"。周高起的《阳羡茗壶系》记载供春壶"栗色暗暗,如古金铁,敦庞周正,允称神明"。据说供春本姓龚,所以也写做"龚春"。也有学者认为,供春原先只是个"卖身为奴"的家童,其姓不可考,因做茶壶出名而被主人吴颐山恢复了自由人身份,但世无"供"姓,"久而有名,人称龚春"(《玉石瓠》),供、龚同音也。然而在所制壶上落款,仍题做"供春"。这是因为作为艺术珍玩的题识,"供春"比"龚春"文字意境高雅得多,内涵也深刻得多。还有资料说供春是吴颐山"家婢"。供春被尊为紫砂壶的创始人,当时爱陶的人们称颂他:"宜兴妙手数供春。"其茗壶价值之高,有"供春之壶,胜于金玉"之语。明代张岱《陶庵梦忆》中说:"宜兴罐以龚春为上,一砂罐,直跻商彝周鼎之列而毫无愧色。"其名贵可想而知。

供春的功绩在于将紫砂茶壶从普通粗糙简易的手工业品提升为工艺美术的创作。正如吴颐山的侄孙吴梅鼎在《阳羡茗壶赋》中对供春的赞语："彼新奇兮万变,师造化兮元功。信陶壶之鼻祖,亦天下之良工。"明确提出供春是紫砂壶的鼻祖。

对供春的传世作品的真伪,学术界也曾有过不同的看法。如六瓣圆囊壶,是香港著名茶具收藏家罗桂祥博士于20世纪50年代初期在香港收购的,它被当做香港茶具文物馆的"王牌"藏品,名声极大。前几年,福州著名收藏家王敬之先生曾经撰文指出,长期以来很多人认为六瓣圆囊壶为明代正德年间供春的作品,一些紫砂壶鉴赏类图书也采用这种观点,有的还将其印在封面,其实它的真实性是靠不住的。此壶泥土过于纯净,造型过于规整,技艺过于娴熟,不符合供春所处时代作品的艺术风格。

此外,安徽省文物考古研究所的李广宁先生也提出六瓣圆囊壶应是仿品,而且很可能是民国初年仿制的。他认为,该壶制作技术过于纯熟,应是打身筒后外表加模具挡成,再用工具修过。壶底刻隶书味很浓的楷书款"大明正德八年供春"字样。按文献记载供春的主人吴颐山是正德九年中的进士。正是吴氏为考进士在金沙寺读书,才使家童供春有机会向金沙寺僧学做紫砂壶。因此即使是吴颐山真的在正德八年读书于金沙寺的话,这一年供春也仅仅是一个向老僧初学制壶的孩子,怎么可能有如此高超的壶艺,更不可能有如此娴熟老到的刻款。要知道比供春晚了大半个世纪的"超一流"紫砂大家时大彬,其早年还是请人书写刻款,到了晚期,才做到运笔如刀,自己刻款的。再将这把壶与嘉靖十二年吴经墓随葬的提梁壶及万历四十年卢维祯墓随葬的时大彬鼎足盖圆壶比较,则会发现其工艺竟比后两者还先进。时大彬鼎足盖圆壶有时大彬自己刻的款,并且该壶在出土的时大彬壶中,是上佳之品,应是时大彬的成熟期作品。从正德八年（1513）到万历四十年（1612），在时间上相隔整整一个世纪。即使考虑减去下葬前的购壶时间，也差不多晚了七八十年。那么，一个七八十年前刚刚起步的孩子的作品，其技艺竟比一个七八十年后的特大名家的成熟期作品还要成熟，这显然是不可能的。那么，这把六瓣圆囊壶究竟仿冒于何时呢？李广宁先生根据各个图录发表的照片来看，认为大致有两种可能。一是根据刻款的字体来看，其很像清代康熙年间瓷器仿冒明代作品时的落款字体，因此有可能是清代早期人所为。另一种可能是在20世纪30年代的民国时期，古玩市场火爆，当时的宜兴紫砂高手在上海仿冒了一大批古代名人壶，从明代的时鹏（时大彬之父）、时大彬、李仲芳、陈仲美、陈用卿、徐友泉、惠孟臣，到清代的陈鸣远、王南林、陈曼生，几乎历史上所有的紫砂名家都被作伪了。作为开山鼻祖鼎鼎大名的供春被仿冒，自然也是不足为奇的。因此，这把壶此时生产的可能性最大。

此外，供春时代紫砂壶与其他缸坛混烧，没有使用匣钵，必然沾上"釉泪"，而六瓣圆囊壶上却没有，这也说明它不是那个时代的产物。经过一些研究者的考证和讨论，学术界已基本倾向于六瓣圆囊壶为仿品了。

为纪念供春这位紫砂壶鼻祖，当代中国工艺美术大师徐秀棠创作了紫砂雕塑《供春学艺》。雕像上，少年供春身穿短褂，跨骑在石栏上，手持茶匙，目不转睛地审视着刚刚成型的茶壶。人物形象朴素真实，栩栩如生。

前些年，宜兴合新陶瓷厂工艺设计人员华建明受供春作品启发，设计制作了"供春"系列壶。这套作品共13把，造型各异，但统一采取了树瘿这一独特的表现手法，有着较强的整体艺术效果。"供春"系列壶在传统供春壶的基础上做了变形和高度夸张，每件作品皆饰以昆虫小件，平添了几分自然情趣。各部处理不拘成法，粗犷之中见圆润，拙朴之中见秀美，貌似怪奇无常，实则合情合理。此外，作者在创作过程中还特别注意了紫砂壶的功用属性，壶把、壶盖及出水口都在原作基础上有了较大改进，使壶艺作品达到了自然法则、功用法则的有机统一。

宫中艳说大彬壶

供春之后,制壶名家辈出,壶式千姿百态,形成中国紫砂壶艺术的第一个兴盛期。明代万历年间,制壶艺人中出现了一位里程碑式的人物——时大彬。

明代后期,随着商品经济的繁荣,宜兴紫砂发展迅速,丁蜀镇一带逐渐成为集中的产区。据《荆溪县志》记载,嘉靖、万历时期,宜兴窑场的产品已是"于四方利最薄,不胫而走天下半",各地商贩云集,"千里之外,趋之若鸿","沿贾扬帆而晓夜行","商贾贸易缠市,山村宛然都会",一派繁忙景象。

活跃于万历年间的紫砂名家,有时大彬、徐友泉、李仲芳、欧正春等,其中以时大彬为最佳,余者皆乃其弟子。时大彬和李仲芳、徐友泉师徒三人,在当时就有"壶家妙手称三大"之誉。

时大彬自幼从父亲时鹏学制壶,模仿供春,喜做大壶。后来他在游娄东时与名士陈继儒交往甚密,共同研究品茗之道。他根据文人士大夫阶层雅致的情调趣味,把壶缩小,加以精确化,形成自己的风格。他对调制砂泥也有独到之处,能够吸收在紫砂泥中带有颗粒的效果。时大彬的壶艺继承了前辈技艺,又有创新开拓,他制作的大壶古朴大方,传世作品有菱花八角壶、提梁大壶、朱砂六方壶、僧帽壶等。他制作的小壶,点缀在精致的几案之上,也令嗜茶者叫绝。徐友泉制壶妙出心裁,但他晚年自叹说:"吾之精,终不及时之粗。"可见时大彬壶艺的过人之处。时大彬所制茗壶,世称"时壶""大彬壶",有"宫中艳说大彬壶"的美誉,为后代制壶之楷模。

时大彬对紫砂壶的制作方法进行了极大的改进,最大的变化是用泥条镶接拍打凭空成型。紫砂艺术发展至此,才真正形成宜兴陶瓷业中独树一帜的技术体系。其中也包含着时大彬的父辈们(包括时鹏、董翰、赵梁、元畅四大家在内)共同的实践经验,但时大彬是集大成者。经他的总结力行,成功地创制了紫砂常规上的专门基础技法。《名陶录》云:"天生时大神通神,千奇万状信手出。"这样的赞颂,唯时大彬足以当之。几百年来,紫砂全行业的从业人员,都是经过这种基础技法的训练成长的。

1987年福建省漳浦县盘陀乡卢维祯墓出土的"时大彬制"款鼎足盖圆壶,现藏福建省漳浦县文化馆。与此壶同时出土的墓志表明,卢维祯卒于明万历三十八年(1610),由此可知时大彬此件紫砂壶的制作年代不会晚于此年。从壶身筒斑斑茶锈和盖沿微损迹象可以判定,这个壶应是死者生前喜爱并使用的茗壶,所以它的制作年代或许还要早若干年。《阳羡陶壶录》称时大彬的作品"或陶土或杂砂土,诸款具足诸土色亦具足,不务妍媚而朴雅坚栗,妙不可思"。漳浦出土的这件紫砂壶"规制古朴复细腻",恰反映了时大彬制壶的特色。此壶颜色栗红,砂质温润,器身布满梨皮状小白斑。壶通高11厘米,口径7.5厘米,直口,短颈,圆腹平底下附假圈足,圆执为正耳把式,曲流圆孔,器口与圈足同大,圈足外壁垂直,内壁弧收,壶盖合缝严密。全壶壶身各部比例协调,线条流畅,转折圆润,隽永耐看。尤其令人称奇的是,在弧形盖面上倒接了三只扁形鼎足以取代纽(的),使整圆形器盖呈覆鼎状。鼎式盖的配置使圆壶婀娜的身姿平添古意。底足内单行竖刻"时大彬制"四字阴文楷书款。

1968年江苏省江都县丁沟镇曹氏墓出土的"大彬"款六方壶,现藏江苏省扬州市博物馆。墓葬为明万历四十四年(1616),此壶泥色呈赭红,红如胭脂。壶身呈六棱柱形,用泥片镶接而成。壶嘴为六角形，壶把为五角形，均为切削而成。壶底有"大彬"二字楷书款。

1984年江苏省无锡县甘露乡肖塘坝华师伊（涵义）墓出土的"大彬"款三足圆壶，现珍藏于江苏省锡山市文物管理委员会。与此壶同时出土的墓志表明，墓主是明代南京翰林学士华察之孙华师伊，卒于明万历四十七年（1619），葬于明崇祯二年（1629）。华氏当时是无锡望族。越剧《三笑姻缘》中明代大画家唐伯虎在无锡华太师府屈尊当书童，最后终于点中丫鬟秋香做妾。这个华太师，指的就是华察。不过，这是戏而非历史。这件三足圆壶，是时大彬壶由大改小的代表作之一。壶通高11.3厘米，口径8.4厘米。壶身呈球形，素面无饰。只是在壶盖面上，环绕壶纽饰有四瓣柿蒂纹。壶的底部有三只小足，与壶身有机结合，浑然一体，无粘接之感。壶嘴外撇，与柄对称。在壶柄下方的腹面上，横排阴刻"大彬"楷书。壶通体呈褐色，面上有浅色颗粒，虽不细腻，却有"银砂闪点"之妙，后人称之为"砂粗质古肌理匀"。它是明末紫砂壶中的瑰宝，饮誉海内外。1994年，邮电部发行"宜兴紫砂陶"邮票，其中一枚的画面就是时大彬的三足圆壶。

时大彬、徐友泉、李仲芳、欧正春之外，明代后期的知名紫砂艺人还有邵文金、邵文银、蒋伯夸、陈用卿、陈文卿、闵鲁生、陈光甫、邵盖、邵二荪、周后溪、陈仲美、沈君用、陈君、周季山、陈和之、陈挺生、承云从、陈君盛、陈辰、徐令音、项不损、沈子澈、陈子畦等。他们充分发挥各自的绝技，设计制作出龙蛋、印花、菊花、圆珠、莲房、提梁、僧帽、汉方、梅花、竹节等壶型。陈仲美曾在景德镇造瓷，他将瓷雕技术融入陶艺，所制花货令人耳目一新。他还最早将款和印章并施于壶底。陈用卿则第一次将铭文刻于壶身，且用行书取代楷书。在这之前，紫砂壶上都不刻任何铭文，即使是制壶艺人的名款，也仅仅偶尔以楷书刻在壶底。李茂林则首创匣钵套装壶入窑，烧成后壶色光润，无裸胎露烧所产生的瑕疵。

由于时大彬确有多把茗壶出土面世，而且在当时众多制壶名家中鹤立鸡群，近年仿制明代紫砂壶者便多以"大彬"或"时大彬制"为款，欺世盗名，以牟高利。

海外竞求鸣远碟

明亡清兴,战乱结束,社会趋于稳定,经济开始复苏,紫砂壶艺也进入一个全面发展的繁荣时期,在工艺、造型、铭刻、堆塑及配色等方面都达到了新的高度。一位承前启后的壶艺大师应运而生,他就是陈鸣远。

陈鸣远,生卒年不详,号鹤峰、鹤、石霞山人,亦名壶隐,宜兴人。他的制壶活动主要在康熙年间。陈鸣远是继供春、时大彬之后划时代的紫砂名师。他是制壶名家陈子畦之子。陈子畦擅做虫蛙残叶,其所做南瓜壶兼具筋纹与自然的特色。陈鸣远推陈出新,充分利用紫砂材料独特的质地和颜色,模仿自然,并将自然型茶壶提升到出神入化的境界,使自然型紫砂壶成为一个时期紫砂壶型的主流。如他所制南瓜壶(现藏于南京博物院),又名东陵瓜壶,以瓜形为壶体,瓜柄为壶盖,瓜藤为壶把,瓜叶为壶嘴。叶脉藤纹,构思和谐,取材自然,刻画逼真,雅而不俗。陈鸣远长于雕塑装饰,善翻新样,塑器构思之脱俗,设色之巧妙,在紫砂壶工艺史上实属罕见。《宜兴县志》记载:"陈鸣远工制壶杯瓶盒,手法在徐(友泉)、沈(君用)之间,而所制款识书法雅健,胜于徐、沈,故其年未老而特为表之。"这是将尚在壮年的陈鸣远破例录入地方志,足见其成就之大、人气之旺。康熙年间汪文柏《陶器行赠陈鸣远》诗赞陈鸣远:"古来技巧能几人,陈生陈生今绝伦。"陈鸣远的作品款识书法雅健,有晋唐之风。所作之品,每每为文人学士、名公巨卿争相觅取,享誉天下,当时北京就有"海外竞求鸣远碟"的赞语。

茶具篇

　　陈鸣远雕镂兼长，技艺高超，"形制款识，无不精妙"（《桃溪客话》），是紫砂史上技艺最为全面而精熟的大师。他无穷无尽的创造力为紫砂工艺开拓了更为广阔的发展道路。在壶形设计上，陈鸣远跳出明代几何器形和筋纹器形的局限，模拟自然形态塑成壶身。自然界的花草树木、蔬菜水果、鸟兽鱼虫，无不可以入壶，开创"花货"先河。其造型源于自然，加以取舍并适当夸张，作品生动活泼，富于美感，是一个热爱生活的艺术家以自己对生活的独特理解而对生活进行的再创造。其传世作品有天鸡壶、海棠壶、南瓜壶、松段壶、蚕桑壶、包袱壶、束柴三友壶、梅干壶、瓜果壶等，均是令人赏心悦目之作。

　　与文人的密切交往与合作给陈鸣远的紫砂壶带来优雅的文化内涵。乾隆年间吴骞的《阳羡名陶录》记载："鸣远一技之能，间世特出。自百余年来，诸家传器日少，故其名尤噪。足迹所至，文人学士争相延揽。常至海盐馆张之涉园，桐乡则汪柯庭家，海宁则陈氏、曹氏、马氏，多有其手作，而与杨中允（晚妍）交尤厚。"文中及的张氏（柯）、汪柯庭、曹氏（廉让）、马氏（思赞）及杨中允等人都是载入史籍的文人学士，有的工诗文，有的善绘画，有的擅书法。他们将陈鸣远邀请至家中，制作茗壶，切磋陶艺。这些文人直接参与壶形的设计、壶款的选择或拟定，甚至亲笔书写壶款，如曹廉让书款的天鸡壶（现藏天津博物馆），这种作品必然体现出浓厚的文人意趣。陈鸣远本是极有天赋之人，在文人学士之间长期的耳濡目染，其文化艺术素养逐步达到很高的境界。这充分体现在陈鸣远的壶款内容、刻款书法及款与壶的配合上。如南瓜壶，款曰"访得东陵式，盛来雪乳香"，引用西汉初年秦东陵侯召平弃官为民、种瓜长安的典故，表达了作者淡薄高远的心志。壶形自然生动，款式内容紧切壶形，寓意深刻，刻款书法亦很精妙。如此紫砂壶，已从民间的日用品，变成有深刻文化内涵的艺术品。张燕昌在王汐山家看到陈鸣远的一把紫

139

砂壶，其底铭曰"吸甘泉，瀹芳茗，孔颜之乐在瓢饮"，他读后感慨地说："鸣远吐属亦不俗，岂隐于壶者与？"将紫砂壶带入中国文化的大雅之堂，是陈鸣远的一大功绩。紫砂壶从刻画款到钤印款的转换，也是在陈鸣远手里完成的。他不仅用刻画方式署名，同时并用印章。刻画款主要用在紫砂壶的腹部和底部，印章则用于壶盖内和壶底等处。此后，紫砂艺人普遍开始在紫砂壶上钤印以代替难度较大的刻画款。

陈鸣远所制束柴三友壶，现为香港北山堂所藏。此壶通高13.5厘米，横宽17.5厘米。壶身为仿自然型，松枝、竹干和梅桩组成，拦腰用藤柴紧束。壶盖隐藏在枝干上端的横切面。壶嘴、壶柄由梅桩曲成。壶身盘踞着两只活泼可爱的小松鼠，极富动态，与松枝等相映成趣，提高了作品的艺术感染力。壶底铭刻"清风撩坚骨，遥途识冰心，鸣远"字样，既点出了"三友"的浩然正气，又道明此壶的设计思路。"三友"指的是松、竹、梅。松者，四季常青；竹者，经年不凋；梅者，耐寒开花。因此人们将松、竹、梅称为"岁寒三友"，足见陈鸣远束柴三友壶文化内涵之深远。

陈鸣远所制梅干壶，现存于美国西雅图博物馆。梅干壶系仿生型紫砂茶壶，因形似梅干而得名。壶上梅花采用堆花手法，用有色泥浆堆积塑造成形。壶身犹如一段苍老古拙的梅桩，前倾，但由于上小下大，重心低，因此稳定性极好。而壶身两侧的壶嘴和壶把，似两根茁壮生长的短枝，伸展自然。整个造型，给人以一尊精工细刻的雕塑之感。作者采用梅干造型，是经过一番深思的。明代袁宏道《梅花》诗曰："空阶绿净影疏斜，戏把清枝压鬓华。老去已无儿女态，春来犹爱典刑花。苍云白石长相对，明月寒塘自作家，摈却炉香与尊酒，幅巾聊试五夷茶。"近人徐珂的《清稗类钞》，也谈到用"梅花点茶"清香自来。陈鸣远仿梅制壶，足见其用心之良苦。

陈鸣远的作品历代均为世人所重，仿制求利者层出不穷。无论数量还是品种，其仿制品都是历史上最多的。民国时期，上海古玩商就曾请紫砂工匠专门仿制了一批陈鸣远壶，流传很广。因此，陈鸣远作品真伪的鉴别便成为令收藏家头痛的一件事。

"孟臣壶"好喝工夫茶

一提紫砂名壶,古今百姓脱口而出的多是三种:"供春壶""曼生壶",还有"孟臣壶"。其中"孟臣壶"以小取胜,最宜喝工夫茶。

什么是"工夫茶"?作为茶叶品种的名称,"工夫茶"见于雍正年间崇安令陆延灿的《续茶经》转引《随见录》中的话:"武夷茶在山上者为岩茶……其最佳者名曰工夫茶。"道光年间梁章钜《归田琐记》说:"武夷茶名有四等:花香、小种、名种、奇种。名种茶山以下多不可得,得则泉州、厦门人所讲工夫茶。民国十一年《福建通志》引郭柏苍《闽产录异》说:"武夷寺僧多晋江人,以茶坪为业,每寺都请泉州人为茶师。茶采来后,又有就茗柯择嫩芽,以指头入锅,逐叶卷之。火候不精,则色黝而味焦,即泉、漳、台澎人所称工夫茶。瓿仅一二两,其制法则非茶师不能,日取值一强。"试想,"就茗柯择嫩芽,以指头入锅,逐叶卷之",且要把火候掌握得恰到好处,这该花费多么大的"工夫"?

工夫茶也是广东潮州地方品茶的一种风尚。作为茶道,工夫茶包含器具精巧、方式方法精致、物料精绝、礼仪周全等物质与精神的多种因素。工夫茶的基本特征可以概括为:用小壶、小杯冲沏乌龙茶。明代后期,士人品茶讲究理趣,追求品饮过程中的精神文化享受,茶具因此而日趋小巧精致。对此,冯可宾在《芥茶笺》中说:"或问壶毕竟宜大宜小?茶壶以小为贵。每一客,壶一把,任自酌自饮,方为得趣。何也?壶小则香不涣散,味不耽搁。"不过,其时江南一带多种绿茶,而且一客一壶,与工夫茶仍有一定距离。把"工夫茶"三字作为一种品茶程式并和"潮州"连结在一起的文献,是清代俞蛟的《梦厂杂著》卷十《潮嘉风月》:"工夫茶,烹治之法,本诸陆羽《茶经》,而器具更为精致。炉形如截筒,高约一尺二三寸,以细白泥为之。壶出宜兴窑者最佳,圆体扁腹,努嘴曲柄,大者可受半升许。杯盘则花瓷居多,内外写山水人物,极工致,类非近代物,然无款志,制自何年,不能考也。炉及壶、盘如满月。此外尚有瓦铛、棕垫、纸扇、竹夹,制皆朴雅。壶、盘与杯,旧而佳者,贵如拱璧,寻常舟中不易得也。先将泉水贮铛,细炭煎至初沸,投闽茶于壶内冲之,盖定,复遍浇其上,然后斟而细呷之。气味芳烈,较梅花更为清绝,非拇战轰饮者得领其风味……蜀茶久不至矣,今舟中所尚者,唯武夷,极佳者每斤须白强二枚。"这里对炉之规制、质地,壶之形状、容量,瓷杯之花色、数量,以至瓦铛、棕垫、纸扇、竹夹、细炭、闽茶,均一一提及,而投茶、候汤、淋罐、筛茶、品呷等冲沏程式,亦尽得其要。俞蛟于乾隆五十八年(1793)以监生身份出任兴宁县典史,至嘉庆五年(1800)离任。《潮嘉风月》应是他在此期间据亲历及耳闻目睹者辑录而成。

"孟臣壶"相传系明末清初宜兴紫砂壶名匠惠孟臣首创。惠孟臣以制作水平小壶(因冲水时壶能浮于水中保持平衡而得名)蜚声中外,他的作品多呈朱红色和紫褐色,胎壁薄、工艺细腻、体态轻巧、造型古朴、口盖严密且浑然一体,很适合工夫茶"杯小如胡桃,壶小如香橼,每斟无一两"的饮法。清光绪年间有不少笔记记录了"孟臣壶"与工夫茶的关系,如连横《茗谈》记:漳、泉、潮三府品茗,"茗必武夷,壶必孟臣,杯必若琛。三者为品茶之要,非此不足以豪,且不足待客。"金武祥《海珠边琐》记:"潮州人茗饮喜小壶,故粤中伪造孟臣、逸公小壶,触目皆是。"施鸿保《闽杂记》记:"漳泉各属,俗尚功夫茶,器具精巧。壶有小如胡桃者,名孟公壶,杯极小者,名若琛杯。茶以武夷小种为尚,有一面值番钱数圆者,饮必细啜久咀，否则相为嗤笑。"后来"孟臣壶"就成为闽南、台湾等地茶人对工夫茶壶的惯称。闽南人有"手中无梨式，难以言茗事"之言，说明梨式壶备受珍爱。惠孟臣的梨式壶既是非常实用的茶具，又是难得的艺术品、收藏品。很早以前，"孟臣壶"就远销欧洲、拉丁美洲、中东及日、韩、泰、菲等国，并对欧洲早期制壶业影响颇大，甚至皇家的银茶具，有的也模仿惠孟臣的梨形壶。足见"孟臣壶"在紫砂茗壶发展史上的地位。

由于惠孟臣的生平有很多待确定的问题，再加上历代仿制的"孟臣壶"数量极大，因而对"孟臣壶"的鉴定比较复杂。为了推求孟臣壶的可靠年代，香港中文大学文物馆曾将馆藏的4把"孟臣壶"进行热释光科学鉴证，结果是各壶年代早晚不一，大小相若的两把梨形壶，热释光测定年代的平均值是1820年和1920年，相差为100年。其中年代较早的一把壶，测定年代的平均值为1770年，是一把高身小圆壶，紫泥，底有刻款"南湖秋水夜弄烟，孟臣制"。结论下来"孟臣壶"的地位是由工夫茶建立，"孟臣壶"的年代无从判定，"孟臣壶"的风格亦可谓不拘一格，而"孟臣壶"优劣的评定基本上是"以老为尚"。

孟臣壶闻名遐迩，在中国南方声誉尤大，因此打有"孟臣"名款或"荆溪惠孟臣制"长方印款的水平小壶，代代仿制，不绝如缕。从现有赝品看，明清两代紫砂壶名家中以时大彬款、陈鸣远款、陈曼生款和惠孟臣款为最多。民国时期宜兴蜀山徐祖安、徐祖纯兄弟开设的福康紫砂店号，使用"荆溪惠孟臣制"阳文篆书长方印，但有"徐记"把款。

清代还有一位惠逸公，与惠孟臣皆擅制小壶，故世有"二惠"之称。其赝品之多亦几与孟臣等量。孟臣制壶浑朴精巧俱备，逸公则长于工巧，而浑朴不逮，故稍逊耳。或疑逸公或为孟臣后辈，亲承手法，故能相类若是。

紫砂壶的"鉴"与"赏"

喜欢紫砂壶的人,无论是出于收藏、欣赏、使用目的,还是投资升值目的,总要走进市场。进入市场,就会看到琳琅满目、品类繁多的紫砂壶,有的几元十几元一把,有的十几万几十万元一把,价格有天壤之别。真正的投资者面对传世名壶和当代名家作品,遇到的最大问题就是:哪些是真品?哪些是假货?辨明真伪的标准和方法是什么?

人们都希望自己购买的紫砂壶物有所值,最好是物超所值。但是一旦花了买真壶的钱却买了假壶,一切便成为泡影。如果是屡屡上当受骗,那么不仅会使收藏者在经济上蒙受损失,而且极易动摇乃至摧毁他们的收藏信心。因此,买真不买假,是收藏者投身紫砂壶市场并取得成功的大前提。

与瓷器等其他文物的鉴定相比,紫砂壶的鉴定有其独到之处。但大致来说,模糊的成分较多,科学的判定较难。这是因为以下四个原因。

第一,与瓷器、青铜器等相比,紫砂器制作历史短,产地、原料单一,鉴别起来有一定难度。紫砂壶出产于江苏宜兴的地方窑,属于民间手工业。这种行业多是子承父业,师徒传承,夫唱妇随,个体小作坊规模而已。除在壶上镌刻字画外,不需要多种工艺的合作和工序上的流水作业,整个制作过程都由一人操作,造型设计全凭个人爱好而定,"取用配合,各有心法,秘不相授"(明代周高起《阳羡茗壶系》)。由于始终没有形成大规模的生产,也未能统一器型、统一尺寸、统一落款，各自为政，各展风采，各具特色，造成作品虽属同一时代、同一地区，但个体之间差异极大。具体到每一个朝代或时期，并没有足够的作品数量可以全面地反映出它的整体面貌和变化规律。这些方面，从方便鉴定的角度看，都无法与明清以来的官窑和民窑瓷器相比。因为瓷器烧制产量大，遗存至今基本上有其轨迹可寻，从古至今众多的学者给予充分的研究，其生产面貌和工艺特征十分清晰，并遗存有数百万件以官窑瓷器为代表的典型器可供参考。作为一种整体上缺乏规律性的文物艺术品，紫砂壶的鉴定无疑具有很大难度。

第二，自明末以来，有关紫砂壶的记述和文献极为稀少，近几十年来地下考古发现有明确纪年墓的器物也只有零星的几件。出土器，可根据墓葬纪年和同出器物的年代得出结论。各博物馆收藏紫砂壶数量不多，没有争议的标准器更是少得可怜。这与民窑产品整体数量受限制有关，也与紫砂器在历史上没有受到社会高层特别重视有关。虽然清代一些皇帝比较喜欢紫砂器，北京故宫博物院迄今还收藏着一批当时制作的紫砂器，但这些紫砂器无论从数量上，还是从受皇家重视程度上说，都无法与同期景德镇瓷器相比。这种情况，也给紫砂壶鉴定增加了难度。

第三，紫砂壶鉴定的科学性比较薄弱。历史上，虽然流传下来诸如明代周高起的《阳羡茗壶系》和清代吴骞的《阳羡名陶录》等有关紫砂壶的著述，但它们都没有科学地、系统地论及紫砂壶的鉴定方法。近二十年来，随着新一轮"紫砂壶热"的兴起和发展，紫砂壶资料整理和研究工作也达到了历史上从未有过的繁荣程度，全国各地的文博专家、收藏家和宜兴紫砂艺人一起投入紫砂壶研究工作中，有关图录和著作出版了上百种，它们填补了许多研究空白，解决了许多有关紫砂壶史和紫砂壶工艺的疑难问题，一门"紫砂学"正在形成。然而，截至目前，专家们对于名家署款的紫砂壶尚未能够提出十分科学的鉴别标准，在此方面仍然处于探索阶段，影响了紫砂壶整体研究水平的质的提高。这样的研究水平与瓷器特别是官窑瓷器的研究水平相比,差距比较明显。缺少科学、系统的鉴定理论的指导,是紫砂壶鉴定工作的又一个不利因素。

第四,历史上出现过大规模的高手仿古活动,高仿品很多。民国初年,上海的一些古董商人重金延聘宜兴制壶高手,不惜成本,不计时间,精心仿制历代名家作品。裴石民、顾景舟、王寅春等高手都是当时古董商的座上客。这批仿品均源于名家旧器实物,制作水平很高,在工艺上甚至还有超过原作的地方。若不谈历史价值,其艺术上的成就则是应当肯定的。就是现在一些博物馆收藏的名家名壶,或者已被社会公认的原作真品中,是否就有当时精美的仿制品,也是值得考察的。约百年前制作的这批高仿品大量遗存至今,又给紫砂壶鉴定工作带来一大困难。

正是由于紫砂壶在常规鉴定上存在诸多困难,因此不能仅仅从微观角度认定其价值,而是要重点研究它的艺术风格和文化品位,通过宏观把握积累鉴赏经验,在实践中得到最接近真理的结论。既要认准每一个部件,又能在大的方面、整体气息上感觉对头,做到微观与宏观有机结合地鉴赏,优秀的紫砂壶收藏家往往具备这样的本领。从宏观上把握,就是从本质上把握,而善于在宏观上准确把握的收藏家和鉴赏家尤为难得。一把壶,拿到眼前仔细鉴别,所有的部件、所有的具体方面几乎都没有问题,但它却是赝品,因为"没有问题"的都是现象;反之,一把壶,整体气息上感觉对头,即使在某个具体方面对不上号,它也不一定是赝品。

对紫砂壶价值的鉴定,涉及文物艺术品"鉴"与"赏"的问题。一种观点认为,鉴定是手段,欣赏是目的,鉴与赏是不可分割的。只有会鉴定,分出真伪优劣档次,才有欣赏乐趣。无收藏知识,就谈不上鉴定,更不会有收藏者获取猎物后的享受。还有一种观点认为,鉴与赏是认定文物艺术品价值的相互区别又相互联系的两个方面:鉴是鉴别文物艺术品的真伪、优劣，这就需要对文物的起源、演进、材质、工艺技法、造型纹饰等有一定的了解；赏则是对文物艺术品的把玩、赏析，主要从美学的视角来评价文物艺术品的艺术价值，并结合历史学、民俗学及科技史等深入观察，综合考证。如此，方能解决长期以来困扰收藏者的难题——买到赝品，收藏赝品。这后一种观点对紫砂壶价值的鉴定启发尤其大，特别是应该强调"赏"的重要性。没有对紫砂壶进行长期的、深入的、综合的把玩和赏析，就难以超越技术层面的鉴别，难以掌握"壶性"。孔子说"玩索而有得"，这句话值得深思。董其昌在《古董十三说》里说"玩古董有却病延年之助"，只要心胸悠畅，神情怡然，是可以达到这个效果的。他又说"古董非草草可玩也。先治幽轩邃室，虽在城市，有山林之致"，这实际是说玩古董作为一种高雅的欣赏活动，需要一个与心境相适应的好环境。以往的紫砂壶收藏家往往重"鉴"轻"赏"，有实物而无视角，有知识而无感觉，有经验而无理念，有壶内功夫而无壶外功夫，影响了他们紫砂壶价值鉴定水平的提高。

任何文物艺术品的鉴定都可分为主要依据和辅助依据两个方面。以紫砂壶为例，器型、质地、包浆、题款和印章等都属于辅助依据，而作品的时代气息和工艺师的个人风格应是主要依据。但是，由于前面谈到的种种特殊原因，与字画、瓷器和青铜器等文物艺术品相比，紫砂壶的时代气息和工艺师的个人风格，总的来说认定起来难度稍大一些。尽管如此，如果仔细分析比较，还是有一定规律可循的。

以时代气息而论，紫砂壶经历了明、清、民国和新中国成立后等几个大的历史时代，有的时代还可根据实际情况细分几个历史时期，不同时期的作品，受社会风气和艺术思潮影响，其气息多多少少地会有所差异，有时粗犷，有时工细；有时质朴，有时雕饰；有时肖形，有时夸张；有时崇古，有时尚新；等等。一件体现时代气息的作品，就像一面镜子，能够折射出周围环境的映像，当然，这种折射不会像镜子那样直接与明显。

以工艺师的个人风格而论，工艺师在性格、素养、兴趣爱好、艺术追求等方面有所差异，认识世界、表达思想的方式就会有所差异，其作品风格也多多少少地会有所差异。他们有的擅做花壶，有的擅做光壶；有的擅做圆壶，有的擅做方壶。有些工艺师早年能做很多样式的壶，但最终拿手的和被社会承认的只是少数几种。不同的工艺师，即使做同一个样子的壶，所要表达的内容也是各有侧重的。工艺师对某一类题材研究深、制作精，并逐渐为社会上懂行的爱好者所认同和认购，他们所精深的方面一定是超过了同时代的其他同行，因而形成了区别于他人的个人风格。越是富有神韵的名家精品，个性就越鲜明。

有些壶型为一位大师首创，得到社会认可，经过后世多位大师不断地丰富和发展，才成为经典壶型的。当然，同一个壶型的不同作品，有的后世大师做得比前代大师好，也有的前代大师的作品后人确难超越。像树瘿壶、鱼化龙壶、僧帽壶、井栏壶、掇球壶、汉君壶等，历史上都有多位大师做同一个壶型，但做出来的壶还是或明显或微妙地表现出不同的时代气息和个人风格，成为艺术上的"这一个"。只有这样，同一个壶型的不同作品才分别具有存在和传世的价值，这个壶型也才能生生不息地流传下去。例如鱼化龙壶，就有一个发展演变的过程。鱼化龙壶也叫龙壶、鱼龙壶、鱼龙戏浪壶，蕴含飞黄腾达、平步青云的理想。据史料记载，明末紫砂艺人陈仲美制作过"龙戏海涛"壶，但未有实物流传下来，有专家认为"龙戏海涛"壶就是鱼化龙壶，陈仲美就是鱼化龙壶的创造者。但是，直到经过清代道光、咸丰年间的紫砂巨匠邵大亨精巧的设计，鱼化龙壶才成为一种成熟并广泛流传的经典壶型。后世许多人都曾仿制鱼化龙壶，然而没有一件仿制品在造型尤其是气韵方面能与邵大亨相比。清末紫砂艺人黄玉麟模仿邵大亨，但做了一些改动，后来他的鱼化龙壶取代邵大亨，成为鱼化龙壶的标准样式。黄玉麟之后，清末民初的紫砂艺人俞国良也擅制鱼化龙壶，形式与黄玉鳞的几乎相同，已故当代著名作家陆文夫就藏有一把俞国良的鱼化龙壶。当代紫砂名家朱可心、汪寅仙、何道洪等都制作过精致的鱼化龙壶，使这一壶型得以发展。据《收藏》杂志2002年第七期陈颂雎《鱼化龙壶漫话》一文介绍，一位收藏爱好者藏有一把鱼化龙壶，壶形与黄玉鳞的鱼化龙壶一样，而他自己却认为它是一把乾隆年间的紫砂壶，那么这显然是不对的。

因此，紫砂壶鉴定要借鉴一些字画鉴定专家行之有效的鉴定方法，根据具体对象善于选择利用主要依据或辅助依据，有时还需要将两者有机地结合起来运用。通体仿冒的作品，因为仿冒者与原作者的时代和个性不同，其艺术特色必然有所不同。同时代的仿冒者，虽然与原作者处于同一个时代，但是由于他们的个性不会完全相同，因而艺术水平也必然有所差异。

总之，紫砂壶"鉴"难，需"赏"；而"赏"则侧重在艺术风格和文化品位的把握，又谈何容易。

收藏紫砂壶，"鉴"是辨明真伪，"赏"是分清高下，两者是相辅相成的，但后者往往需要更加深厚、博通的艺术修养，更加敏锐、准确的艺术观察力和判断力。分清高下，首先要明确树立精品意识，知道什么是精品，为什么要收藏精品，这是投资收藏紫砂壶保值增值的必要前提。

树立精品意识，就要知道什么是精品。俄国作家托尔斯泰认为，精品应有"原创性、独特性、明晰性、感染力，以及创作者在创造过程中是无欺的、真诚的真实性"。这句话用在文物艺术品上，就是：凡是凝聚作者创造才华，具有原汁原味、风格突出、一目了然、打动人心等特点的珍稀的文物艺术品，才是精品。紫砂壶收藏者应该收藏的就是这样的精品，最好能够收藏到极品或绝品。

近20年来，紫砂壶市场总体价格经历了由低到高、由高到低、又由低到高的几次比较明显的波动。市场处于低谷时，一些紫砂壶投资者觉得藏品贬了值，经济上吃了亏，显得灰心丧气，但那些投资购藏精品的紫砂壶收藏者，还是以较小的损失或根本无损失而经受住了严峻的考验。特别是那些清代民国紫砂名家的精品，保持住了原有的价位，并随着经济势头渐缓而有所上扬。这是因为，精品毕竟比较坚挺，大浪淘去的是那些缺乏特点乃至粗制滥造的东西。这样看来，紫砂壶市场的这几次波动客观上也有其有益的一面，它严肃地告诉人们：第一，买精品最抗跌，最保险；第二，精品不是很多，需要下工夫寻找；第三，要有追求精品的恒心和信心，不要随大流，赶时髦，否则一有风吹草动就会跟着倒霉。

分清高下，还要有深邃和长远的文化眼光，始终不移地将投资的重点放在那些艺术风格突出、文化品位不俗的作品上，这是投资收藏紫砂壶保值增值的最佳途径和必然归宿。

文物艺术品从其本质上说是文化，是那些具有深刻文化内涵的东西。比起其他文物艺术品，紫砂壶与中国传统文化有着更为密切的联系，历代文人投注在紫砂壶身上的热情和智慧也更大一些。因此，紫砂壶可以说是真正的文玩、雅玩、清玩。要收藏紫砂壶必须具有良好的文化素质和鉴赏能力。文化素质指收藏者哲学、历史、文学等方面的修养，也包括收藏者的人生观、道德观等，鉴赏能力则指收藏者美学、心理学、美术、书法等方面的实践和经验。有时，紫砂壶收藏者往往能从雕塑、建筑、戏曲等紫砂壶以外的方面吸收营养，获取灵感，提高自己的认识水平，因为艺术是相通的。此外，多读一些紫砂壶研究和欣赏方面的文章和书籍，掌握理论基础、充实头脑，由理论而实践，由实践再理论，认识得以螺旋式提升，在收藏品位上才能更上一层楼。

富而思文，富而思乐。随着人们物质文化生活水平的不断提高，文化品位高的紫砂壶作为雅玩的经济价值和审美价值会越来越凸现出来。

三位一体的盖碗茶具

盖碗,在四川等地称做"三才碗"。所谓"三才",即天、地、人。茶盖在上谓之天,茶托在下谓之地,碗居中是为人。这么一套小小的茶具便寄寓了一个小天地、一个小宇宙,也蕴含了古代哲人讲的"天盖之,地载之,人育之"的道理。

明代以来,一直是用沸水直接冲泡茶叶饮用。用茶壶泡茶,然后再由茶壶注入茶碗饮用,成为最常见的饮茶方式。与此同时,四川等地的盖碗茶具以其独有的饮茶方式体现出特殊的生活情趣,显示着中国茶具文化的丰富性。

盖碗茶所用三件头一套茶具,包括茶盖、茶碗、托盏三部分。托盏的作用是承受茶碗,又叫茶船子、茶舟,相传是唐德宗建中年间(780—783)由西川节度使崔宁之女在成都发明的。因为原来的茶杯没有衬底,常常烫着手指,于是崔宁之女就巧思妙想,发明了木盘子来承托茶杯。为了防止喝茶时杯易倾倒,她又设法用蜡将木盘中央环上一圈,使杯子便于固定。这便是最早的茶船。后来茶船改用漆环来代替蜡环,人人称便。越到后来,环底做得越新奇,形状百态,就像环底杯。以茶船托茶碗,既不会烫坏桌面,又便于端茶。由这种独特的茶具而生成的茶船文化,或叫盖碗茶文化,从成都传遍巴蜀,又逐渐传遍南方乃至全国。

盖碗茶的茶盖用处更多,既能保持茶水温度,又可以通过开闭茶盖,调节茶叶的溶解速度。性急者只消用茶盖刮刮茶水,让茶叶上下翻滚,便能立时饮上香喷喷、热腾腾的浓茶。至于将盖儿留一条小小的缝隙吸茗,免得茶叶入口,使清香沁鼻的茶水缓缓入口,更令人爽心惬意。茶盖可以用来刮去浮沫,便于看茶、闻茶、喝茶。茶盖倒置,又是晾茶、饮茶的便利容器。此外,四川人使用茶盖还有其特殊的讲究:品茶之时,茶盖置于桌面,表示茶碗已空,茶博士会很快过来将水续满;茶客临时离去,将茶盖扣置于竹椅之上,表示人未走远,少时即归,自然不会有人侵占座位,跑堂的也会将茶具、小吃代为看管。盖碗茶的这些优点,也是其他茶具所不具备的。

老成都的盖碗茶讲究用铜茶壶、锡茶托、景德镇瓷碗,泡茉莉花茶,色、香、味、形皆配套,啜了口角噙香,直透心肺。用盖碗泡龙井、碧螺春等绿茶,同样清心爽神。老年人则爱喝沱茶,这是一种紧压茶,经泡,味浓烈,清香久,于持久品饮长谈最相宜。有人从清晨喝到中午,临走还吩咐"幺师":"把茶碗给我搁好,下午我还来。"四川的茶馆极为兴盛,不论是风景名胜,还是闹市街巷,到处都可看到富有地方色彩的茶馆。这些茶馆收费低廉,服务周到,顾客往往一杯香茗,一碟小吃,便可坐上半日,与亲友纵论畅谈,摆龙门阵,体现了巴蜀地方浓厚的人情味。天津等地川菜馆里的盖碗茶多为"八宝茶",其配料除茶叶外,有冰糖、桂圆肉、小枣、山楂片、枸杞、橘皮丝、葡萄干、白菊花等,综合了甜、酸、涩等味道,然而非常好喝,还有滋补等作用。

在四川茶馆喝茶,还可以观赏到一招冲泡盖碗茶的绝技。腰系白围裙的"茶博士",一边唱喏,一边流星般转走。当茶客进门,他立即左手搂着一套茶具,右手从火炉上提起当地叫做"黑鸡婆"的长嘴铜壶,满面春风地迎上来。随后,他"刷刷"几声,便将茶船子、茶碗摆好。紧接着,他随手提起铜壶,高高举起,一条细细的"水龙"直泻而下,像流星划过长空,形成一道白光,一上一下地将开水射入茶碗之中,翻腾有声。须臾之间,戛然而止。水满后,他的右手忽地一收一翘,将盖儿扣上,壶水滴水不漏。茶水恰与碗口平齐,碗外无一滴水珠。更有甚者,能在茶客身后射水,茶水越过客人头顶而准确地落入茶碗之中,这叫"雪花盖顶";还能双手各一壶,同时射茶于一只茶碗之中,这叫"双龙戏珠";也能隔桌射茶,即手提长嘴壶,站在桌对面,朝你对面的茶碗中射茶,准确无误,且无茶水溅飞,吃茶人有惊无险,这叫"海上飞虹"。这几种被称为"神功射茶"的冲水功夫,干净利索,令人叫绝,体现了中国茶文化中"精华均匀"的传统,也是一种艺术的享受。目前,全国各地高级、纯正的川菜馆都为食客备有盖碗茶,也都特聘四川的茶博士表演"神功射茶"的绝技。

北京的盖碗茶也很著名,有着独特的泡饮方法。北方人爱饮花茶,北京盖碗茶的茶叶即以花茶为主。这种花茶属于绿茶的再加工茶,又称香片。窨制香片常用茉莉花、兰花、玳玳花、桂花等。窨制花茶要在三伏天进行,因为三伏天的茉莉花香气最浓。北京有不少名泉,如延庆的珍珠泉、卧佛寺的水源头、八大处的龙泉等。用泉水、纯净水等泡茶,效果较好。用中软水泡茶,可使茶中的有效成分充分浸出,茶汤明亮,滋味鲜活。泡饮用具则包括帕、挂绢帕的挂架、茶罐、盖碗、清水罐、水勺、铜炉、铜壶、水盂等。

北京盖碗茶的茶艺师认为,沏泡花茶宜用盖碗。加碗盖有利于保持香气和清洁。茶碗呈现喇叭形状,可使饮茶者清楚地见到茶叶在碗中漂浮翻滚的形态;碗底浅,使饮茶者及时品尝到碗根处的浓酽茶汤,碗托可以护手,又可保温,更能显示出古都茶文化的考究和饮茶者的尊严。盖、碗、托三位一体,相得益彰。

喝北京盖碗茶,首先要温盏,即用热水给碗升温,这样做有利于茶汁的迅速浸出。然后置茶。要达到北京人习惯的香醇浓酽的效果,每碗可放干茶叶三克。投茶时,可遵照五行说,按木、火、土、金、水五个方位一一投入。随后冲茶。冲泡花茶要用沸水,先注水少许,温润茶芽,然后再悬壶高冲,使茶叶在杯中上下翻腾,加速其溶解。

一般注水至七成为宜。接下去就是品茶了。在饮用盖碗茶时,用左手托住盏托,右手拿起碗盖,轻轻拂动茶汤表面,使茶汤上下均匀,然后开始闻香、观色,缓啜三口,此后,便可随意细品了。茶味因人而异,花茶以形整、色翠、香气浓酽为好。茶要趁热连饮,当碗中尚余三分之一左右的茶汤时,就应及时添注热水。品饮花茶,以第二泡的滋味最好,因茶中的有效成分已基本上充分浸出,故此时茶叶香酽浓郁,回味无穷。好的花茶一般可以冲泡三开;三开以后,茶香已淡,续饮无味。

精致小巧的工夫茶具

工夫茶是长期以来最为流行的茶道或茶艺，常用于茶社经营和家庭待客。工夫茶的特点是方法精致，物料精绝，礼仪周全，其茶具的精巧更是出了名的。它原本是广东潮州地区传统的饮茶风俗，逐渐推广至全国乃至全世界。

据近十几年所见，正宗的潮州工夫茶，第一讲究的是茶具，与其他喝茶方法有别之处也在于茶具，一般包括茶壶、茶杯和茶池。杯是瓷制的，杯壁极薄。茶池形如鼓，瓷质，由一个作为"鼓面"的盘子和一个作为"鼓身"的圆罐组成。盘上有小眼，一则"开茶洗盏"时的头遍茶要从这些小眼中漏下，二来泡上茶之后还要在壶盖上继续浇开水加以保温，这些水也从小眼中流下。真正的"茶池"则指鼓身，它为承接剩水、剩茶、茶渣而设。此外，还有用来放茶杯的茶盘和用来放茶壶的茶垫。

工夫茶的茶具中，茶壶最为讲究。明代以来，中国人饮茶尤重紫砂壶，而潮州工夫茶的茶壶不是一般的宜兴紫砂壶，而是在原料里加入了潮州泥，因其质地松软，更宜吸香。潮州土语将茶壶叫做"冲罐"，也有叫做"苏罐"的，因为它出自江苏宜兴，是宜兴紫砂壶中容量最小的一种。茶壶有二人罐、三人罐、四人罐等，分别以孟臣、铁画轩、秋圃、尊圃、小山、袁熙生等制造的最受珍视，因此即使现代人制作的茶壶，也要打上"孟臣"的款识。壶的式样多，小如橘子，大似蜜柑，也有梨形、瓜形、柿形、菱形、鼓形、梅花形、六角形、栗子形等，一般多用鼓形的；取其端正浑厚。壶的色泽也有很多种,如朱砂、古铁、栗色、紫泥、石黄、天青等,还有一种壶身银砂闪烁,朱粒累累,俗谓之抽皮砂,最为珍贵。但不管款式、色泽如何,最重要的是"宜小不宜大,宜浅不宜深",因为大就不"工夫"了。所以用大茶壶、中茶壶冲的茶,茶叶再好,也不能算是工夫茶。壶的深浅关系着茶水的味道,浅能酿味,能留香,不蓄水,这样茶叶才不易变涩。

喝工夫茶的壶,不是买来就用,而先要以茶水"养壶"。潮州泥壶含香,养壶最宜。一把小壶,以"开茶"之水频频倒入其中,待"养"上三月,小壶便"香满怀抱"了,这时方宜使用。工夫茶杯也极小,如核桃、杏子一般。壶娘、壶子皆小巧玲珑,但又不失古朴浑厚。

工夫茶的茶具精致考究,冲泡也要一番高超的技艺,而且要谨遵古制,一丝不爽。标准的工夫茶茶艺,有所谓"十法",即后火、虾须水(刚开未开之水)、拣茶、装茶、烫杯、热壶、高冲、低斟、盖沫、淋顶。先将铁观音放入壶中。工夫茶极浓,茶叶可占容积的十分之七,以浸泡后茶叶涨发至壶顶为恰当。第一泡的茶,并非饮用,而是以茶水冲杯洗盏,称之为"开茶"或"洗茶"。洗过盏,冲入二道水,这时,不仅叶片开涨,而且性味俱发。主人开始行茶,将四只小杯并围一起,含主客相聚之义。以小壶巡回穿梭于四杯之间,直至每杯茶水均至七分满。此种行茶法称为"关公跑城",内含巡回圆满的"圆迹哲理"。而最后的余津,也要一点一抬头地点入四杯之中,称为"韩信点兵",显示纤毫精华都雨露均分的大同精神。这时,四只小杯的茶色若都均匀相等,而每杯又呈深浅层次,方显出主人是上等的功夫。而若一泡至五泡都呈不同颜色,就更是泡茶高手了。每次茶水倒净后,还要把茶壶倒过来,覆放在茶垫上使壶里的水分完全滴出,这是因为只要没有水在,单宁就不能溶解,茶就不会苦涩。

此时,主人将巡点完备的小杯,双手依长幼次第奉于客前。先敬首席，然后是左右嘉宾，最后自己也加入品饮行列。喝工夫茶，也讲喝的功夫。无论你味觉如何，也不能一饮落肚，要让茶水巡舌而转，激发起舌上的每一个细胞对茶味的"热情"，充分体味到茶香，方能将茶咽下，这才不算失礼。饮完后还要向主人亮杯底，一则表示领受主人厚谊，二则表示对主人高超技艺的赞美，这才像个工夫茶的"吃家"。

这样的工夫茶喝过一巡又一巡，主客情义以及对茶的体味都融融洽洽。到五六巡时，茶香将尽，礼数也差不多了。最后一巡过后，主人用竹夹将壶中余叶夹出，放入一小盅内，请客人观赏，称为"赏茶"。一则让客人看到精美的叶片原形，回到茶叶的自然本质；二则表示叶味已尽，地主之谊倾心敬献，客人走后不会再泡这些茶叶。

近年来茶社沏茶多用桶装纯净水，配以电热水器，方便省事，但考究的茶社还备有红泥小火炉，可以增添茶兴，也适应工夫茶少用水、常添水的要求。红泥小火炉，广东潮安、潮阳、揭阳都有制作，长形，高六七寸，置炭的炉心深而小，这样使火势均匀，省炭。小炉有盖和门，不用时把它一盖一关，既节约又方便。小火炉放在精制的木架上面，木架像塔，下大上小，上面一格放炉子，刚好一伸扇子便是炉门。中间一格，是放扇子、钢筷等物。下面一格放木炭或榄核炭，或引火之物。有了这样的设置，煮茶自然是很方便的。有小火炉，就要有羽扇和钢筷。羽扇是煽火用的，煽火时既要用劲儿，又不可煽过炉门左右，这样才能保持一定火候，也是表示对客人的尊敬，同样是一种"工夫"的施展。钢筷则不但为了钳炭、挑火，而且可以使主人双手保持清洁。

工夫茶是融精神、礼仪、沏泡技巧、巡茶艺术、评品质量为一体的茶道形式，使各种精致小巧的茶具组合成套，并使这种成套性能得以很好的发挥。

源于中国的日本茶具

1994年4月,因日本联合政府内部发生纷争,上任不到一年的首相细川护熙辞了职。1999年,他干脆辞去议员职务,脱离政坛,过上了清闲日子。退出政坛后的细川潜心研究陶艺,访遍了日本所有的名窑。他在东京南面的海边温泉胜地汤河原镇置房产,建窑炉。几年后,细川的作坊"不东庵"在陶窑界已小有名气,他的陶艺造诣也越来越深。他每年在东京日本桥的陶瓷名店壶中居和京都古美术馆举办个人作品展,还曾把个人作品展办到了巴黎,并亲自出场为观众讲解陶艺的魅力和制作技巧。细川的大部分作品是茶道所用茶碗。他在家中修建了自己的茶室"一夜亭",创立了"细川无手胜流品茶法"。偶有挚友来访,他会在自己的茶室用自己烧制的茶碗上茶款待,并向嘉宾一一介绍自己的作品。不过细川的作品除了偶尔送给朋友做纪念外,概不出售,自称这叫"门外不出"。

在世界各国茶具中,日本茶具受中国茶具的影响最直接、最广泛、最深刻,而且成为具有日本特色的饮茶文化——茶道的重要组成部分。唐宋时期流行的茶具,中国早已不再使用,而在日本的茶道中,却能找到它们的影子。

日本茶俗,最引人注目的便是茶道。茶道,就是通过饮茶,对人们进行礼仪的教育和道德的修炼。日本的茶和饮茶是唐时由中国传入的,"茶道"一词也最早见于中国唐代史籍。但日本人民勤奋好学,又善于创新,在中国茶文化的影响下,他们结合本民族的特点,孕育出具有日本特色的茶道。日本茶道,是中国茶文化的延伸。

日本举行茶道的场所，称为"茶室"，又称"本席""茶席"。日本的茶室一般用竹木和芦草编成，自然和谐。茶室面积一般以置放四叠半"榻榻米"为度，不到10平方米，显得小巧雅致，结构紧凑，以便宾主能够较近距离地倾心交谈。茶室分为床间、客、点前、炉踏达等专门区域。室内设置壁龛、地炉和各式木窗，一侧布"水屋"，供备放煮水、沏茶、品茶的器具和清洁用具。床间摆设珍贵古玩，以及与茶相关的名人书画，但须少而精。其旁悬挂竹制花瓶（花入），瓶中插花，插花品种视四季而有所不同。与茶事相关的字画、花瓶、古玩等，茶道不可或缺，也可算作广义的茶具。

日本茶道源于中国，故而茶道使用的茶具也源于中国茶具。其基本茶具与潮州工夫茶具一样，也有四大件：凉炉，即煮水用的风炉；茶釜，即煮水用的铁制的有盖大钵；汤瓶，即泡茶用的带柄有嘴罐，称"急须"；茶碗，即盛茶汤用的瓷碗。另外，还有研磨茶叶用的"茶磨"，夹白炭用的"火箸"，盛冷水用的"水注"，盛白炭用的"炭篮"，清洁茶具用的"水翻"，装香用的"香盒"，沏茶时用于搅拌的"茶筅"，取茶粉用的竹制"茶勺"，擦拭茶碗用的"茶巾"，盛茶叶末用的"茶罐"，用三根大鸟羽毛制成、用于拂尘的"羽帚"，盛炭用的"炭斗"，盛炉灰用的"灰器"，取水用的"水勺"等，涉及陶瓷器、漆器、铁器、铜器、土器、木器、竹器、羽毛器等。从这些器具的名称和功能看，明显是受唐代中国茶具的影响。日本茶道用具名目繁多，有"和物"与"唐物""高丽物"的区别。其中的"唐物"，不言而喻是指中国茶具或中国式茶具。自镰仓以来，大量唐物宋品运销日本，特别是茶具和艺术品，为日本茶会增辉不少。但也因此出现了豪华奢靡之风，一味崇尚唐物，轻视和物茶会。热心于茶道艺术的村田珠光、武野绍鸥等人，反对奢侈华丽之风，提倡清贫简朴，认为本国产的黑色陶器，色彩幽暗，自有其朴素、清寂之美。用这种质朴的茶具真心实意地待客，既有审美情趣，也利于道德情操的修养。

日本茶具往往兼具使用与观赏功能，分为客厅用具（公用）和本席用具（专用）。泡浓茶用的陶瓷小壶叫做"茶入"，根据形状不同分为"肩冲""茄子""海壶""文琳"等。在所有的茶具中价值最高、品种最多、最为考究的当数茶碗。茶碗一般为陶瓷制品，也有石制品。从某种意义上来说，茶碗可算是整个茶具类器具的代名词。日本战国时代由千利休设计指导、著名陶工长次郎制作的"乐"茶碗，可算是当时的日本产茶碗的顶级作品。历史上著名的茶碗有乐茶碗、白天目茶碗、赤乐早船、赤乐无一物、国司茄子、本能寺文琳初花肩冲等。日本对茶碗的重视程度，很像中国宋代斗茶时期的情形。

日本茶事种类繁多，古代有"三时茶"之说，即按三顿饭的时间分为朝会（早茶）、书会（午茶）、夜会（晚茶）；现在则有"茶事七事"之说，即早晨的茶事、拂晓的茶事、正午的茶事、夜晚的茶事、饭后的茶事、专题茶事和临时茶事。除此之外，还有开封茶坛的茶事（相当于佛寺的开光大典）、惜别的茶事、赏雪的茶事、一主一客的茶事、赏花的茶事、赏月的茶事，等等。每次的茶事都要有主题，比如新婚、乔迁、诞辰的祝贺或纪念，有的就是为了得到一件珍贵的茶具而庆贺。

一般茶会的时间为四个小时。茶会有淡茶会（简单茶会）和正式茶会两种，正式茶会还分为"初座"和"后座"两部分。客人提前到达之后，在茶庭的草棚中坐下来观赏茶庭并体会主人的用心，然后入茶室就座，这叫"初座"。主人开始表演添炭技法，因为整个茶会中要添三次炭（正式茶会的炭要用樱树木炭），所以这次就称为"初炭"。随后主人送上茶食，日语为"怀石料理"（据说和尚们坐禅饥饿时将烤热的石头揣在怀里以减少饥饿感，故称）。用完茶食之后，客人到茶庭休息，此为"中立"。然后再次入茶室，这才是"后座"。后座是茶会的主要部分，在严肃的气氛中，主人为客人点浓茶，然后添炭（后炭），再点薄茶。稍后，主人与客人互相道别，茶会到此结束。茶会通常有记录，记录的内容包括与会者、饭菜、点心的情况以及与会者的谈话摘要和记录者的评论，茶具和壁龛装饰的情况也在记录之中。

日本茶具源于中国，但近代以来也有很多中国人喜欢日本茶具或日式茶具。中国现代著名女作家冰心在与吴文藻结婚后，家里就陈设着一套周作人送的日本茶具，包括一只竹柄的茶壶和四只青花带盖的茶杯。近年来，中国一些陶瓷厂家专门制作各种日式茶具，除出口外，国内喜欢使用和收藏的人也不在少数。

奥玄宝的《茗壶图录》

奥玄宝是日本明治时期著名实业家、收藏家，喜爱收藏中国紫砂壶，还撰写了一本详细、完整论述中国紫砂壶的专著《茗壶图录》，图文并茂，从一个侧面证明了中国茶具的独特魅力和广泛影响。

奥玄宝（1836—1897）原名奥三郎兵卫，字素养，号兰田、独飞，中国很多紫砂壶研究者都以其号称他为"奥兰田"。奥玄宝经营大米、干鱼、油类商品，是东京商法会所创始人之一，后任东京商业会议所副会长，是当时日本商界十分活跃的著名实业家。他与日本文化界交往甚多，身边聚集了很多当时著名的汉学家、收藏家、古董商、画家等，如女画家野口小苹，收藏家千原花溪，静嘉堂第一代文库长、东京帝国大学教授重野成斋等。奥玄宝热爱中国文化，由他主办的中国明清书画展观记录有三册图录，即《熊谷醉香居士追福书画展观录》《追远荐新图录》《墨缘奇赏》。这是奥玄宝所藏中国明清书画及煎茶具的一次大的发表会。奥玄宝在欧美视察旅行中因病猝死，他的藏品遂转移给日本著名实业家和收藏家、曾任三菱社长的岩崎弥之助。

早在明代后期，中国宜兴紫砂壶就畅销日本，日本茶道也以用中国茶具为荣，两国的茶文化交流和茶具交流日益频繁和深入。在《茗壶图录》凡例中，奥玄宝声明该书是以中国周高起的《阳羡茗壶系》和吴骞的《阳羡名陶录》为"粉本"的。

中国自明代以来，不断有人记述紫砂壶艺的历史，并阐释和挖掘紫砂壶的文化内涵。紫砂壶收藏和研究界一般认为，在明、清两代紫砂壶鉴赏图书中，比较系统的和重要的两部就是《阳羡茗壶系》和

《阳羡名陶录》。明代万历至崇祯年间的周高起（号伯高）所著《阳羡茗壶系》，是中国第一部关于宜兴紫砂壶的专著。这部专著分创始、正始、大家、名家、雅流、神品、别派等部分。该书对金沙寺僧制作紫砂壶，供春向僧人学艺，时大彬又得到供春的传授，及李仲芳、徐友泉、欧正春、邵文金、邵文银、陈用卿、陈信卿、闵鲁生、陈光甫、陈仲美、沈君用等30位制壶名手的简况和他们的部分作品，做了最初的记载和考订，对研究中国紫砂壶工艺史、文化史有着重要的学术价值。清代乾隆、嘉庆年间的吴骞编著的《阳羡名陶录》，编著者在自序中说该书是周高起《阳羡茗壶系》的"增订本"："暨阳周伯高氏，尝著《茗壶系》，述之颇详，兹复稍加增润，为《阳羡名陶录》。"该书分上、下两卷，包括自序、原始、选材、本艺、家渊、丛谈、文翰等部分，更为详尽地介绍了明代以来39位制壶名家的生平和艺术面貌。在丛谈和文翰部分，收录了不少文人学者对宜兴紫砂器的记载和有关诗词文赋，如周容的《宜兴瓷壶记》、吴梅鼎的《阳羡茗壶赋》、高士奇的《宜壶歌答陈其年检讨》、汪文柏的《陶器行赠陈鸣远》等，为后人研究紫砂壶保留了珍贵的资料。

奥玄宝的《茗壶图录》成书于1874年，全书分上、下两卷，文字部分有源流、式样、形状、流錾、泥色、品汇、大小、理趣、款识、真赝等；图录部分参照《宣和博古图录》，将自己搜罗及朋友收藏的茶壶以工笔白描图谱罗列成二册，收入紫泥、梨皮泥、朱泥等壶，共32品。由于《茗壶图录》写于注春居，所以书中32把茗壶亦称"注春三十二式"。每品均有图形和铭款摹本，且冠以"梁园遗老""萧山市隐""独乐园丁""卧龙先生""出离头陀""倾心佳侣""凌波仙子""方山逸士""俪兰女史""儒雅宗伯""铁石丈夫""老朽散人""卧轮禅师""红颜少年""采薇山樵""连城封侯""寿阳公主""风流宰相""逍遥公子""断肠少妇"之类的名称，题为"注春三十二先生肖像"，同时以文字介绍各壶的命名出典、印章款识、尺寸、形态、年代及制作人等。

奥玄宝在《茗壶图录》自序中谈到对紫砂壶的痴迷程度时说："予于茗壶嗜好成癖焉。不论状之大小，不问流之曲直，不言制之古今，不说泥之精粗、款之有无，苟有适于意者，辄购焉藏焉，把玩不置……"该书选用的32把紫砂壶中，15把是奥兰田的藏品，其余17把则分别藏于诸朋友家。奥氏的选壶标准，重在壶艺，重在欣赏的感受，这比那些只知道讲究年代、款识、壶工的有名无名，而无视壶艺本身价值的人，确实胜过一筹。

奥玄宝对紫砂壶的评价是："温润如君子，豪迈如丈夫，风流如词客，丽娴如佳人，葆光如隐士，潇洒如少年，短小如侏儒，朴讷如仁人，飘逸如仙子，廉洁如高士，脱俗如衲子。"他对具体作者和作品的评价也是独具慧眼，如他收藏的与陈鸣远同时代的制壶名家许龙文的一把葵花壶，以"流直把环，通体以秋葵花为式，花瓣参差，向背分明，如笑如语"，"许氏巧手，制壶无一不竭尽智力，而兹壶精制尤穷神妙，非他工之可拟论"来评价，是非常生动而贴切的。

《茗壶图录》是研究中国明清紫砂壶特别是其在日本流传历史的很有价值的专著。中国有清光绪二年（1876）石印本，1936年邓实、黄宾虹编"美术丛书"本等，近年出版了多种重印本和校注本。

茶具里面有礼俗

《红楼梦》第二十五回,王熙凤笑着对林黛玉说道:"你既吃了我们家的茶,怎么还不给我们家作媳妇?"可见其中是有茶俗和礼俗的。

礼俗是文化的一项重要内容,茶礼俗同样是茶文化的一项重要内容,而这些礼俗往往是通过茶具的使用表现出来的。

根据礼俗的要求,茶具的使用有一定的忌讳。如宋代居丧时,家人饮茶或以茶待客,不能用茶托。周密《齐东野语》中"有丧不举茶托"条,专记这种风俗,说"托必有朱,故有所嫌而然",即说丧事忌讳红色。这种礼俗,不仅一般平民都要遵守,连皇家也不例外。再如在一些少数民族地区,茶具忌倒扣放置,因为只有死人用过的器皿才倒扣。此外,饮潮汕工夫茶时,最忌"强宾压主,响杯檫盘"。客人喝茶提盅时,不能任意把盅脚在茶盘沿上檫。茶喝完放盅要轻手,不能让盅发出声响,否则就是"强宾压主"或"有意挑衅"。

清代官场上流行过一种"端茶送客"的礼俗。官场往来,尤其是上司召见属下,大官接见小官,或一言不合,话不投机,或正事已毕,小官还无告辞之意,大官便双手端起茶杯,左右侍从见了,立即齐呼:"送客!"于是客人不得不起身告辞。这样,"端茶"就成了"逐客令"。不平等的是,下级对上级是不能耍这种威风的,否则,就端掉了自己的乌纱帽。

更多情况下,茶具是用在表示喜庆、吉祥、礼貌的民间礼俗活动中。旧时新人拜完天地,照例要闹新房。据清人记载,有一种形式叫

"合合茶",就是让新郎、新娘面对面坐在一条凳上,互相把左腿放在对方的右腿上,新郎的左手和新娘的右手相互放在对方肩上,新郎右手的拇指和食指同新娘左手的拇指和食指合并成一个正方形,然后由人把茶杯放在其中,注上茶,亲戚朋友轮流把嘴凑上去品茶。另有"桂花茶""安字茶"等,都是闹房中的花样。

在南方客家人和土家族地区,至今还保留着一种古老的吃茶法——喝擂茶,并有一套专门擂茶的茶具。

擂茶,又名"三生汤",是用生叶(指从茶树采下的新鲜茶叶)、生姜和生米仁等三种生原料,经混合研碎加水后烹煮而成的汤,故而得名。相传三国时,张飞带兵进攻武陵壶头山(今湖南常德境内),正值炎夏酷暑,当地又蔓延瘟疫,数百将士病倒,张飞本人也未能幸免。正在危难之际,村中一位草医郎中,有感于张飞部属纪律严明,秋毫无犯,便献出祖传除瘟秘方擂茶,结果茶(药)到病除。其实,茶能提神祛邪,清火明目;姜能理脾解表,去湿发汗;米仁能健脾润肺,和胃止火。所以,说擂茶是一帖治病良药,是有科学道理的。

与古代相比,现在的擂茶在原料的选配上已发生了较大的变化。如今制作擂茶时,除茶叶外,往往还要配上炒熟的花生、芝麻、米花等,另外还要加些生姜、食盐(或糖)、胡椒粉等。通常将茶和多种食品、佐料放在特制的擂钵内,然后用擂棍用力旋转,使各种原料相互混合成酱,取出后,一一倾入碗中,用沸水冲泡,用调匙轻轻搅动几下,即调成擂茶。还可做成食擂茶,即把擂茶舀进大米饭里,混成粥状,加上虾米、花生、葱、韭菜、大蒜、萝卜干等炒熟配料。配料可按各自口味选择,少则三五种,多则二十余种。

擂茶所用茶具,一为"擂钵",陶制,口径约一尺半,内壁有射状纹理;二是"擂棍",以油茶树木或山楂木制成,长二尺多;三是"捞瓢",以竹片编制而成,用于捞滤碎渣。这三样茶具,俗称"茶三宝"。

在南方一些地区，喝擂茶已成习惯。人们中午干完活回家，在用餐前总以喝几碗擂茶为快。有的老年人倘若一天不喝擂茶，就会感到全身乏力，精神不爽，视喝擂茶如同吃饭一样重要。不过倘有亲朋进门，那么在喝擂茶的同时还必须设有几碟茶点。茶点以清淡、香脆的食品为主，诸如花生、薯片、瓜子、米花糖、炸鱼片之类，以增添喝擂茶的情趣。在台湾等地，擂茶已逐渐成为社交礼俗，在婚嫁寿诞、亲友聚会、乔迁新居、添丁升官等喜事时，都要请吃擂茶。

中国历来就有"客来敬茶"的礼俗，对茶具的使用也有要求。唐朝刘贞亮赞美"茶有十德"，认为饮茶除了可以健身外，还能"以茶表敬意""以茶可雅心""以茶可行道"。最基本的奉茶之道，就是客人来访马上奉茶。奉茶前应先请教客人的喜好。如有点心招待，应先将点心端出，再奉茶。俗话说"酒满茶半"，奉茶时茶不可太满，以八分满为宜；水温不宜太烫，以免客人不小心被烫伤。同时有两位以上的客人时，端出的茶色要均匀，并要配合茶盘端出。应左手捧着茶盘底部，右手扶着茶盘的边缘。如点心放在客人的右前方，茶杯应摆在点心右边。上茶时应向在座的人说声"对不起"，再以右手端茶，从客人的右方奉上，面带微笑，眼睛注视对方并说："这是您的茶，请慢用！"现代人以咖啡或红茶待客时，杯耳和茶匙的握柄要朝着客人的右边，此外要替每位客人准备一包砂糖和奶精，将其放在杯子旁（碟子上），方便客人自行取用。可见茶具摆放的科学化、公平化、方便化和人性化，既可体现出现代文明，也是一种实实在在的礼俗。

皮陆唱和茶具诗

唐代是中国茶具发展的完备时期，也是中国诗歌发展的鼎盛时期，茶诗、茶具诗的数量和质量都大大超过了唐以前的任何时代。著名诗人皮日休和陆龟蒙齐名，且都有爱茶的雅好，他们经常在一起作文吟诗，是一对亲密的茶友和诗友，人称"皮陆"。他们唱和的茶具诗，别具一格，为后世研究茶史和诗史者所重视。

皮日休（约834—883），字袭美，一字逸少，自号鹿门子，又号闲气布衣、醉吟先生、醉士等，襄阳竟陵（今湖北天门）人。登进士第，做过太常博士，后参加黄巢起义军，任翰林学士。他的遗作有《皮子文薮》等。

陆龟蒙（？—约881），字鲁望，自号江湖散人、甫里先生，又号天随子，长洲（今江苏吴县）人。早年举进士不中，后隐居甫里。他喜爱茶，在顾渚山下辟一茶园，每年收取新茶为租税，用以品鉴。日积月累，编成《品第书》，可惜今已不存。

皮日休在苏州与陆龟蒙相识，两人唱和诗歌，评茶鉴水。在他们的唱和诗中，皮日休的《茶中杂咏》和陆龟蒙的《奉和袭美茶具十咏》最引人注目。

皮日休在《茶中杂咏》的序中，对茶叶的饮用历史做了简要的回顾，并认为包括《茶经》在内的历代文献，对茶叶各方面的记述都已无所遗漏，但在自己的诗歌中却没有得到反映，实在令人遗憾。这就是他创作《茶中杂咏》的缘由。

皮日休将《茶中杂咏》十首送给陆龟蒙后，便得到了陆龟蒙的唱和,即《奉和袭美茶具十咏》。他们唱和的内容包括茶坞、茶人、茶笋、茶籝、茶舍、茶灶、茶焙、茶鼎、茶瓯、煮茶十题,几乎涵盖了茶叶制造和品饮的全部。他们以艺术的灵感、丰富的词藻,系统、具体、形象、生动地描绘了唐代茶事。对茶具的唱和,是这两组诗的重点。

茶籝:"筤筹晓携去,蓦个山桑坞。开时送紫茗,负处沾清露。歇把傍云泉,归将挂烟树。满此是生涯,黄金何足数。"(皮日休《茶中杂咏》)"金刀劈翠筠,织似波文斜。制作自野老,携持伴山娃。昨日斗烟粒,今朝贮绿华。争歌调笑曲,日暮方还家。"(陆龟蒙《奉和袭美茶具十咏》)

茶焙:"凿彼碧岩下,恰应深二尺。泥易带云根,烧难碍石脉。初能燥金饼,渐见干琼液。九里共杉林,相望在山侧。"(皮日休《茶中杂咏》)"左右捣凝膏,朝昏布烟缕。方圆随样拍,次第依层取。山谣纵高下,火候还文武。见说焙前人,时时炙花脯。"(陆龟蒙《奉和袭美茶具十咏》)

茶鼎:"龙舒有良匠,铸此佳样成。立作菌蠢势,煎为潺湲声。草堂暮云阴,松窗残雪明。此时勺复茗,野语知逾清。"(皮日休《茶中杂咏》)"新泉气味良,古铁形状丑。那堪风雪夜,更值烟霞友。曾过赪石下,又住清溪口。且共荐皋卢,何劳倾斗酒。"(陆龟蒙《奉和袭美茶具十咏》)

茶瓯:"邢客与越人,皆能造兹器。圆似月魂堕,轻如云魄起。枣花势旋眼,苹沫香沾齿。松下时一看,支公亦如此。"(皮日休《茶中杂咏》)"昔人谢塸埞,徒为妍词饰。岂如珪璧姿,又有烟岚色。光参筠席上,韵雅金罍侧。直使于阗君,从来未尝识。"(陆龟蒙《奉和袭美茶具十咏》)

两位诗人对茶籝、茶焙、茶鼎、茶瓯等茶具,有自己独到的观察,有自己独到的见解,也有自己独到的表达,这是对茶学著作的丰富和补充。如邢窑精品细白瓷,胎质坚实细腻,釉色纯白光亮,类银,类雪,皮日休则赞邢窑瓷器"圆似月魂堕,轻如云魄起",这样的形容使人们对这种茶瓯产生更为立体、深刻的印象。因此,《茶中杂咏》和《奉和袭美茶具十咏》也可看作是以诗的形式对陆羽《茶经》的注解。

唐代社会相对安定,思想比较开放,诗人们有着极为广泛的活动范围。在饮茶习惯尚未普及和逐渐普及的过程中,诗人们利用交游、酬唱的机会,写下了大量的茶诗,言茶妙用,宣茶功效,普及饮茶知识。人们通过这些形象、生动的茶诗,以了解茶叶的益处,这无疑推动并加快了饮茶风尚的形成。皮日休、陆龟蒙而外,唐代李白、杜甫、白居易、卢仝、杜牧、刘禹锡、柳宗元、元稹、温庭筠、韦应物、岑参、皎然等数十位诗人,都写过茶诗。唐代茶诗多达数百首,题材涉及茶的栽、采、制、煎、饮以及茶具、茶礼、茶功、茶德等。仅白居易就写过50首茶诗,他"平生无所好……如获终老地……架岩结茅宇,砍鏧开茶园"。特别值得一提的是卢仝的《走笔谢孟谏议寄新茶》,诗中写由于茶味好,诗人竟一连吃了七碗,且细细品味,每饮一碗便有一种新感受:"一碗喉吻润,两碗破孤闷。三碗搜枯肠,唯有文字五千卷。四碗发轻汗,平生不平事,尽向毛孔散。五碗肌骨清,六碗通仙灵。七碗吃不得也,唯觉两腋习习清风生。"把饮茶的生理感受和心理感受描绘得有声有色,淋漓尽致,表达了诗人对茶的深切喜爱。此诗一出,后人竞相引用,其中最有名的是苏轼的"何须魏帝一丸药,且尽卢仝七碗茶"。这样的诗句,对饮茶的普及、茶艺的提高和茶具的发展产生了深远的影响。

苏轼与"东坡提梁壶"

一般认为,紫砂壶盛起于明代。但在宜兴地区民间有一种流传甚广的传说,说早在北宋就有紫砂壶;苏轼就发明了一种壶型,名为"东坡提梁壶"。

传说,苏东坡晚年不得志,弃官来到宜兴蜀山,闲居在蜀山脚下的凤凰村。他喜欢吃茶,也讲究吃茶。此地既出产素负盛名的"唐贡茶",又有玉女潭、金沙泉的好水,还有紫砂壶。有了这三样东西,苏东坡吃吃茶,吟吟诗,倒也觉得比做官惬意。但苏东坡又觉得这三者之中有一样东西美中不足,就是紫砂茶壶都太小。于是,他叫书童买来上好的天青泥和几样必要的工具,便开始动手了。谁知,看似容易做却难,苏东坡一连做了几个月,还是一筹莫展。

一天夜里,书童提着灯笼送来夜点心。苏东坡手捧点心,眼睛却朝灯笼直转。心想:我何不照灯笼的样子做一把茶壶?吃过点心,说做就做,一做就做到鸡叫天亮。等到粗壳子做好,毛病就出来了:因为泥坯是烂的,茶壶肩部老往下塌。苏东坡想了个土办法,劈了几根竹片,撑在灯笼壶肚里头,等泥坯变硬一些,再把竹片拿掉。

灯笼壶做好,又大又光滑,不好拿,一定要做个壶把。苏东坡思量:我这把茶壶是要用来煮茶的,如果像别的茶壶那样把壶把装在侧面肚皮上,火一烧,壶把就被烧得乌黑,而且烫手。忽然,他抬头看见屋顶的大梁从这一头搭到那一头,两头都有木柱撑牢,受到启发,赶紧动手照屋梁的样子来做茶壶。经过几个月的精心制作,茶壶终于完成了。苏东坡非常满意,就起了个名字叫"提梁壶"。

因为这种茶壶的壶身古朴端庄,而提梁却简巧虚空,造型别具一格,所以世人格外喜爱,历代都有艺人仿造。人们就把这种式样的茶壶叫做"东坡提梁壶",或简称"提苏"。

"东坡提梁壶"的典型作品,是民国时期壶艺名家汪宝根、冯桂林和当代壶艺名家范洪泉所制之器。汪宝根将他创制的"东坡提梁壶"放大,显得气势恢弘。壶面用钟鼎文、古钱币装饰镌铭。1932年,王世杰设计、汪宝根制作的"大东坡提梁壶"获得美国芝加哥世界工艺博览会优秀奖章。汪宝根之后,冯桂林也创制了一把以梅桩为题材的"东坡提梁壶"。壶流、壶纽、壶把均采用梅桩节枝处理,疤痕累累,苍老劲挺,疤瘤处理上枯枝新芽,新颖别致。范洪泉的"东坡提梁壶"创制于20世纪80年代,壶高105厘米,壶身直径为70厘米,可容水100公斤,可同时供600人品饮。这把巨型壶名为"万寿东坡提梁壶",创历代"东坡提梁壶"之最。

尽管苏轼创制"东坡提梁壶"之事只是民间传说,但人们将此壶的发明权授予苏轼,也是因为他一生确实极为喜爱茶和茶具。"松风竹炉,提壶相呼",即是苏轼用"东坡提梁壶"烹茗独饮时的生动写照。

苏轼(1037—1101),字子瞻,号东坡居士,眉山(今四川眉山市)人。北宋杰出的文学家、艺术家,诗、词、散文、书法堪称一流。在北宋文坛上,与茶结缘的人不在少数,但是没有一人能像苏轼那样于品茶、烹茶、种茶均在行,对茶史、茶功颇有研究,又创作出众多的咏茶诗词的。

苏轼十分嗜茶。元丰元年(1078),苏轼任徐州太守。这年春旱,入夏得喜雨,苏轼去城东20里的石潭谢神降雨,作《浣溪纱》五首纪行。词云:"酒困路长唯欲睡,日高人渴漫思茶,敲门试问野人家"。形象地记述了他讨茶解渴的情景。他夜晚办事要喝茶:"簿书鞭扑昼填委,煮茗烧栗宜宵征"(《次韵僧潜见赠》)。创作诗文要喝茶:"皓色生瓯面,堪称雪见羞;东坡调诗腹,今夜睡应休"(《赠包静安先生茶二首》)。睡前睡起也要喝茶:"沐罢巾冠快晚凉,睡余齿颊带茶香"(《留别金山宝觉圆通二长老》);"春浓睡足午窗明,想见新茶如泼乳"(《越州张中舍寿乐堂》)。生病的时候,他一天品饮了七碗茶,颇觉身轻体爽,病已不治而愈,便作了一首《游诸佛舍,一日饮酽茶七盏,戏书勤师壁》:"示病维摩元不病,在家灵运已忘家。何须魏帝一丸药,且尽卢仝七碗茶。"更有一首《水调歌头》,记咏了采茶、制茶、点茶、品茶,绘声绘色,情趣盎然。词云:"已过几番雨,前夜一声雷。旗枪争战建溪,春色占先魁。采取枝头雀舌,带露和烟捣碎,结就紫云堆。轻动黄金碾,飞起绿尘埃。老龙团,真凤髓,点将来。兔毫盏里,霎时滋味舌头回。唤醒青州从事,战退睡魔百万,梦不到阳台。两腋清风起,我欲上蓬莱。"长期的地方官和贬谪生活,使他有机会走遍全国,品尝各地的名茶。正如他在《和钱安道寄惠建茶》诗中所云:"我官于南今几时,尝尽溪茶与山茗。"他爱茶至深,以至在《次韵曹辅寄壑源试焙新茶》诗里,形象、亲切地将茶比作"佳人":"仙山灵草湿行云,洗遍香肌粉末匀。明月来投玉川子,清风吹破武林春。要知冰雪心肠好,不是膏油首面新。戏作小诗君勿笑,从来佳茗似佳人。"

在被贬黄州期间,苏轼亲自栽种过茶,还出过茶谜。一日,他郊游到安国寺,时值炎夏酷暑,口渴难熬,想进寺内讨碗茶喝。于是,他头戴草帽,踱进寺院,坐在木门槛上,闭口不语。此时寺内一个小和尚将他上下打量了一番,停下掸子尘,转身递上一碗茶。东坡惊喜不已,忙问小和尚是怎样破了此谜。小和尚便一一点破:"你头戴草帽,便是'艹';坐在木门槛上,即为'木'。'艹''人''木'相叠,岂不是明摆着'茶'字吗?"东坡出谜讨茶之事,至今仍在一些茶区流传。

"银瓶泻油浮蚁酒,紫碗莆粟盘龙茶",是苏轼赏识茶具的诗句。

因为他精于烹茶,所以对煮水器具和饮茶用具也十分讲究。他认为"铜腥铁涩不宜泉",即用铜器铁壶煮水有腥气涩味,而最好用石铫烧水;饮茶则最好用"定州花瓷琢红玉"。因此,有学者认为,苏轼煮水所用石铫,就是"东坡提梁壶"的原型。

范仲淹、陆游吟诗咏茶具

两宋饮茶之风盛行，斗茶尤盛。因此，不仅是苏轼，还有很多文人学士，如范仲淹、杨万里、陆游、罗大经等，都写过茶诗，其中有不少吟咏茶具的内容。

以写《岳阳楼记》而闻名的北宋政治家、文学家范仲淹（989—1052），曾作《和章岷从事斗茶歌》，全面、生动、细致地描写了宋代斗茶活动实景。这首诗脍炙人口，使作者在中国茶史上独占一席。它所描述的文人雅士和朝廷命官高雅、闲适的品茗方式，主要是斗水品、茶品和煮茶技艺的高低。这种方式在宋代文士茗饮活动中颇具代表性。

《和章岷从事斗茶歌》全诗为："年年春自东南来，建溪先暖冰微开。溪边奇茗冠天下，武夷仙人从古栽。新雷昨夜发何处，家家嬉笑穿云去。露芽错落一番荣，缀玉含珠散嘉树。终朝采掇未盈襜，唯求精粹不敢贪。研膏焙乳有雅制，方中圭兮圆中蟾。北苑将期献天子，林下雄豪先斗美。鼎磨云外首山铜，瓶携江上中泠水。黄金碾畔绿尘飞，碧玉瓯中翠涛起。斗茶味兮轻醍醐，斗茶香兮薄兰芷。其间品第胡能欺，十目视而十手指。胜若登仙不可攀，输同降将无穷耻。吁嗟天产石上英，论功不愧阶前蓂。众人之浊我可清，千日之醉我可醒。屈原试与招魂魄，刘伶却得闻雷霆。卢仝敢不歌，陆羽须作经。森然万象中，焉知无茶星。商山丈人休茹芝，首阳先生休采薇。长安酒价减百万，成都药市无光辉。不如仙山一啜好，泠然便欲乘风飞。君莫羡，花间女郎只斗草，赢得珠玑满斗归？"

诗中描写的"黄金碾"和"碧玉瓯"都是珍贵的茶具,作者以此衬托名茶的优美,让人感到名茶与茶具的珠联璧合。著有《茶录》的著名茶专家蔡襄看到这首诗,针对"黄金碾畔绿尘飞,碧玉瓯中翠涛起"句,提出汤色贵白,而翠绿色乃是下品,因此建议范仲淹改"绿"为"玉",改"翠"为"素"。范仲淹对此虚心称好。

南宋著名诗人杨万里(1127—1206),号诚斋,诗体自成一家,时称"诚斋体"。他一生作诗两万多首,与范成大、陆游和尤袤被称为"中兴四大诗人"。他嗜茶爱茶,写下很多茶诗。在《武陵春》词序中,杨万里自称"老夫茗饮小过,遂得气疾",词中说"旧赐龙团新作祟,频啜得中寒。瘦骨如柴酸又痛,儿信问平安"。他喝茶喝得太多,以致患"气疾",得"中寒","瘦骨如柴酸又痛"。即便如此,他仍不肯与茶一刀两断,只是少喝一点罢了。

《以六一泉煮双井茶》是杨万里的一首著名茶诗:"鹰爪新茶蟹眼汤,松风鸣雪兔毫霜。细参六一泉中味,故有涪翁句子香。日铸建溪当退舍,落霞秋水梦还乡。何时归上滕王阁,自看风炉自煮尝。"其中"兔毫"即兔毫盏,是饮茶之具;"风炉"是煮茶之具。诗人饮茶思故乡,盼望有一天能回到故乡亲自煮茶。

分茶,又名"水丹青""茶百戏",是宋代文人雅士中流行的茶游戏,是在点茶时使茶汤的纹脉形成物象。杨万里《澹庵坐上观显上人分茶》一诗,生动、形象地描述了显上人分茶的绝妙情景:"分茶何似煎茶好,煎茶不似分茶巧。蒸水老禅弄泉手,隆兴元春新玉爪。二者相遭兔瓯面,怪怪奇奇真善幻。纷如擘絮行太空,影落寒江能万变。银瓶首下仍尻高,注汤作字势嫖姚。不须更师屋漏法,只问此瓶当响答。紫薇仙人乌角巾,唤我起看清风生。京尘满袖思一洗,病眼生花得再明。汉鼎难调要公理,策勋茗碗非公事。不如回施与寒儒,归续《茶经》传衲子。"

诗中描写的"玉爪""兔瓯""银瓶"都是茶具。"玉爪"是爪形玉质的点茶器具。"兔瓯"即兔毫盏。"银瓶"则为注汤之具。

南宋爱国诗人陆游（1125—1210），也是一位嗜茶的诗人。他的《剑南诗稿》存诗9300多首，有关茶的诗就达320多首，为历代咏茶诗人之冠。

陆游对茶的喜爱，充分表现在他对茶圣陆羽的无限敬慕和爱戴上。他在茶诗中反复表述要继承陆羽，做一位茶神。陆羽姓陆，他据此引以为豪，说自己要发扬这个家风。因为陆羽曾隐居东苕溪著《茶经》，自称桑苎翁，于是陆游也以"桑苎翁"自诩："曾著《杞菊赋》，自名桑苎翁。"他甚至把自己看成是陆羽的转生："《水品》《茶经》常在手，前身疑是竟陵翁。"（《戏书燕儿》）竟陵翁即陆羽。由于他仰慕陆羽，就爱屋及乌，十分赞赏其不朽著作《茶经》。无论走到哪里，身边总是带着《茶经》；无论多么忙碌，总是抽空反复阅读《茶经》；除了自己阅读，还多次与友人探讨《茶经》的微旨要义。他根据自己多年体验，也根据自唐以来中国茶道的发展，想续写《茶经》。到83岁时，他的这种愿望与信念更加强烈了，在《八十三吟》中说："桑苎家风君勿笑，他年犹得作茶神。"虽然他没有来得及续写《茶经》，但他的诗词中所包含的丰富的茶文化内容，足足抵得上一部新《茶经》。

在陆游众多的茶诗中，自然也少不了对茶具的描述："茶映盏毫新乳上，琴横荐石细泉鸣""银瓶铜碾俱官样，恨个纤纤为捧瓯""朱栏碧甃玉色井，自候银瓶试蒙顶""旋置风炉煎顾渚，剧谈犹得慰平生""绿地毫瓯雪花乳，不妨也道入闽来""玉川七碗何须尔，铜碾声中睡已无""竹笕引泉滋药垄，风炉篝火试茶杯""活眼砚凹宜墨色，长毫瓯小聚茶香""瓜冷霜刀开碧玉，茶香铜碾破苍龙"，这些诗句中的"银瓶""铜碾""风炉""瓯""盏"，都是宋代文人煮茶、斗茶、饮茶时常用的器具。

南宋文学家罗大经（1196—1252）对茶道很有研究。在其名著

茶具篇

《鹤林玉露》中，有一首他写的煮茶诗："松风桧雨到来初，急引铜瓶离竹炉。待得声闻俱寂后，一瓯春雪胜醍醐。"古人对烧水泡茶火候的控制，有一套行之有效的经验，其中一个方法是声辨。罗大经这首诗写的就是声辨之法。诗句中的"铜瓶""竹炉"都是茶具。

从宋代文人学士的一些咏茶诗看，他们使用的茶具有些是用金银制的，材质贵重。而民间百姓饮茶的茶具，就没有那么讲究，只要做到"择器"用茶就可以了。

蔡襄《茶录》论茶具

北宋著名的书法家蔡襄,也是一位杰出的茶学家。他撰写的《茶录》,是继唐代陆羽《茶经》之后最有影响的茶书,其中以一半篇幅论述茶器,为后人留下了宋代茶具的珍贵资料。

蔡襄(1012—1067),字君谟,兴化仙游(今福建仙游)人,书法名列"宋四家"(苏、黄、米、蔡)之一,官至端明殿学士。他是北宋著名贡茶"小龙团"的创始人。他精于品茗、鉴茶,是一位嗜茶如命的茶博士。据说他每次挥毫作书时,必以茶为伴。

蔡襄的别茶功夫令人拍案叫绝。据记载,建安能仁院有茶生长在石缝间,寺里的僧人采来造茶,得八块茶饼,叫"石白"。僧人将其中的四块茶饼送给了蔡襄,另外四块偷偷派人送到京城,给了王内翰禹玉。一年多以后,蔡襄被召回王宫,拜访禹玉。禹玉让家人在茶笥中挑选最好的茶,碾好,招待蔡襄。蔡襄捧着茶碗,还没喝,就说:这茶特别像能仁院的石白,你从什么地方得到的呢?禹玉不相信,要来茶贴验证,一点不差,于是对蔡襄赞佩不已。

一天,福唐蔡叶丞悄悄让蔡襄喝小龙团。坐了一会儿,又有一个客人到了。蔡襄喝茶后品了品,说这茶不单单是小龙团,一定有大龙团掺在里面。侍童说,本来碾造了两个人的茶,后来又有一个客人到了,造茶来不及,所以就把大龙团掺进去了。蔡叶丞对蔡襄的明察深深叹服。蔡襄的别茶功夫名震天下,所以论茶的人在他面前都不敢班门弄斧。

蔡襄在任福建转运使时,监制北苑贡茶,使之在原有基础上有所创新。他先从改造北苑茶的品质花色入手,将"大龙团"改制为"小龙团",采用鲜嫩茶芽做原料,提高贡茶的质量,达到"名益新,品益出"的技术革新,使茶与茶艺术融为一体。欧阳修《归田录》有云:"茶之品莫贵于龙凤,谓之团茶。凡八饼重一斤。庆历中蔡君谟为福建转运使,始造小片龙茶以进,其品绝精,谓之小团。凡二十饼重一斤,其价值金二两。"蔡襄制好茶,致使苏轼喜欢"龙凤团茶",写出千古名句:"从来佳茗似佳人。"虽然苏轼讽刺蔡襄制作贡茶有"买宠"的一面,欧阳修对蔡襄制作贡茶也有非议,但是蔡襄的督造,促进了北苑茶的发展,也促进了地方经济的发展。

蔡襄《茶录》的刊刻,有一段有趣的插曲。《茶录》是蔡襄有感于陆羽《茶经》"不第建安之品"而特地向皇帝推荐北苑贡茶之作。当时他在京城任职朝奉郎、右正言、同修"起居注"。不久,他出任福州郡守,书稿却被掌管文秘的掌书记偷走。后来这文稿被怀安县令樊纪买去,并刻石拓印,流传在一些爱好茶事的人手中,但谬误很多。蔡襄追念先帝当年眷顾知遇的大恩,不由得抱着拓本流泪不已。于是,他详加勘正,并手书刻石,以便永远流传于世。治平年间(1064—1067),《茶录》刻本初刊于闽中漕治,后再刊于莆田。

作为一位大书法家,蔡襄的《茶录》是以小楷写成的,是书法精品。因此,《茶录》堪称科学技术与文化艺术的结晶。它受到历代茶学家的重视,还被译为英文、法文,流传海外。

《茶录》以记述茶事为基础,分上、下篇,上篇论茶,分色、香、味、藏茶、炙茶、碾茶、罗茶、候汤、熁盏、点茶十目;下篇论茶器,分茶焙、茶笼、砧椎、茶钤、茶碾、茶罗、茶盏、茶匙、汤瓶九目。这里提到的茶具,皆为当时饮茶所用。但宋人饮茶之法,无论是前期的煎茶法与点茶法并存,还是后期的以点茶法为主,其法都来自唐代。因此,饮茶器具与唐代相比大致一样。这一点,从下面对

《茶录》论茶器部分的摘录即可看出。

茶焙：茶焙编竹为之，裹以箬叶，盖其上，以收火也。隔其中，以有容也。纳火其下，去茶尺许，常温温然，所以养茶色、香、味也。

茶笼：茶不入焙者，宜密封裹，以箬笼盛之，置高处，不近湿气。

砧椎：砧椎盖以砧茶。砧以木为之，椎或金或铁，取于便用。

茶钤：茶钤屈金铁为之，用以炙茶。

茶碾：茶碾以银或铁为之，黄金性柔，铜鍮石皆能生鉎，不入用。

茶罗：茶罗以绝细为佳，罗底用蜀东川鹅溪画绢之密者，投汤中揉洗以幂之。

茶盏：茶色白，宜黑盏，建安所造者绀黑，纹如兔毫，其坯微厚，熁之久热难冷，最为要用。出他处者，或薄或色紫，皆不及也。其青白盏，斗试家自不用。

茶匙：茶匙要重，击拂有力。黄金为上，人间以银铁为之。竹者轻，建茶不取。

汤瓶：瓶要小者易候汤，又点茶注汤有准。黄金为上，人间以银铁或瓷石为之。

蔡襄认为茶椎、茶钤、茶匙、汤瓶等茶具均以黄金为上，次一些则"以银铁或瓷石为之"。中华人民共和国成立后，在各地宋代墓葬和窖藏中发现的大批金银器中的茶具，证实了宋代上流社会崇尚金银茶具的情况。如四川德阳、江西乐安、福建邵武故县、四川崇庆、江苏溧阳平桥等地出土的宋代窖藏以及江苏吴县藏书公社北宋墓、福州茶园山南宋许峻墓等，均有用金银制作的茶具出土。其中出土于福建邵武故县、福州茶园山的两批金银器皿中的茶具，构思新奇，工艺精美，令人赞叹不已。1990年，在邵武故县老鸦窠山一处俗名庵窠的古建筑基址内,发现了埋藏在一个青瓷陶罐内的140余件宋代银器,以日用器皿和饰件为主,包括杯、盘、盅、碟、勺、镯、跳脱、袖箍、钗、簪、练、佩及银铤、银条等,其中杯盘等物即茶具一属。

宋徽宗著书说茶具

宋人嗜茶如命,不仅在文人士大夫,不仅在平民百姓,就连皇帝也精通茶艺,研究茶事。宋徽宗赵佶便御笔亲撰《大观茶论》,其中对茶具有很多专门的论述。

赵佶(1082—1135)在位期间(1101—1125),被历史学家评价为骄奢淫逸、治国无方、政治腐败、社会黑暗、奸佞弄权、国衰民怨。但他很有才华,且多才多艺,通晓音律,善于书画,瘦金体书法尤为有名,诗文也有所精。存世有真书、草书《千字文卷》以及画卷《雪江归棹》《池塘秋晚》等。

宋徽宗对茶艺颇为精通,而且乐于表现,曾多次为臣下点茶。权相蔡京《玉清楼侍宴记》记载:"遂御西阁,亲手调茶,分赐左右。"

宋徽宗亲撰的《大观茶论》,因成书于北宋大观年间(1107—1110)而得名,为中国茶学史留下了非常珍贵的研究资料。以皇帝的身份撰写茶事专著,在中国历史上是空前绝后的。

《大观茶论》共20篇,除序言外,分论地产、天时、采择、蒸压、制造、鉴辨、白茶、罗碾、盏、筅、瓶、杓、水、点、味、香、色、藏焙、品名和外焙,比较全面地论述了当时茶事的各个方面。

宋徽宗在《大观茶论》序中说:"至若茶之为物,擅瓯闽之秀气,钟山川之灵禀,祛襟涤滞,致清导和,则非庸人孺子可得而知矣。中澹闲洁,韵高致静,则非遑遽之时可得而好尚矣。"对茶于人情性的陶冶和饮茶的心境做了高度的概括。此外,他还花了不少的笔墨论述当时的贡茶及由此引发的斗茶活动以及斗茶用具、用茶要求等,把斗茶活动当作宋代皇室的一种时尚。

《大观茶论》有五篇专门论述茶具,即"罗碾""盏""筅""瓶""杓",所占篇幅不小。

在谈到罗碾时,作者认为:"碾以银为上,熟铁次之。生铁者,非淘炼槌磨所成,间有黑屑藏于隙穴,害茶之色尤甚。凡碾为制,槽欲深而峻,轮欲锐而薄。槽深而峻,则底有准而茶常聚;轮锐而薄,则运边中而槽不戛。罗欲细而面紧,则绢不泥而常透。碾必力而速,不欲久,恐铁之害色。罗必轻而平,不厌数,庶已细者不耗。惟再罗,则入汤轻泛,粥面光凝,尽茶之色。"这说明当时的茶碾由碾槽和碾轮组成,碾槽深凹,但壁直,使茶能聚槽底;碾轮薄,边缘锐利,正好与槽底契合,容易用力。如作者所说,银碾固然比铁碾好,但也不是普通百姓都能用得起的。罗则以极细者为佳,用罗筛茶末时要多筛几次。

作者非常欣赏兔毫盏,认为:"盏色贵青黑,玉毫条达者为上,取其燠发茶采色也。底必差深而微宽。底深则茶宜立,易以取乳;宽则运筅旋彻,不碍击拂。然须度茶之多少,用盏之大小。盏高茶少,则掩蔽茶色;茶多盏小,则受汤不尽。盏惟热,则茶发立耐久。"宋人斗茶,茶汤尚白色,所以喜欢用青黑色茶盏,以相互衬托。其中尤其看重有细密白色斑纹的黑釉盏,称其为"兔毫斑"。

筅,竹制,形似帚,是击拂茶汤起梳理作用的茶具。宋徽宗认为:"茶筅以筯竹老者为之。身欲厚重,筅欲疏劲,本欲壮而末必眇,当如剑脊之状。盖身厚重,则操之有力而易于运用。筅疏劲如剑脊,则击拂虽过而浮沫不生。"

《红楼梦》第二十二回中,写宫中元妃与大观园姐妹互传灯谜,猜对了有赏。"太监又将颁赐之物送与猜对之人,每人一个宫制的诗筒,一柄茶筅,独迎春、贾环二人来得。"庚辰本在"诗筒"后有脂批曰:"诗筒,身边所佩之物,以待偶成之句草录暂收之,共归至窗前，不致有亡也。或茜牙成，或琢香屑，或以绫素为之，不一。想来奇特事，从不知也。"另在"茶筅"后有脂批曰："破竹如寻，以净茶具之积也。二物极微极雅。"

谈到注汤所用的瓶时，宋徽宗说："瓶宜金银，小大之制，惟所裁给。注汤利害，独瓶之口嘴而已。嘴之口差大而宛直，则注汤力紧而不散。嘴之末欲圆小而峻削，则用汤有节而不滴沥。盖汤力紧则发速有节，不滴沥，则茶面不破。"其意是，茶瓶之嘴最为重要：嘴不能歪斜，要呈抛物线形，嘴与瓶身的接口要大，瓶嘴的出水口要圆而小。用这样的茶瓶注汤，才不会破坏茶面的汤花。但他提倡"瓶宜金银"，并不现实，恐怕也只有皇帝敢说这种大话。

作者对杓的容量也有经验之谈："杓之大小，当以可受一盏茶为量。过一盏则必归其余，不及则必取其不足。倾杓烦数，茶必冰矣。"用杓舀水是点试用的开水。

尽管宋徽宗写的是宫廷茶事、高档茶具，但他的理论确实是从亲身实践中来，提出并解决了一些实际问题，这是难能可贵的。

宋徽宗嗜茶，上行下效，整个宫廷斗茶之风盛行。为满足皇室奢靡之需，贡茶品目大增，数量愈来愈多，制作愈来愈精。宋徽宗还专门作诗吟咏贡茶："今岁闽中别贡茶，翔龙万寿占春芽。初开宝箧新香满，分赐师垣政府家。"他还重用与贡茶有关的官吏。漕臣郑可简始创银丝水芽，这种团茶色白如雪，故名"龙潭胜雪"。郑可简因此而受宠幸，官升至福建路转运使。以后郑可简又命他的侄子千里到各地山谷去搜集名茶，得到一种叫"朱草"的名茶，又令自己儿子待问进京进献，待问果然也因进茶有功而得官。待问得官荣归故里时，大办宴席，热烈庆贺。当时有人就此讥讽道："父贵因茶白，儿荣为草朱。"

有学者认为，宋徽宗嗜茶，官宦士绅斗茶成风，争夸奢靡，所以北苑贡茶，价比黄金。而在此种天价茶盛行的同时，是绝大多数农民的不堪重负，怨声载道。北宋国力衰弱，并最终酿成"靖康之耻"，丧权辱国，与此奢靡之风不无关系。宋徽宗不能以撰写《大观茶论》的认真态度和理论联系实际的精神治理国家，以致他和他的儿子宋钦宗沦为金人的阶下囚，落得十分悲惨的结局。到了这个时候，他不仅金银茶具用不上，就连普通的粗茶恐怕也难喝到一口吧。

唐寅、文徵明妙笔画茶具

明代中期,苏州地区崛起了四位著名画家:沈周、文徵明、唐寅、仇英。他们以新颖的绘画风格和杰出的艺术成就享誉画坛,画史上称为"明四家"。苏州古为吴地,故又称"吴门四家"。他们在作品里抒发文人恬淡悠闲的情怀,着意追求平淡天真的意趣。当时,适逢明代文人饮茶之风盛行,因此茶画成为他们创作的一个重要题材。在唐寅、文徵明的茶画里,多有对茶具的描绘。

唐寅(1470—1524)字伯虎、子畏,号六如居士。诗、书、画俱佳。画以南宋"院体"为宗,山水、人物、仕女、花鸟皆擅。说起唐伯虎,可谓妇孺皆知的"风流才子"。"唐伯虎点秋香""三笑""三约牡丹亭"的故事,在民间广为流传。唐寅自幼性格不羁,有"吴中俊秀"之称,曾自称"江南第一才子"。他又与文徵明、祝枝山、徐祯卿合称"吴中四才子"。他住在苏州城北桃花坞,故自称"桃花坞主",曾作《桃花庵歌》,自比采花仙人。29岁时乡试第一,人称"唐解元"。会试时因牵涉科场舞弊案而被革黜,从此绝意仕途,游历名山大川,致力于绘事。唐寅一生爱茶,与茶结下不解之缘,曾写过不少茶诗,留下《琴士图》《桐荫品茶图》《事茗图》等意境优美的茶画佳作。苏州唐寅墓是一处规模较大的建筑园林,包括闲来草堂、六如堂、梦墨堂、墓区、神道、牌坊等,其中闲来草堂后来被辟为茶室。

《事茗图》是唐寅的一幅山水人物画,描绘了文人学士悠游山水间,夏日相邀品茶的情景。画面上青山环抱,林木苍翠,溪流潺潺。

参天古树下,有茅屋数间,屋里一人正聚精会神倚案读书,书案一头摆着茶壶、茶盏等茶具,靠墙处书画满架。边舍内,一童子正在煽火烹茶。舍外右方,小溪上横卧板桥,一老者策杖缓步来访,身后一书童抱琴相随。作品表现了主人客人之间的亲密关系,人物神态生动,环境幽雅。画尾有画家用行书自题的一首五言诗:"日长何所事,茗碗自赏持。料得南窗下,清风满鬓丝。"道出在长夏之日,自以饮茶为事,虽有恰情惬意,但也带有点点愁思。这是画家本人和同类文人隐迹山林、瀹茗闲居生活的真实写照。这幅画现收藏于北京故宫博物院。

在美国芝加哥美术馆收藏的唐寅《桐荫品茶图》中,也绘有茶壶、茶碗、茶炉等茶具,都是当时文人饮茶常用的。

文徵明(1470—1559)初名璧,字徵明,以字行。他与唐寅同岁,两人16岁订交,关系甚密,后来唐寅还拜他为师。文徵明年少时欲求取仕途,但屡试不第。曾荐授翰林院待诏,不久,即致仕归田。毕生致力于诗、书、画,成为享誉大江南北的画坛高手。他的绘画,山水、兰竹、人物、花卉兼长,其中山水尤精。画作有粗笔和细笔两种风格,均极具韵味。书法长于行书与小楷,以小楷更佳,法度谨严,颇有晋唐书风。文徵明高寿,活了90岁,流传下来的作品也较多。

文徵明对茶的喜爱和对茶具的重视,可从他画的《惠山茶会图》中看出。《惠山茶会图》描绘的是明代文人聚会品茗的境况,展示茶会即将举行前茶人的活动。它是可贵的明代茶文化资料。画面的景致是无锡惠山一个充满闲适淡泊氛围的幽静处所:高大的松树,峥嵘的山石,树石之间有一井亭。山房内竹炉已架好,侍童在烹茶。茅亭外备有茶案,案上各种茶具一应俱全。亭内茶人正端坐待茶。画上共有七人,三仆四主,有两位主人围井栏坐于井亭之中:一人静坐观水,一人展卷阅读;还有两位主人正在山中曲径之上攀谈。1518年清明时节,文徵明偕同好友蔡羽、汤珍、王守、王宠等游览无锡惠山,在惠山山麓的"竹炉山房"品茶赋诗。此画记录了他们在山间聚会畅叙友情的情景。这幅作品体现了文徵明早年山水画细致清丽、文雅隽秀的风格。画前引首处有蔡羽所书《惠山茶会序》，后纸有蔡明、汤珍、王宠各自所书记游诗。诗画相应，抒情达意，可以使人领略到明代文人茶会的艺术化情趣，欣赏到明代文人崇尚清韵、追求意境的茶艺风貌。这幅作品现由北京故宫博物院收藏。

《茶具十咏图》更能体现文徵明对茶具的重视。画面上空山寂寂，丘壑丛林，翠色拂人，晴岚湿润。草堂之上，一位隐士独坐凝览，神态悠闲自得。侧屋里，一童子静心候火，司炉煎茶。整个作品气氛和谐，意境安然，抒写了画家远离闹市、寄情山水的意愿。画的上半幅有文徵明自题《茶具十咏》诗，题款说明是因忆起唐代皮日休和陆龟蒙唱和的《茶中杂咏》诗，一时兴发而作。这幅诗、书、画合璧的作品现由北京故宫博物院收藏。

文徵明描绘茶具的作品还有《品茶图》。画中茅屋正室内置矮桌，主客对坐，相谈甚欢。桌上有一壶二杯。侧屋有泥炉砂壶，童子专心候火煮水。题款为："嘉靖辛卯，山中茶事方盛，陆子傅对访，遂汲泉煮而品之。真一段佳话也。"该画作于1531年，屋中品茶叙谈者正是文徵明、陆子傅二人。这幅作品现由台北故宫博物院收藏。

唐寅、文徵明以外，明代茶画里描绘茶具而知名的，还有王问（1497—1576）的《煮茶图》，绘有煮茶的四方体竹炉，现由台北故宫博物院收藏；丁云鹏（1547—1628）的《煮茶图》，绘有煮茶的竹炉、炉上的茶瓶以及几上的茶罐、茶壶、茶托、茶碗等，现由无锡市博物馆收藏。

从这些茶画中，可以见到明代成化至万历时期紫砂壶形态的演变过程。有些壶是用来煮水、煎茶的，还不能称为紫砂茗壶，如唐寅《事茗图》中的提梁壶、仇英《松溪论画图》中的软提梁壶等。王问《煮茶图》中的提梁壶，从流的部位、形状来看，很像是金属壶。但文徵明的《品茶图》（作于1543）中的紫砂壶，显然是用来泡茶的。

蒲松龄、孔尚任茶具各有妙用

对于清初的两位著名文学家蒲松龄和孔尚任来说,小小的茶具各有妙用:蒲松龄借助茶碗摆茶摊搜集创作素材,孔尚任则在作品里借助茶壶讽刺奸佞。

清代康熙初年的一个盛夏季节,在山东淄川(今属淄博市)蒲家庄大路口的老树下,一位三十来岁的文人摆了一个茶摊。摊桌上摆着一把茶壶,几个茶碗,还搁着笔墨纸砚。这位文人便是中国古代著名短篇小说集《聊斋志异》的作者蒲松龄。

蒲松龄(1640—1715),字留仙,一字剑臣,别号柳泉居士。蒲家号称"累代书香",蒲松龄出生时正值明末清初大动乱之时,家道中衰,家境维艰。蒲松龄一生刻苦好学,却屡试不第,不得不在家乡农村过着清寒的生活,做塾师以度日。科场失意,生活潦倒,使他逐渐认识到像他这样出身的人难有出头之日,于是他将满腔愤懑寄托在《聊斋志异》的创作中。至康熙十八年(1679),这部短篇小说集已初具规模,但一直到他暮年方才成书。

《聊斋志异》的故事来源非常广泛,有出自蒲松龄亲见亲闻,还有很多则出自民间传说,其中设置茶摊便是蒲松龄征集四方奇闻轶事的一个办法。他将这个茶摊设在村口大路旁,供行人歇脚和聊天,在人们边喝茶边闲侃的过程中,蒲松龄常常能够捕捉到故事素材。后来蒲松龄干脆立了一个"规矩",哪位行人只要能说出一个故事,茶钱他分文不收。于是有很多行人大谈异事怪闻,也有很多人实在没有什么故事,便胡编乱造一个。对此,蒲松龄一一笑纳,茶钱照例一文不收。他通过这种途径搜集到许多故事素材，最后结合自己的生活经验和丰富的想象力，将许许多多狐仙神鬼的传说修改、充实、创作成一篇篇小说。《聊斋志异》通过谈狐说鬼的方式，对当时的社会政治多有讽刺和批判。一把茶壶，几个茶碗，成就了一部古典名著。

蒲松龄虽久居乡间，但知识渊博，平素对茶事颇有研究。如他的《日用俗字·饮食章》，千字文章，就记载了多种茶点，至今还是研究明末清初山东饮食的重要资料。蒲松龄通晓中药，熟知医理，还能行医。他编写的《药祟书》，收载药方258个，其中有一种他在实践基础上调配的寿而康的药茶方。蒲松龄在自己住宅旁开辟了一个药圃，种植了不少中药材，其中有菊和桑，还养殖蜜蜂，并研制出药茶兼备的菊桑茶，既能止渴，又健身治病。菊桑茶由桑叶、菊花500克，枇杷叶500克组成。先用药碾槽碾成粗末，用蜂蜜100克蜜炙。然后用纱布袋分装，每袋5～10克。以开水充泡代茶饮，每日两次，每次一袋。有研究者认为，蒲松龄就是将这种药茶免费提供给过往行人，请饮茶者讲故事。

与小说家蒲松龄同时代的戏剧家孔尚任（1648—1718），字聘之，又字季重，号东塘，别号岸塘，自署云亭山人。山东曲阜人。孔子六十四代孙。青年时考取秀才，以捐纳为国子监生。康熙皇帝至曲阜祭孔，听其讲经后十分赞赏，授国子监博士，任官户部主事、员外郎。他所著名剧《桃花扇》上演，获得很大成功，但引起政府的不满，被免官，归故里。《桃花扇》以著名文人侯方域和秦淮歌妓李香君的爱情故事为引线，描写了南明弘光朝廷覆亡的历史悲剧，以抒发"兴亡之感"。作者赞美了李香君为忠贞爱情而"碎首淋漓"、血染桃花扇的气节，尖锐抨击了弘光朝昏王当朝、权奸秉政的腐败政治，是一部具有爱国思想的优秀作品。

孔尚任喜欢饮茶，不仅写过很多首茶诗，而且以茶具入戏。在《桃花扇》第五出"访翠"中，复社名士侯方域和说书艺人柳敬亭一起来到媚香楼,拜访名妓李香君。众人雅集,饮酒赋诗,煮茗看花,柳敬亭便说个笑话助兴。他说:"苏东坡同黄山谷访佛印禅师,东坡送了一把定瓷壶,山谷送了一斤阳羡茶。三人松下品茶,佛印说:'黄秀才茶癖天下闻名,但不知苏胡子的茶量何如。今日何不斗一斗,分个谁大谁小。'东坡说:'如何斗来?'佛印说:'你问一机锋,叫黄秀才答。他若答不来,吃你一棒,我便记一笔:胡子打了秀才了。你若答不来,也吃黄秀才一棒,我便记一笔:秀才打了胡子了。末后总算,打一下吃一碗。'东坡说:'就依你说。'东坡先问:'没鼻针如何穿线?'山谷答:'把针尖磨去。'佛印说:'答的好。'山谷问:'没把葫芦怎生拿?'东坡答:'抛在水中。'佛印说:'答的也不错。'东坡又问:'虱在裤中,有见无见?'山谷未及答,东坡持棒就打。山谷正拿壶子斟茶,失手落地,打个粉碎。东坡大叫道:'和尚记着,胡子打了秀才了。'佛印笑道;你听咣当一声,胡子没打着秀才,秀才倒打了壶子了。"众人听了,大笑。柳敬亭却说:"众位休笑,秀才利害多着哩。"他用手弹了弹茶壶,说:"这样硬壶子都打坏,何况软壶子。"侯方域悟出"软壶子"是奸佞阮大铖绰号"阮胡子"的谐音,不禁称赞道:"敬老妙人,随口诙谐,都是机锋。"拿一把茶壶做道具,将戏演得有声有色。

《桃花扇》中女主人公李香君的故居,现为南京秦淮河畔一处著名的旅游景点。在小巧雅致的媚香楼里,辟有茶文化展室,介绍中国唐代的煮茶,宋代的点茶、斗茶,明代的泡茶等不同的特点。在这里,人们以茶会友,品茶论画,品茶吟诗,品茶赏花,品茶听曲,在了解中国茶礼、茶道、茶艺和茶学知识的同时,还可以观赏到历代琳琅满目的茶壶、茶盏、茶盘、茶碗、茶杯等茶具。这也可看做孔尚任与茶具有缘的一种历史延续吧。

乾隆皇帝定制御用茶壶

清代"康乾盛世"的三位皇帝——康熙、雍正、乾隆,都喜欢茶具,都特意定制过茶壶。乾隆皇帝尤爱茶具,专门定制过茶壶。

乾隆帝爱新觉罗·弘历(1711—1799)在位60年(1736—1795),退位后又当了三年太上皇。乾隆帝即位之初,实行宽猛互济的政策,务实足国,重视农桑,停止捐纳,平定叛乱,充分体现了他的文治武功。他向慕风雅,墨迹留于大江南北。他还是一个有名的文物收藏家,清宫中的书画大多是他收藏的。他在位期间编纂的《四库全书》,堪称中国古代思想文化遗产的总汇。但历史学家们认为他太重奢靡,并重用贪官和珅,晚年社会矛盾激化,清王朝开始从强盛走向衰败。

乾隆雅爱香茗,喜欢品饮,几乎尝尽天下名茶,留下许多茶事轶闻,同时写下不少咏茶诗篇,在历代嗜茶帝王中堪称第一。

乾隆多次南巡,有四次到西湖茶区,并为龙井茶作了四首诗。乾隆十六年(1751),他第一次南巡到杭州,去天竺观看了茶叶的采制,作了《观采茶作歌》,诗中对炒茶的"火功"作了详细的描述,其中"火前嫩,火后老,唯有骑火品最好""地炉文火徐徐添,乾釜柔风旋旋炒。慢炒细焙有次第,辛苦工夫殊不少"等句,体会深刻,表达准确。乾隆二十二年(1757),乾隆第二次来到杭州,到了云栖,又作《观采茶作歌》一首,对茶农的艰辛有较多的关注。诗中吟道:"前日采茶我不喜,率缘供览官经理。今日采茶我爱观,关民生计勤自然。""雨前价贵雨后贱,民艰触目陈鸣镳。由来贵诚不贵伪，嗟我老幼赴时意。敝衣粝食曾不敷，龙团凤饼真无味。"乾隆二十七年（1762），他第三次南巡，这次来到了龙井，品尝了龙泉水烹煎的龙井茶后，欣然吟诗一首，名为《坐龙井上烹茶偶成》："龙井新茶龙井泉，一家风味称烹煎。寸芽出自烂石上，时节焙成谷雨前。何必凤团夸御茗，聊因雀舌润心莲。呼之欲出辨才在，笑我依然文字禅。"品尝龙井之茶后，乾隆意犹未尽，时隔三年，即第四次南巡时，他又来到龙井，再次品饮香茗，留下诗作《再游龙井》。相传乾隆在品饮龙井狮子峰胡公庙前的龙井茶后，对其香醇的滋味赞不绝口，于是封庙前18棵茶树为"御茶"，传旨年年进贡。

乾隆嗜好饮茶，也讲究茶具，专门在景德镇和宜兴定制过茶壶。据记载，紫砂壶曾数度被列为贡品。据清宫内务府造办处档案记载，乾隆二十三年（1758）十月五日苏州织造送到"宜兴壶四件"。他还亲自下诏，对茶具的烧造提出十分具体的要求。如乾隆十二年（1747）五月初一要求："唐英所进茶壶、茶盅，随大运再烧造些。盖子口上俱不要金。红地随红花，青地随青花。"乾隆还把自己得意的诗句烧制在茶具上，有些诗本身就是吟咏茶具的。如《咏哥窑碗托子宣窑茗碗》："托子成于宋，岁陈碗莫寻。宣窑尚堪配，春茗雅宜斟。青拟天蓝蔚，红洵霞赤侵。陶君如有识，谢我善知音。"他退位后，对茶更是钟爱，在北海镜清斋内专设"焙茶坞"，用以品鉴茶水，各式茶具一应俱全。

从北京故宫博物院现存的乾隆时期的茶具看，以景德镇瓷器和宜兴紫砂器最为出色，有壶、盖碗（盅）、罐、茶盏、茶盘、茶船等形制。瓷茶具有绿地粉彩勾连茶船、仿雕漆茶船、青花淡描勾莲长方茶船、白地红花长方茶盘、柳下钓鱼茶盘、白地轧道红彩龙凤纹盖碗、白地红御题诗盖碗、白粉地油红勾莲茶壶、勾莲茶壶、勾莲瓜棱茶壶、开光菊花茶壶、粉地粉彩开光菊花茶壶、粉地粉彩瓜蝶瓜式茶壶、粉彩开光人物煮茶壶、珐琅彩胭脂红茶壶、绿地粉彩开光菊石茶壶、白地红花开光荷花茶壶等。这些茶具以壶的器型最为繁多,有扁平形、高桩端把式、提梁式、竹节式、石榴式、佛手式、桃形倒流式,有人形、鸟形及做成福、禄、寿、喜字形的,另外还有菊瓣式、瓜式、梨式、莲子、方体和直流式等茶壶。紫砂壶的数量也不少,而且装饰手法非常讲究,有画珐琅、描金、炉均、雕漆、包漆、色泥堆绘等,造型有扁圆、瓜棱、包袱、树瘿、菊瓣、莲瓣、竹节、桃式等。清宫茶具,无论是数量还是质量都超越以往各代,与清皇室盛行饮茶之风及茶礼活动密切相关,也与乾隆皇帝对高档次茶具的大力提倡密切相关。

乾隆时期是中国陶瓷工艺的高峰期,因而乾隆定制的陶瓷茶具质地非常精良,形制十分丰富,釉彩也格外雍容华贵。很多御用茶具风格富丽浓艳、纤细繁缛,尽显宫廷用器之奢华。就茶壶而言,由造办处出样,严格按皇室要求,不惜工本,往往融绘画、诗词、书法、文字、篆刻于一身,具有很高的艺术价值。

乾隆时期,宫内设有茶库,每年都收取大量各地进贡名茶。据内务府档案记载:"乾隆时,各省例进方物。茶叶一类,两江总督进碧螺春茶一百瓶,银针茶、梅片茶各十瓶,珠兰茶九桶。闽浙总督进莲心茶四箱,花香茶五箱,郑宅芽茶、片茶各一箱……四川总督进仙茶、焙茶、菱角湾茶各二银瓶,观音茶二次二十七银瓶,春茗茶二次十八银瓶,名山茶十八瓶,青城芽茶一百瓶,砖茶五百块,锅焙茶十八包……"进贡的茶叶除了宫中品饮,还赏赐大臣。宫中设有御茶房、皇后茶房、寿康宫皇太后茶房。皇子、皇孙娶福晋后,亦有茶房。清宫许多茶具就是保存于皇室成员所住的殿所中。如寿康宫、体和殿、皇极殿、重华宫、景阳宫、南三所等地。茶具数量之大,反映了宫中茗饮的普遍和茗饮活动的频繁。

清宫的许多礼仪活动也多与茶礼有关,在万寿礼、大燕之礼、大婚之礼、命将之礼、太和殿筵宴、保和殿殿试、重华宫筵宴等大型礼仪活动中，都有茶礼一项。始于乾隆年间的重华宫茶宴，一般于元旦后三日举行，其主要内容是君臣饮茶赋诗，近臣可得茗碗之赐。有清一代在重华宫举行的茶宴有六十多次，皇帝赐给大臣的茶具应不在少数。因此，有学者认为茶礼是清代宫廷礼仪制度中不可缺少的重要事项，而与之密切相关的茶具则是进入宫廷茶礼活动关键性的、最终的、决定性的媒介。茶具是体现宫廷文化的一个表征，是清代宫廷茶文化的载体。

钱币篇

清青钱值得一辨

《红楼梦》作者曹雪芹的家族与铸造钱币相关。曹雪芹的祖辈曹寅、曹宣,曾有经营铜觔、供局铸钱的经历。史载,乾隆四年(1739)起,每年运往北京用以铸币的滇铜达633万余斤,称为"京局铜觔"。《乾隆实录》中有这样的话:"窃思运京铜觔,关系户、工二局鼓铸,固应上紧趱运,严定处分。而外省派赴滇、黔诸省采办铜觔等项,亦均关紧要。"

《红楼梦》第四十五回,探春建立诗社,让凤姐做"监社御史",凤姐笑道:"你们别哄我了!我猜着了,那里是请我作'监社御史',分明是叫我作个进钱的铜商。你们弄什么社,必是要轮流着作东道的。你们的钱不够花了,想出这个法子拘了我去,好和我要钱。可是这个主意不是?"进钱,指进奉、供给钱财。中国古代的钱币大多是由铜铸造的,因此又叫铜钱。《汉书·佞幸传·邓通》记载,西汉邓通,受宠于汉文帝,得到的赏赐是蜀郡严道铜山,邓通可以自行铸钱,他因此成为西汉的大富商。后来多以"铜商"指代富商。

《红楼梦》中,贾府上下,人人要存钱,处处要用钱。书中使用何种货币、物价如何、与中国历史上的主要货币比价如何,是读懂弄通这部作品所必须了解的。

1980年第三期《红楼梦学刊》发表许树信先生的《贾妃赐钱辨析》,这是《红楼梦学刊》创刊后较早讨论书中钱币的一篇专文。该文指出,《红楼梦》的各种版本在字句上颇有不一致的地方,其中有些确也无关紧要，但有些词句的差异却关系到书中情节内容的异同，甚至有时会影响作品本来的思想性、艺术性问题，这是值得《红楼梦》研究者、校勘者注意的。该文以贾元春省亲赐钱为例，辨析贾妃所赐到底是"清钱"还是"青钱"的问题，这并非简单的一字之别，而是颇有学术意义。

《红楼梦》第十八回写元春省亲，是书中十分重要、蔚为壮观的篇章。作者通过众多细节的描写，着意刻画了不同身份人物的性格表现。许树信先生认为，作者在写元春把钱赏赐给贾府男女仆人时，特意标明赏赐的是"清钱"，这是有其深刻寓意的。但此点多被人们所忽略。有的版本，例如戚蓼生序本《石头记》，则把清钱写作"青钱"。有的校勘本，如人民文学出版社1973年出版的一百二十回本，则未重视版本之间的不同，未加注明。但有人却根据"青钱"一词而推断出《红楼梦》的写作年代应在乾隆五年（1740）以后。许树信先生认为，"清钱"和"青钱"是两个不同的概念，两者虽然只有一字之差，而用在此处，却会得到迥然不同的艺术效果。

首先引戚本《石头记》的原文："外表礼二十四端，青钱一百串，是赐与贾母王夫人及诸姊妹房中奶娘众丫环的。""外有青钱五百串是赐厨役优伶百戏杂行人丁的。"元春的礼品是因受礼者身份不同而有所区别的，送给贾府上层人物的是高级礼物，如锦缎、金银锞等，赐给贾府仆从下人的则是钱币。这种区别是符合封建社会严格的等级制度的，由此也表明作者在礼品的品种、数量等方面都是经过精心安排、慎重斟酌过的。

那么，《红楼梦》的作者为什么特别要标明赏赐的钱币是"青钱"呢？

清朝铸造的铜钱，由于所包含的金属成分不同，制出钱币的颜色有很大差别，从而有黄钱、青钱、红钱等名称。青钱的铸造，是从乾隆五年开始的。在此以前，铜钱的主要成分是铜、锌、铅，制成的颜色发黄,称为黄钱。乾隆五年,浙江布政使张若震看到民间多把铜钱销毁,用来制作器皿,从中渔利,就建议在黄钱的成分中加入一定比例的锡。这样制作成的钱币,不易销熔,如果改制铜器则性脆易碎,希图以此杜绝私销之弊。乾隆皇帝采纳了这个建议,此后发行的铜钱颜色发青,就叫作青钱。青钱铸造法,共实行了50多年,到乾隆五十九年,又改回原来的铸造成分。有的学者根据青钱的这段历史,认为《红楼梦》一书的写作,最早不应早于乾隆五年。这种推断,表面看来似乎也不无道理,但仔细想来,这段历史也说明,所谓青钱,其实质不过是防止有人破坏当时货币制度的一种特殊钱币。作者就生活在当时,自然是很清楚的,那么作者在此处的用意是什么呢?很费解。

《红楼梦》的其他几种版本,如庚辰本等,上述引文与戚蓼生本是不完全一样的。且录人民文学出版社1978年一百二十回本:"另有表礼二十四端,清钱五百串,是赏与贾母王夫人及各姊妹房中奶娘丫环的。""外又有清钱三百串,是赐厨役、优伶、百戏、杂行人等的。"短短两句话,两个本子互相有出入的字、词,竟有九处之多。以赏赐的铜钱而论,不仅数量不同,而且名称不一致。这里标明的钱币是"清钱",而不是"青钱"。

那么,"清钱"又是什么呢?

古代的铜钱,多以"串"来计数。一千枚铜钱,用绳穿起来,叫作一串。在清朝,官方铸造的铜钱,是按照法定的重量、成分制造的,所以叫作"制钱"。制钱体大而重,成色好。在市场上人们喜欢收用。在民间,有人为谋取暴利私自铸钱,这种钱币由于偷工减料,个小而薄,杂质、沙眼多,人人厌恶。在市场流通中,一串钱里如果夹有少量的私铸钱,统称"毛钱"。如果夹有私铸钱100枚以上的,即10%以上的,叫作"一九钱";夹私钱200枚以上的,即20%以上的,则叫作"二八钱"……如果一串内全部是制钱,没有夹私铸钱的，叫作"清钱"。因此，所谓清钱，实质上是指的上等成色、质量好又美观的钱币。

《红楼梦》全书中，提到使用钱币的文字是很多的，但一般都只是笼统地说多少串或多少数目的钱，并不指明是什么种类的钱币。对钱币本身专门加以说明的，只有两处。一处是第五十三回荣国府元宵夜宴赏唱戏人时，特地说明用的是"选净一般大新出局的铜钱"。再一处，就是贾妃省亲赏给男女仆人的钱是清钱。显然，曹雪芹在这两处对钱币的特写是有其妙用的。且论前者，所谓新出局的铜钱，是表示新从国库提取出来的尚未在市场上使用过的崭新的钱币。"局"是指清廷负责铸造钱币的机构宝泉局和宝源局。经过挑选的、黄澄澄、铮光瓦亮的圆钱，由仆人们向戏台抛撒，映着华灯明月，万点金星上下飞舞，有声有色，豪华壮观，这就更加形象地烘托了贾府过年时的奢侈排场，足见作者用心之巧妙。

至于贾元春赏赐礼品，是代表朝廷对臣下赏赐，事关国家的面子、皇帝的尊严，自然应该既要庄重大方，又须等级分明。不同身份、年龄、性别的人，在礼物上都有一定的严格分寸。赏给仆人的铜钱也是这样。既写出赐钱多少，又说明钱币本身的特点和成色，是行文所必需的。如果说赐的钱是青钱，也就是说赏给家人的钱是防坏人捣乱的钱币，从意义上看，不仅是不伦不类，甚至有点带污辱性质。如果说，赏赐的钱是清钱，那么艺术效果就大不相同了，因为大家得到的都是个大体重上好的制钱，人人愿意收藏、使用，自然都很高兴，既显示了皇家的尊严、体面，也会使仆人们受赏后喜形于色。

综上所述，许树信先生认为，贾妃赐的钱应是清钱，而不是青钱。其《贾妃赐钱辨析》一文，指明清、青一字之差的重要性，对准确理解《红楼梦》具有启示作用。

值得指出的是，近40年来出版的一些著名的词典，涉及"清钱"与"青钱"的解释,在引用《红楼梦》文本的同时,仍然认为"清钱"就是"青钱"。与之不同,在后来一些出版社出版的《红楼梦》校注本中,便采用了许树信先生的观点,注明贾妃赏赐的"清钱"是有别于"毛钱"的,它显示了皇家的尊严、体面。

先秦钱百家争鸣

《红楼梦》内容宏富，包罗万象，被誉为"中国封建社会的百科全书"。这部宏篇巨制是对中国古代物质文明和精神文明的回顾、总结、浓缩与艺术表现。《红楼梦》全书中很多处写到货币，体现出货币在中国古代物质生活和精神生活中的特殊重要价值。由于《红楼梦》是一部小说，在很多情况下难以确认它所描写的情节发生的具体时间和地域，所以它所描写的货币关系也比较复杂，涉及中国古代货币的方方面面。这就需要阅读者和研究者对中国古代货币史有比较多的了解。

中国钱币发展史始自先秦时期。作为历史概念，先秦指公元前221年秦始皇统一中国建立秦朝以前的时代，亦即从传说中的三皇五帝时期到战国时期这个漫长的阶段。狭义的先秦史研究范围，包括从中国进入文明时代直到秦王朝建立这段时间，主要指夏、商、西周、春秋、战国这几个时期的历史。近代学术大师梁启超先生曾用"中国之中国""亚洲之中国""世界之中国"三阶段划分国史，先秦时期正处于"中国之中国"的大阶段。当代"大历史"写作的代表人物黄摩崖先生首倡"头颅史观"，认为先秦文化是中国文化的源头宝藏，先秦的精神是中华文明高贵的头颅，理应重返先秦去寻找中国文明的核心价值。先秦时期，我们的祖先创造了光辉灿烂的华夏文明，甲骨文、青铜器、诸子百家、《诗经》《楚辞》等自不待言，这个时期的货币也是极为丰富多彩、璀璨绚丽，同样值得大书特书。

海贝，曾经是中国古代的原始货币。海贝坚固耐用，顶部磨通后用绳索穿系起来便于携带转让，体积适中又分离可数，有天生的自然单位，这些都符合货币的基本特点。《尚书·盘庚中》孔颖达疏："贝者，水虫，古人取其甲以为货，如今之用钱然。"贝币多在商周时期的墓葬中时有出土。商代的卜辞和青铜器铭文中也有"锡贝""赏贝"等字样。贝币以"朋"为计算单位，五贝为一串，两串为一朋。后因贝产于海，不便流通，就用仿制品来代替，遂有蚌贝、玉贝、骨贝、石贝、陶贝等，进而出现铜贝，标志着中国货币向金属形态的过渡。

春秋战国时期，随着社会经济发展，商品交换频繁，更为坚固耐磨、适于携带储存、质地均匀并可任意分割或熔铸的金属铸币，逐步代替了贝币和各种实物货币，得到广泛使用。诸侯割据和各地经济、文化、环境的差异，产生了多种各自具有相对固定流通区域的货币形态，主要有布币、刀币、圜钱和蚁鼻钱，它们被称为先秦四大货币体系，而且各体系都有清晰的发展脉络。大部分的布币和刀币，币身极薄，浇口及边缘常有浇铸时挤出范围外的多铜，因未加磨琢而呈现自然状态。

布币，主要流行于北方黄河流域，源于锄草的农具镈，形状像铲。"布"是"镈"的同音假借字，在古代通用。春秋以后渐渐成为专用通货。早期的布币有装柄的銎，即空首，所以称为空首布。形制接近于实用工具，流行于春秋时期，最晚至战国早期消失。空首布在战国时逐渐演变为布首扁平、无法装柄的平首布，又叫实首布。平首布是布币中的先进形制，流行于整个战国时期。布币除了可以分成空首、平首两大类型外，每类中根据首、肩、足部的变化，又可以细分为很多类型。

刀币，起源于东方的齐国，后来逐渐遍及燕、赵等地。刀币又称刀化，由手工工具刀削演变而来，由刀首、刀身、刀柄、刀环几部分组成。刀首是划分刀币类型的主要依据，可分为针首刀、尖首刀、截首刀、圆首刀和平首刀。春秋时期，齐国铸行的刀币称为"齐刀"。铭文有"齐之法化"，俗称"四字刀"，是齐国的法定货币，主要在齐国都城临淄铸行。"即墨之法化"，即墨是齐国的大城市，还有"安阳之法化"，都俗称"五字刀"。公元前386年，齐国国势达到强盛，刀币以"齐法化"的形式趋向统一，即"三字刀"。"齐法化"上不再有各城邑的名称，反映了王权的集中和加强。进入战国时期，刀币的流通区域逐渐扩大，燕、赵等国也铸刀币，与布币并行。燕国最早铸造的刀币是针首刀和尖首刀，得名于刀刃上端特别尖长。战国中晚期，燕国的重要货币为"明刀"。刀币上的铭文，一般认为是由"日"和"月"组成，故称"明刀"。赵国在战国中期也开始铸造刀币，刀身较为平直，俗称"直刀"，也铸过"明刀"。

圜钱，亦称环钱，其形制模仿古代玉璧或纺织工具纺轮而成，最早出现在战国时的三晋地区。最早的圜钱，是魏国所铸的"共""垣""共屯赤金"等。圜钱主要流行于三晋两周地区。圜钱是战国时期最为进步的一种金属铸币形态，它体积小、便于携带，铸造工艺简单，因此战国中期以后各国的铸币都有圜形化的趋势。

蚁鼻钱，是战国时期楚国铸行的有文铜贝，由商周的无文铜贝发展而来。其特征是上宽下窄，呈椭圆形，下端略尖，面凸起，背平素，面上铸阴文。蚁鼻钱的名称，有人认为来源于文字的形状，有的字形像蚂蚁，又像人的鼻子。有的学者认为"蚁鼻"的本意是细小，用以形容它是一种狭小的钱。由于钱上文字形状又像鬼脸，故也称为"鬼脸钱"。钱文多见为"咒"字形或"紊"字形，诠释有多种，有"昏垫水""各六朱""五朱"等，至今尚无定论。天津古钱市场常以"各六朱"指代这类钱，可能是大家嫌"蚁鼻钱"和"鬼脸钱"的称谓不太好听。

此外，春秋战国时期出现过一种鱼币，其金属成分主要是铜，加上适量的铅、锡。多数鱼币正面的鱼体各部位铸工精细，反面则无纹,也有双面工的。鱼币都以鱼头部位的圆孔为眼睛,但造型各异,即使鳞片也变化丰富。鱼币多见于墓葬,是否应定为货币,还存在争议。南方另出土有戈币,其性质也存在争议。

春秋战国时期还出现过一种桥形币,青铜,桥形,单面见有外郭,上端中有穿孔,又称"磬币"或"璜币",大多无文字,也有有文字符号的。但是包括史树青、唐石父等先生在内的很多专家学者都认为它不是钱币,而是战国时期盛行的一种装饰品。桥形币分布地域相当广泛,在女性墓葬中较为多见。

先秦时期,出现过百家争鸣的繁荣局面,涌现出很多不同的学派,并且形成各流派争芳斗艳的景象。如《汉书·艺文志》所记,凡诸子百家"蜂出并作,各引一端,崇其所善,以此驰说,联合诸侯"。春秋战国时期的各种思想学术流派的辉煌成就与同时期西方古希腊文明交相辉映。百家争鸣,是中国历史上第一次大规模的思想解放运动,奠定了中国思想文化发展的基础,有力地推动了中国历史的发展。与百家争鸣相关联的文化形态,是百花齐放。所谓百花齐放,喻指同一事情的不同做法、同一内容的不同形式或同一类东西的不同品种丰富繁多,也指文学艺术上不同形式和风格的自由发展。秦统一之前,各国钱币形态不同,且各有特定的文化内涵,而又共生互动于广袤的华夏大地,堪称百花齐放。

半两钱统一流通

《红楼梦》第二回中,贾雨村对冷子兴评价了一些历史人物,包括秦始皇、王莽、曹操等。第三十九回中,李纨道:"凤丫头就是楚霸王,也得这两只膀子好举千斤鼎。"第二十九回中,贾母去清虚观打醮,神前拈戏,头一本戏叫《白蛇记》。贾母问是什么故事,贾珍回答说是讲汉高祖斩蛇起首的戏。秦始皇、楚霸王、汉高祖、王莽、曹操等人物被提及,从一个侧面体现出《红楼梦》中的秦汉文化背景。

两千多年前流行的半两钱,是中国历史上首次实现全国统一流通的钱币形态,是战国时期秦国、秦代和西汉初期社会经济生活、商品交换活动中最核心的价值尺度和流通手段。半两钱为青铜所铸,圆形方孔。钱名曰"半两",是因为除了币面方孔两侧铸有这两个篆字外,早期铸行的确实是计重钱,即重如其文。当时规定一两为二十四铢,半两钱重十二铢。战国时期秦国半两钱文为大篆体,秦代半两钱文则改为由丞相李斯编创的小篆体。

半两钱的铸行,从战国时期秦惠文王二年(前336),到汉武帝元鼎四年(前113),跨越了几个不同的历史时期,仅汉初半两钱就出现了八铢半两、四铢半两及"榆荚半两"等多种样式,有些样式相互之间很难分辨。寒斋所存百余枚半两钱,一直分别装在几个小袋里,即与半两钱标准化程度不高有关。十几年来,笔者在古玩市场多次遇到过成批的半两钱,每次所遇,无论是十几枚还是几十枚,大概原来都是埋在同坑的,具有相近的体貌特征;而不同次遇到的半两钱，每批之间的体貌特征便有所差异。笔者将每次购得的半两钱装在一个小袋里，尽量不与其他批次的半两钱混淆，这样可以让自己记住这些钱不同的来源，方便以后进一步分类研究。

公元前221年，秦始皇在政治上统一了中国，同时也统一了中国的货币制度，诏令钱分二等，象征天圆地方的圆形方孔钱秦半两钱遂成为全国法定的铜钱。这种圆形方孔形式还成为此后两千年中国铸币的基本模式。战国时期各国钱币形态不同，可谓百花齐放。有时泉友间聊天，就会提出这样的问题：假如当时换成另外一个国家来统一中国，那么后来两千年中国人通用的铜钱会不会变成铲形的（布币）、刀形的（刀币）或者鬼脸形的（蚁鼻钱）？

近代古泉学家丁福保曾有诗咏秦半两钱："千秋唯有长城在，不见当年秦始皇。莫道区区仅半两，曾看刘项入咸阳。"楚汉之争，刘邦和项羽都曾率军进入过秦都咸阳，两人使用的都是秦半两钱。刘邦进驻咸阳时，一些官吏送他钱作为盘缠，大家送的都是三枚秦半两，唯独萧何送了五枚。据《史记》记载，汉高祖五年（前202）既杀项羽，天下已定，开始论功行赏，刘邦对武将大都封的是八千户食邑，唯独封给萧何一万户。诸将不服，说萧何光用笔墨谈兵，并未真正作战，为何反而高升？刘邦回答说，你们知道打猎吗？知道猎狗吗？打猎，追野兽的是狗，而发指示的是人。现在各位能得野兽，只是"功狗"，至于萧何是发指示的，是为"功人"。武将们听了，便不敢再争了。于是，刘邦又封萧何父子十余人皆食邑。萧何比其他同僚多两千户食邑，也被认为有着当年两枚秦半两钱的功劳。可见楚汉战争时铸钱不多，趁钱的人亦少，凡事也不是非钱不能办，大概当时取予之间，也就是几个钱。有人推算，萧何送给刘邦的五枚秦半两，按当时物价几乎可以买米一石，已为极重之人情。

从现存半两钱实物可以看出，虽然同为半两之名，但它们的大小、薄厚、轻重相差极为悬殊。虽然出现过高后二年（前186）官铸大样薄肉的八铢半两钱等力图改进铸币质量的事情，但总体上还是处于持续减重过程。其中一种是在中国货币史上特别有名的"榆荚半两"，也叫"荚钱"，因钱身轻小如榆荚而得名。汉初承袭秦制，沿用秦半两钱。楚汉战争使民生凋敝、财政困难，汉高祖遂以秦钱体重难用为由，允许民间减重铸钱。哪知一减不可收拾，恶钱泛滥，最轻的"荚钱"尚不足一克，入水不沉，应手而破。这是中国历史上第一次大规模而有记录的货币减重行为，造成通货膨胀，物价飞涨，米每石高达万钱，马一匹竟值百金。

民间盛传秦半两钱是一种名贵的中药，有治疗人体跌打损伤的特殊效果。据说，秦始皇时期的半两钱中含有某种能促使人体骨质愈合的特殊物质，而且只有这个时期用来铸造半两钱的铜矿中含有这种特殊物质。但是此矿在秦始皇时期已被采尽，所以后来历代铸造的铜钱都不含有这种特殊物质，也就没有这种特殊疗效了。一次，当代著名作家冯牧在甘肃敦煌遭遇车祸，断了两根软肋，一位老中医为他治疗，疗效神奇，很快就痊愈了。这位老中医用的是祖传秘方，用药量很少，而且是每星期用一次药，这个秘方的主要的一味药就是秦半两铜钱。

笔者没有考证过半两钱的药性究竟有多么神奇，只知道秦半两钱含铅、锡较多，西汉初期半两钱铅、锡成分大幅度下降，铜含量上升，并扩大了铁的含量比例，硬度和质地优于秦半两钱。近年有人收购半两钱，回炉后用于仿制青铜器。

钱币收藏家们格外喜爱半两钱，认为这种钱币具有特殊而重要的价值。首先，半两钱是中国首次实现全国统一流通的钱币形态，开创了两千年中国铸币的基本模式，其历史意义重大。其次，半两钱具有美恶混杂、轻重无常、减重频繁的显著特点，使得其品貌种类异常丰富，收藏空间十分广阔。此外，半两钱充分体现了战国、秦、汉时期的铸造工艺和审美风格，其欣赏价值远远高于后代铸造的一般流通钱币，有的一币之上"半两"两个篆字真如神来之笔，仿佛秦风仍在，汉韵犹存，耐人寻味，令人神往。

喜爱半两钱的朋友，大有人在。浏览钱币收藏网站，经常可以看到"半两协会"的标识，起先以为真有这么一个协会组织，后来在网上搜来搜去，也没有找到这个协会的具体领导和组织机构，才知道这是一群"半两钱发烧友"在网上共用的旗号。这些泉友对半两钱研究得很细致，并且以"半两协会"的名义发表了不少有见地的网文。例如，有网友将好的半两钱分为三个类别和等级：第一类，形制粗糙，毛边和浇茬保留完整，币体奇形怪状，文字大篆古奇，这便是一级半两钱。第二类，形制趋于精整，字体小篆味浓，文字笔画和布局均匀，但暴字是其特点，暴字配上一个养眼的品相，就是二级半两钱。第三类，是一些品相极好的常见半两钱，可以作为半两钱的标准器，这也就是三级半两钱了。这位网友还说，在收藏半两钱的过程中标准实际上是很灵活的，对半两钱等级的划分，应该结合文字、形制、直径、重量、存世量等因素综合考虑，这是一个细活儿，要在长期的收藏实践中慢慢地对比归纳。我觉得他讲得很有道理，是真正的经验之谈，这些话在很多专门研究钱币的著作里是找不到的。

半两钱收藏价值虽高，但其在古玩市场的整体价位却一直不高。目前普通半两钱一枚仅售十几元、几十元，好一些的可以售至数百元、上千元。有学者估计西汉初期半两钱的流通数量应该有一两百亿枚的规模，虽经两千余年，迄今流传依然不会太少，这是汉半两钱价格偏低的主要原因。比较而言，秦半两钱尤其是战国时期秦国半两钱就显得稀少些，价格自然也要高些。但是市场价格的高低并不妨碍半两钱在中国钱币文化史上的特殊地位，譬如在2008北京国际邮票钱币博览会纪念银币图案中，中国钱币的代表即是秦半两钱，外国钱币选用了古罗马共和时期的母狼哺婴银币。大英博物馆收藏的一枚秦半两钱，与商周青铜尊、钟、簋、壶等一起被列为该馆珍藏的中国十大青铜器，亦足见国际上对半两钱的重视。

五铢钱长流不息

《红楼梦》第七十九回中,宝玉对黛玉笑道:"论交之道,不在肥马轻裘,即黄金白璧,亦不当锱铢较量……"锱铢,比喻极其微小的数量。旧制锱为一两的1/4,铢为一两的1/24。在汉代,一两即为24铢。

中国历史上流通时间最长的货币,是五铢钱。钱文为小篆"五铢"的五铢钱,初铸于汉武帝元狩五年(前118),废止于唐武德四年(621),前后流通了739年。我的老师,北京大学中文系教授葛晓音女士,写过一部颇有影响的《八代诗史》,"八代"指汉、魏、晋、宋、齐、梁、陈、隋,包括北朝,而五铢钱的铸行时间基本上与其相叠,所以我们也可以说五铢钱是"八代之泉"。有钱币学者称誉五铢钱为"长流不息的活水",非常生动而准确。

五铢钱数量之大,亦空前绝后。有人统计,自西汉至隋末铸造的各式五铢钱,多达近千亿枚。故而五铢钱废止后迄今千余年,仍有大量普通品供古钱爱好者收藏。

五铢钱在中国货币发展史上具有特殊的重要性。在2009北京国际邮票钱币博览会纪念银币图案中,中国钱币的代表即是五铢钱,外国钱币则选用了著名的波斯帝国萨珊王朝银币。

五铢钱铸行了700余年,经历了无数次政权更迭,版式自然极为繁多,而且有些相关版式之间很难区分。大如西汉五铢与东汉五铢之间如何区分;南朝陈五铢与隋五铢之间如何区分;小如两汉时期各朝铸行的五铢之间如何区分,再如一些鸡目五铢、剪边五铢、无文五铢究竟属于哪个时期铸造的；等等。这些问题在钱币收藏界和研究界或难以明晰，或暂无共识。

从汉初开始，统治者一直在寻找一种适应社会经济发展的货币制度。经过数十次重要变革，这种货币制度终于在汉武帝铸行五铢钱并确定上林三官五铢为标准官炉钱之后得以确立。有学者评价说："在货币流通规律面前，不可一世的汉武帝低下了高昂的头颅。"而马克思的观点更为精准："君主们在任何时候都不得不服从经济条件，并且从来不能向经济条件发号施令。无论是政治的立法或市民的立法，都只是表明和记载经济关系的要求而已。"由此看来，尊重社会经济发展规律，并努力建立与之相适应的货币制度的汉武帝刘彻，无疑是中国历史上最杰出的统治者之一。

"五铢"字形、内外郭、面背纹及轻重大小的变化，形成各个时期不同的五铢钱版式。西汉五铢钱包括郡国五铢、赤仄五铢、上林三官五铢、宣帝五铢等。东汉五铢钱包括更始五铢、铸铁五铢、灵帝四出五铢、董卓小五铢等。东汉以后直到隋代，很多朝代也铸行过五铢钱。此外，还有面文四个字的五铢钱，如蜀汉所铸大面额的虚值货币"直百五铢"，再如北魏所铸年号钱"太和五铢""永安五铢"以及北齐所铸年号钱"常平五铢"等。

五铢钱的收藏与研究是一门大学问。古钱收藏入门者，经常会遇到一些与五铢钱有关的名词，需要弄懂。如"剪边五铢"，又称"錾边五铢"或"剪轮五铢"，指外轮连同部分钱肉被裁剪或錾切掉的五铢钱；而五铢钱被錾去钱心后所剩边环，则被称为"綖环五铢"。錾切的目的是一枚钱当两枚钱用。再如"鸡目五铢"，也称"鹅眼钱"，因其形小而得名。另如"公式女钱"，是一种无外轮的五铢钱，因属官铸，是谓"公式"，因其轻小薄弱，故称"女钱"。

五铢钱之外，历史上还出现过六铢钱、四铢钱、三铢钱和二铢钱。汉武帝时停铸半两钱，改铸三铢钱，重如其文，背无轮廓。三铢钱刚铸不久，武帝又令停铸，改铸五铢钱，钱背增加了轮廓，重五铢。三铢钱是从半两钱到五铢钱之间的过渡品种，为后来铸行五铢钱提供了借鉴。南朝宋文帝元嘉时期铸有四铢钱，币面有"四铢"二字；武帝孝建时期续铸四铢钱，背面加"孝建"二字，俗称"孝建四铢"。三铢钱和四铢钱真品的价格明显高于一般的五铢钱，但市场上它们的赝品也很多，收藏爱好者往往望而却步。此外，民国时期丁福保编纂的《历代古钱图说》刊有一种面文为"两铢"的铜钱，1998年北京大学考古系在重庆忠县刘宋墓发掘出一批刘宋钱币，内有四铢、孝建、永光、景和钱与两铢钱共存，"两铢"为刘宋所铸二铢钱之一，由此确定无疑。南朝陈宣帝太建时期铸有六铢钱，面文"太货六铢"，玉箸篆体，匀称舒展，加之该钱制作精整，传世稀少，因而十分难得。

民国初期，出现过将"铢"字去掉"金"旁的"三朱"假钱，曾使当时的收藏名家上当受骗。钱币学家郑家相在天津供职时，经常造访著名钱币收藏家方若（字药雨）。后来郑家相在《梁范馆谈屑》中记载了方若"打眼"于挖补钱的趣事："一日偕绸伯（张绸伯，钱币学家）至旧雨楼（方若的书斋），药雨出示一'半两'式'三朱'，满身硬绿，云昨日地山（方地山，著名钱币收藏家）携来，以八十金得之，意颇乐也。予接而审之，大叫曰先生误矣，此'半两'也。药雨不信曰，此钱'三'字'朱'字笔画上均有硬绿保险，安得云误？且汉武既铸'三铢'，复铸'半两'，此乃铸'半两'时所铸之'三朱'，虽'铢'字省金作'朱'，亦理所或有，君看此钱，未免大苛。予曰不苛，此钱文字笔画上虽有硬绿，但细视之，在'朱'字间颇有硬绿不接处。盖'三'字为'两'字所改，尚少破绽；'朱'字为'半'字所改，不能笔笔自然，其断处乃为生漆所填耳。时绸伯亦以予说为然，复附和之。药雨曰，有是哉，即取小刀将填漆处剔之，填漆骤起，笔画遂断，'朱'字不成为'朱'字矣，乃忿然取而投诸池中。"三铢钱本来就远少于五铢钱，而"三朱"钱则更具诱惑力，造假者遂投收藏者猎奇之所好，将"半两"挖刻填补为"三朱"，竟连方若这样的钱币收藏大家也未能及时识破。

从西汉到唐初的漫长岁月里，虽然新莽、孙吴、前凉、后赵、成汉、大夏、梁、陈、北周等政权也铸行过其他钱币，但它们的数量、生命力和影响力都无法与五铢钱相比。五铢钱的铸行及上林三官五铢钱的定型定制，在中国货币发展史上具有重大意义。首先，在中国这样幅员辽阔、人口众多、经济文化状况十分复杂的国家，必须实行货币铸造发行的中央集中统一，五铢钱的定型定制明确了货币稳定与国家社会有重大关联。其次，五铢钱为中国开创了新的货币体制，确定了方孔圆形、肉好精整、有内外郭、轻重大小体型适度、以铜为主的金属货币模式。

西汉后期的百余年间，出现了中国历史上第一次全局性货币稳定，表现为政治清明、经济发达、文化繁荣、社会安宁、物资丰富、物价平稳、百姓安居乐业。形成这种美好景象的一个重要原因，就是中央政府始终竭力维护五铢钱的货币质量和币值稳定，使民众信任五铢钱。

如果遵照黑格尔所言的"存在就是合理"，那么我们不妨说，长期存在的东西，它的合理性也应该愈强。曾经流通长达700余年的五铢钱，作为丰富厚重的货币遗产，留给我们经验，也留给我们教训，但比较而言，其正面的经验无疑更为宝贵。五铢钱的货币学价值不仅体现在当时，也影响至今天，更启示给未来。我们说五铢钱"命寿泉长"，道理正在于此。

王莽钱精美绝伦

《红楼梦》第一回中,写甄府丫鬟娇杏眼中的贾雨村:"敝巾旧服,虽是贫穷,然生得腰圆膀厚,面阔口方,更兼剑眉星眼,直鼻权腮。"脂砚斋甲戌侧批:"是莽、操遗容。"即认为贾雨村的长相是王莽、曹操之流的奸臣相。

王莽(公元前45—公元23),字巨君,新都哀侯王曼次子,西汉孝元皇后王政君之侄,西汉外戚王氏家族的重要成员。其人谦恭俭让,礼贤下士,在朝野素有威名。西汉末年,社会矛盾空前激化,王莽被视为能挽危局的不二人选,如同"周公再世"。他官至大将军、大司马,临朝辅政。公元8年12月,王莽代汉建新,建元"始建国"。王莽即新始祖,也称建兴帝或新帝。他宣布推行新政,史称"王莽改制"。王莽统治末期,天下大乱。地皇四年(公元23),更始军攻入长安,王莽死于乱军之中。王莽共在位16年,卒年69岁,而新朝也成为中国历史上短命的朝代之一。

王莽钱币之精美绝伦,好似一笔浓墨重彩,在世界货币史的长卷上显得格外鲜艳夺目。古今钱币收藏家,无不以藏有王莽钱为荣耀。然而,这些精美的钱币上记载的却是一次轰轰烈烈的货币改革的失败。

王莽是一位在历史上备受争议的人物。古代史学家多以"正统"的观念认为他是篡位的"巨奸"。但在近代帝制结束之后,王莽又被一些史学家誉为"中国历史上第一位社会改革家",认为他是一个有远见而无私的社会改革者。王莽改制的失败,固然有其历史的必然性，但他性情狂躁、轻于改作，一味慕古、不切实际、刚愎自用、所用非人，这些性格特征使他在改制中既不能根据实际情况调整政策，又不能建立一个高效率、有威信的推行新政的领导班子，因此改革注定要失败。这样的改革，批评者视为闹剧，同情者视为悲剧。

大规模的改革币制是王莽改制的一个重要组成部分。王莽自认是舜的后裔，登基伊始，便附会《周礼》，设想了一整套对社会进行复古改革的蓝图，即"托古改制"。他恢复了已废止 200 多年的布币、刀币制度，变换形制，于居摄二年（公元 7）改汉币制，以周钱有子母相权（同时流通的两种货币，可以用一种为标准确定对另一种的交换率），于是更铸大钱。当代历史学家黄仁宇曾在《中国大历史》一书中语带讽刺地评论王莽："他尽信中国古典，真的以为金字塔可以倒砌。"

王莽于建国二年（公元 10）实行"宝货制"。"宝货制"分为五物、六名、二十八品。五物是金、银、铜、龟、贝五种币材。六名为金货、银货、龟货、贝货、泉化、布化六大钱币类型。二十八品是指不同质地、不同形态、不同单位的二十八种钱币，分别为金货一品，银货一品，龟货四品（元龟、公龟、侯龟、子龟），贝货五品（大贝、壮贝、幺贝、小贝、贝），泉货六品（小泉直一、幺泉一十、幼泉二十、中泉三十、壮泉四十、大泉五十），布货十品（小布一百、幺布二百、幼布三百、序布四百、差布五百、中布六百、壮布七百、第布八百、次布九百、大布黄千）。"宝货制"名目繁多，离奇古怪，使人眼花缭乱，无法适应，结果是"百姓愦乱，其货不行"。当时真正流通的钱币只有小泉直一和大泉五十。

到了天凤元年（公元 14），反复无常的王莽又宣布废止小泉直一。这样，加之此前因难以推行而废止的"宝货制"，王莽推行的声势浩大的货币改革已宣告失败。王莽在保留大泉五十的基础上，又新铸了货布与货泉。货泉的形制、大小和重量都与西汉广泛流通的五铢钱相当，只是改了个名称，实际上是对民间行用五铢钱的一种让步。与货泉相似的还有布泉，字体亦为悬针篆，也是王莽时期所铸。清代道光年间，金石学家发现了一种"国宝金匮直万"钱，认定这种面值以一当万，是相当于黄金一斤（一说可易黄金千两）的虚值大钱，为王莽时期所铸。长期以来，古钱币研究者对"国宝金匮直万"有着种种猜测与说法，其中一种观点是：此钱非流通货币，而是代表王莽占有黄金的数量，乃记载黄金数量所用。

近些年，在古钱市场所见王莽时期钱币，较多者按数量大小排列，是货泉、大泉五十、小泉直一、货布、布泉、大布黄千。大泉五十是王莽时期铸量最大、流通时间最长的货币，版别很多，内涵丰富。至于契刀五百和一刀平五千，如今只能在拍卖会上得见真品。如果想把二十八品搜集齐了，那么无论拥有多大财力，恐怕也很难实现。这些年在很多大型拍卖会上，也没见到过全套的真品。

王莽统治时期，频繁地更改币制，每次都是以小换大，以轻换重，钱越做越小，价越做越大，币制每改一次，百姓破产一次，民不聊生，怨声载道。但王莽钱币的艺术价值远远超过了它们的使用价值，其文字、冶炼和设计都堪称中国古钱一绝，匠心独具，有着极高的收藏和欣赏价值。与其说它们是钱币，还不如说它们是高级工艺品。

王莽在先秦刀币上加了一个方孔圆钱，并且铸上刀币的名称和面值。如"一刀平五千"，圆钱上以黄金镶嵌"一刀"两字，采用的是特殊的黄金镶嵌工艺——错金工艺，刀身铸有"平五千"三个字，所以又称它为"金错刀"，其形状很像一把现代的钥匙。古往今来，精美绝伦的金错刀不仅为钱币收藏家所钟爱，而且令众多文人墨客为之如醉如痴，吟咏不绝。东汉张衡在《四愁诗》中说："美人赠我金错刀，何以报之英琼瑶。"唐代杜甫在《对雪封》诗中说："金错囊徒罄，银壶酒易赊。"清代戴熙在《古泉丛话》中则赞誉王莽是"古今第一铸钱手。人皆有一绝,莽铸金错刀,当为钱绝"。

王莽时期,一刀平五千当五千枚五铢用。按照当时黄金一斤值万钱,两枚金错刀就可以兑换一斤黄金。只是这种兑换的解释权在王莽,是单向受益的霸王条款,即只有王莽用金错刀兑别人的黄金,而别人则只能以黄金去兑金错刀。王莽这样明目张胆地大肆搜刮民脂民膏,简直就跟抢钱一样。对王莽此举,宋代苏轼在《赠钱道人》一诗中感叹道:"不知几州铁,铸此一大错。"这里的"错",即指金错刀。中国有个成语叫"铸成大错",据说就是由苏轼的这句诗演化而来的。对于王莽的失败,历史学家会分析出很多原因,而就笔者看来,就是一刀平五千让他彻底完蛋。这样恣意妄为、太过胡来的统治者,不失败才怪呢。谁抢了老百姓的钱,老百姓就会要了谁的命——这才是历史的金规铁律。

开元钱铭录盛世

《红楼梦》虽然写作于清代,更多反映的是清代的社会生活,但也包含了不少唐代的文化元素。因为唐代是中国历史上最辉煌的时代,也是最能代表中华民族优秀传统文化的时代,这一时期的中华文化对世界产生了非常广泛而持久的影响。比如《红楼梦》多次将薛宝钗之美比喻为杨贵妃,第二十七回的回目即是"滴翠亭杨妃戏彩蝶",就是对唐人之美和唐代审美观念的欣赏和推崇。再如《红楼梦》中写有大量的优秀诗作,其中很多作品无论从立意还是意象的选择上都可以看到唐诗的影子。

如果说唐代是一个极为鼎盛的朝代,那么初唐就是一个充满朝阳的时期。开元通宝,就诞生在这个鼎盛朝代的朝阳时期。开元,用今天的话说,就是开辟新纪元的意思;开元通宝,就是开辟新纪元后的流通宝物。领导者真真切切想干一番大事业,老百姓则强烈憧憬着富裕美好的生活,所以才能出现这么雄阔豪迈的词语。幸运的是,经过自唐太宗至唐玄宗几代统治者的励精图治,这种愿景毕竟成为了现实,中国历史上真的出现了政治稳定的"贞观之治"、国力强盛的"开元盛世"。

作为年号的"开元",是指唐玄宗(亦称唐明皇)李隆基在位的开元年间(713—741);但是作为钱币的开元通宝,其行用却早于开元时期几十年。开元通宝始铸于唐高祖武德四年(621),每枚称为一文钱,每十文重一两,钱文端庄,成为后世通宝、元宝钱的鼻祖,在中国货币史上起到了名副其实的开元创世的作用,并且有利地促进了唐代商品经济和对外贸易的发展。开元通宝虽然在形制上仍沿用圆形方孔钱，但它创立了新的衡重标准单位——"钱"（每一文的重量称为一钱），以其为开端，中国的币制正式脱离了以重量为名的铢两体系而发展成为通宝币制。开元通宝成为唐以后历代铸币的模本和标准，在中国沿袭了将近1300年。

秦代推行于全国的半两钱、西汉改革而成的五铢钱、唐代创制的开元通宝，体现了中央政府在全国实行通用货币政策的"三步走"。为此，历代执政者不懈努力，前仆后继，几经周折，接连探索了长达800余年。半两钱、五铢钱、开元通宝这三大类钱币，既是中国古代钱币中存世最多的，也是最具有历史文化研究价值的。

"开元通宝"四字，为初唐大书法家欧阳询所书。欧阳询的书法从北碑得法，又学"二王"而参以隶意，形势俊劲，意态精密，于平正中见险绝，自具面目，世称"欧体"。他的代表作《九成宫醴泉铭》，更是楷法精绝，成为楷书史上难以逾越的高峰。在欧阳询看来，一切都应是典雅、庄严的，一切变化都须按照法度而表现得充分、坚实、完整，趋于尽善尽美。有人认为"开元通宝"钱文含八分和隶体，也有人说它含八分、隶、篆三体，而且每一个字都兼有三体。不论其究为何体，章法和结字都表现得极为精准，加之铸造工艺十分讲究，愈加衬托出其文字之美，足令后人叹绝。欧阳询因此也成为有明确记载的历史上第一位书写钱文的著名书法家。708年，日本效仿开元通宝铸造"和同开珎"钱，欧阳询书法随之在日本受到热烈追捧，广泛流传。日本大报《朝日新闻》至今仍然采用欧阳询的字体当报头，但因欧阳询未曾写过"新"字，于是找到欧阳询写的"亲"和"析"字，拆析后重新组合成"新"字。

"开元通宝"钱文，一般按照上下右左的顺序读为"开元通宝"，也有学者认为应该按照上右下左的顺序读为"开通元宝"。这两种读法都有一定的文献依据，其含义也都能讲得通。已故国家文物鉴定委员会委员、天津著名钱币研究专家、《中国古钱币》一书主编唐石父先生就坚持后一种观点。

开元通宝铸期长，铸量大，仿铸多，在材质、文字、形制上有不少较大和细小的区别，加之月纹、星纹和云纹位置与形状多有变化，造成其版式极为复杂。早期所铸开元通宝，钱文主要特征为："元"字第一横短，"通"字走之旁三斜撇不连，"宝"字"贝"部两横与两竖亦不连，细缘，光背。

中期所铸开元通宝，钱文主要特征为："元"字第一横长，"通"字走之旁三撇成点状或相连，"宝"字"贝"部两横与两竖接，外缘稍阔，钱形稍大，钱背多铸有星、月等各种纹饰。关于开元通宝背面所铸月纹，有说是进呈开元钱蜡样时文德皇后掐的甲痕，也有说甲痕为杨贵妃所掐。现代学者中，有的认为甲痕是受到了波斯、大食和突厥的外来影响，也有的认为与唐时的崇月风俗有关。诸说皆无确凿的证据，因而月纹一事迄今没有大家都能接受的结论。

晚期的开元通宝，由于内忧外患，大多铸造不精，质次形小，以"会昌开元"为代表。会昌年间，唐武宗为减轻财政负担，诏令废灭佛教，拆毁佛像等用以铸钱。淮南（今扬州）节度使李绅率先铸造进呈一种背面铸有"昌"字的开元通宝，以纪年号"会昌"。于是朝廷下令各地加以仿效，铸造背面有纪地文字的开元通宝，后世统称之为"会昌开元"。"会昌开元"背文分别记有昌、京、洛、益、荆、襄、蓝、越、宣、洪、潭、兖、润、鄂、平、兴、梁、广、梓、福、桂、丹、永等20余种，它们成为后世古钱收藏家搜集配齐的目标。

有唐一代近300年，开元通宝一直在流通。7—8世纪，地处中亚的粟特地区在唐朝的巨大影响下，大量铸造和流通仿唐制青铜方孔圆钱，钱面为"开元通宝"，钱背有族徽和粟特文的王名称号等式样。在今塔吉克斯坦、吉尔吉斯斯坦等国，都出土过这种钱币。此外，朝鲜和安南也铸造过"开元通宝"，可见开元钱对周边地区的深远影响。再如日本、爪哇、波斯、阿拉伯等国家和地区，也都有开元通宝流通的痕迹。开元通宝在当时亚洲的地位，差不多相当于欧元在今天欧洲的地位。

唐朝灭亡后，五代十国时期和北宋初期继续大量铸造开元通宝，以南唐所铸开元通宝最为著名。史载，北宋苏辙至京师，参知政事王安石问铸钱，对曰："唐开通钱最善，今难及矣。"在当代古钱市场上，开元通宝常常被混杂在普通宋钱中一起出售。辽、金、元、明等时期，开元通宝依然有行用的记录。资料显示，清代雍正年间两广偏远地区的市面上还有大量开元通宝流通，清廷特准以雍正通宝兑换。笔者的朋友张辉先生也喜欢收藏钱币，他曾开了一斤出土的清代筒子钱，出钱百余枚，其中年代最晚的是光绪通宝，年代最早的则是一枚开元通宝。由此证明，直至清末，开元通宝仍在民间流通。

事实上，开元通宝已成为中华文明的重要符号之一。在2010北京国际邮票钱币博览会纪念银币图案中，中国钱币的代表即是开元通宝，外国钱币则选用了著名的阿拉伯帝国阿巴斯王朝钱币。唐王朝与阿拉伯帝国当时是世界上最强盛的两大帝国，双方通过陆地和海上丝绸之路进行贸易，同时也把东西方文明传播开来。

"忆昔开元全盛日，小邑犹藏万家室。稻米流脂粟米白，公私仓廪俱丰实。"这是诗圣杜甫对"开元盛世"的追忆与赞美。笔者非常欣赏他的"盛世"标准，就是老百姓得到了实实在在的好处，真正过上了富足、踏实的日子。普通的开元通宝在当今市场上十分便宜，便宜到使很多钱币收藏者不屑一顾；然而，笔者始终对它们保持着足够的敬意，因为在它们身上铭录着一个恢宏、壮阔、富庶和进取的时代。

北宋钱量大版多

《红楼梦》中，对宋代文化的繁荣兴盛多有展示。北宋文学作品在《红楼梦》中多有体现，以宋诗最多，有直用、改用，也有化用。如第五回中，《红楼梦曲·聪明累》"机关算尽太聪明，反算了卿卿性命"，其中"机关算尽"出自北宋黄庭坚《牧童诗》："骑牛远远过前村，短笛横吹隔垄闻。多少长安名利客，机关用尽不如君。"原作表达的是对牧童闲适生活的赞美，《红楼梦》用此典是预示王熙凤的结局。再如第六十四回，宝玉、宝钗看到黛玉的《五美吟》大加赞赏，宝钗趁机阐发诗论"做诗不论何题，只要善翻古人之意"，并举北宋王安石《明妃曲》"意态由来画不成，当时枉杀毛延寿"，以及北宋欧阳修《明妃曲·再和王介甫》"耳目所见尚如此，万里安能制夷狄"诗句。两诗在命意上均推陈出新，故宝钗以此类比黛玉诗作。欧阳修的原句是"耳目所及尚如此"。

家里存有数千枚宋钱，这对于古钱收藏爱好者来说，实在算不上多。中华书局 2008 年出版的阎福善主编的《北宋铜钱》一书，便收录了北宋铜钱版别约 5000 种。20 多年来，笔者亲眼观赏过的北宋铜钱总有近百万枚，即使将这些铜钱都买下来，它们也只能凑得上《北宋铜钱》5000 种版别的百分之八九十。但凡事都要一分为二地看，笔者藏品中的个别版式，在被钱币学家戴志强先生誉为"我们这个时代对于北宋铜钱进行钱币学研究成果的一个汇集"的《北宋铜钱》中，也同样找不到。这更加证明，北宋铜钱数量巨大，版式巨多。

这仅仅说的是铜钱,还不包括铁钱、铅钱、纸币和金银币等。北宋时期既铸行了大量铜钱、铁钱,又印行了纸币,金银在此时期也重新回到流通领域。铜钱、铁钱有小平、折二、折三、折五、折十等大小之异,纸币则有交子、钱引、小钞之别,有不同面额之别。因此,宋代是多种货币并行的时代,币种之多,史所罕见。

北宋160多年间,由于相对统一和安定,农业、手工业生产得到恢复和发展,大都市出现了如《清明上河图》那样的繁华景象,中小城镇星罗棋布,乡村贸易活跃,商品经济的发展进入一个全新的阶段。在此基础上,货币经济也呈现出前所未有的繁盛形势。据著有《两宋货币史》的汪圣铎先生介绍,北宋中期,原铜年产量一度超过2100万斤,约为唐代年产量的20倍。银、铁、铅、锡的年产量也比唐代有成倍的增长。矿冶业采用了不少新技术,湿式采铜技术(宋人称"胆铜法")在当时世界上更是遥遥领先。这为铸币业的兴盛提供了基本条件。政府垄断钱币的制作和发行,颁行了许多严密的制度和法令。为保障原材料的供给,颁行了统称为"铜禁"的一系列法令,其内容包括:原铜全部由国家收购,禁止私人私自从坑冶户处购买原铜,禁止私人保有和贸易原铜,禁止制造礼器、法器、乐器以外的铜器,禁止原铜出境,等等。为保证市面上有足够的铜钱流通,防止出现钱荒,严格禁止民间熔毁铜钱制造铜器,禁止携带铜钱出境(包括用于贸易),禁止大量储藏铜钱,同时也禁止私人铸造铜钱、铁钱。中央政府根据矿冶、燃料等的分布及交通等情况,在全国设置了许多铸钱监,大的铸钱监有工匠上千人,有严格的内部分工和生产流程,其规模和生产能力在当时都是领先于世界的。

宋代是文化的盛世。著名历史学家陈寅恪先生在《邓广铭〈宋史职官志考证〉序》中讲过:"华夏民族之文化,历数千载之演进,造极于赵宋之世。"宋代是中国历史上最为优礼士大夫的朝代。宋代所表现出来的社会自由、个性舒展、民生富足、文化昌盛,与优礼士大夫的国策密切相关。历史学家汪荣祖先生说过,唐代为门第贵族阶级逐渐下降、科举出身士人逐渐上升的过渡时期;到宋代,"科举士人政治乃完全确立"。确实,一入宋代,门阀荡然,科举隆盛,"满朝朱紫贵,尽是读书人",文官出任中央及各地最高行政长官,地位居于武官之上,中国士大夫迎来了空前绝后的黄金时代。因此,近年有不少学者撰文指出,宋代是中国历史上真正最自由、最富足的时代。

宋人的文化思维、文化取向,宋朝的以文治国、以文理政,在宋代钱币上打下了深深的烙印。北宋钱币的一大特点是钱文书法丰富多彩。真、草、隶、篆、行等书体,大多数北宋铜钱都铸有其中二体,甚至有三种字体的。宋代很多皇帝文采出众,喜爱书法,有些钱文就是皇帝亲书,即"御书体",这在以前也是从未有过的。如"淳化元宝"和"至道元宝",各有真、行、草三种字体,相传为宋太宗赵炅亲书,其中草书入钱文亦属初创。再如"崇宁通宝"和"大观通宝",则是宋徽宗赵佶以自创的"瘦金体"亲书。此外,一些著名书法家、文臣也在宋钱上留下了笔迹。如"元丰通宝"隶书字体相传为苏轼所写,因此被称为"东坡元丰"。再如"元祐通宝"行书和篆书,相传分别为司马光、苏轼所写。另如隶书"崇宁重宝",则传为蔡京手迹。可见,庞大繁复的宋钱体系,同时也是一座书法宝库,充溢着时尚而厚重的文化内容。

钱文书法丰美,而且字体成双成对,这是古钱收藏爱好者对北宋铜钱最直观也是最深刻的印象。北宋历经九帝,每个皇帝在位时都铸有铜钱,包括40多种年号钱和非年号钱,其中成对的多达20多种,这在历史上也是空前绝后的。北宋铜钱大多数以真(楷)、篆成对,或行、篆成对。对钱,又称对文钱或对书钱。日本钱币收藏界对北宋对钱向来十分重视,称之为"符合泉",编著有《符合泉志》和《新订北宋符合泉志》,对中国古钱收藏界影响很大。笔者借用近诗体对仗的概念,将对钱分为"宽对"与"工对"。所谓"宽对",即两枚铜钱只要文字内容相同,材质、大小、薄厚、边廓、穿孔等主要特征相同或相近,而仅是字体不同,便是一对;至于"工对",则除了在上述几个方面要求特别严格外,对每个钱文本身的大小、结构、劲弱、偏旁部首异常以及钱文与边廓、穿孔的位置变化等,都有细致而严格的要求。常见的版别术语,有大字、中字、小字、长字、短字,大头通、广通、平头元、尖头元、肥元、狭元、方贝宝、圆头宝、长宝、隶宝、离郭、寄郭、接郭、隔轮、连轮、进通、退通、长冠、圆冠、巨冠,等等。与单枚钱币一样,版别稀见的,自然会被钱币研究者定级较高,市场价格也就相应较高。在《北宋铜钱》一书中,"元丰通宝"的版别最多,"元丰通宝"对钱的版别也最多,达200余对,为北宋钱币之冠。这对于一般古钱收藏者来说,很难弄清记住、按图索骥。

北宋是中国历史上铜钱发行数量最多的时期,最高年份铜钱铸造额达五六百万贯。根据史料记载,仅金人从北宋掠到东北地区囤积的的宋钱就达6000多万贯。2010年12月20日,陕西华县县城发现一个巨大的钱窖,才挖了一天,就挖出两三吨宋钱。作为收藏品,北宋铜钱的存世量也远远超过其他朝代。一位网店店主透露,近些年他出手的原坑宋钱就有10万斤以上。在收藏市场"物以稀为贵"的法则下,宋钱的价位多少年来始终"居低不上",被有些人视为"垃圾钱"。但是也有很多充满智慧的古钱收藏爱好者,将"数量决定价格",转化为"数量决定玩法",对既丰富又便宜的宋钱细挑版别,同中求异,量中求精,收获颇丰。

由于北宋铜钱存世量大、版式丰富,并且呈现了中国古钱的基本特征、模式和概念,有人便说"宋钱就是古钱币入门的'教材'"。这话说得有道理,但只说对了一半,宋钱的"低端"部分固然可以拿来练手练眼,但它的"高端"部分却是常人难以企及的。据笔者多年的观察，宋钱的收藏者都是文化品位比较高的，没有文化底蕴、心浮气躁的人是玩不深、玩不懂宋钱的。笔者的观点是：对于古钱币收藏和研究来说，宋钱既是门槛，也是终极和归宿，因为门槛里面是无尽的走廊，可以慢慢地徜徉其中，赏玩一辈子。

宋钱，是货币，更是文化。于今，虽然宋钱的功用早已不在，但作为货币符号的文化意义还在。幸运的是，在我们生活的时代还能亲眼见到这么多的宋钱，还能通过它们真实地触摸到数百年前那个文明时代的脉搏，并以此印证陈寅恪先生写在《赠蒋秉南序》中的那句名言："故天水一朝（指赵宋王朝）之文化，竟为我民族遗留之瑰宝。"

徽宗钱洋洋大观

《红楼梦》第四十六回中，鸳鸯有句歇后语："宋徽宗的鹰，赵子昂的马，都是好画（话）"。往深层次来说这本不是一句好话，但字面意思还是可以视为对宋徽宗、赵子昂画作的夸赞。第二回中，按贾雨村所言，宋徽宗属于"正邪两赋"之人。有学者认为，"正邪两赋"是《红楼梦》的哲学总纲，是曹雪芹原创的哲学思想。"正邪两赋"说吸收了中国哲学"气论"的精华，认为人禀气而生，气有正邪，则人有善恶，而不同的历史时期又有气运的变化，决定了初世、盛世、衰世、末世的更替。与传统哲学片面强调正邪善恶的矛盾对立不同，《红楼梦》发掘出第三种人性并命名为"正邪两赋"。《红楼梦》列举历代"正邪两赋"名士的实例，细分为逸士高人、情痴情种、奇优名倡三组，并以他们为参照，塑造了以贾宝玉和金陵十二钗为中心的"正邪两赋"人物群像。同时，"正邪两赋"也是曹雪芹的自我定位。

北宋徽宗时期的钱币质量好、数量多，借其中大观通宝之名调侃一句，也算得上"洋洋大观"了。统观这些钱币，铸制精整，书法俊美，品类繁复，版式多变，令人赏玩至醉、爱不释手，进而对宋徽宗时期社会经济文化产生丰富的畅想，对中国钱币史和钱币收藏进行深入的思考。

中国历史悠久，几千年来不乏名钱，也不乏名帝，但像徽宗钱这样由名帝打造出名钱的却并不多见。

宋徽宗赵佶是位名帝，《水浒传》中写了宋徽宗与李师师的三次风流，好像有一次宋徽宗还是钻地道驾临李师师家，宋徽宗由此在家喻户晓的"四大名著"中留下了令人难忘的故事。另一位是抗金名将岳飞，几百年来，民族英雄岳飞的事迹通过小说、戏曲、曲艺、小人书等形式在民间广泛流传，20世纪70年代末，刘兰芳播讲的评书《岳飞传》在各地一百多家电台同期播出，使全国人民都知道，大敌当前却让位做了太上皇的赵佶及其子宋钦宗赵桓被金兵掳往北国，岳飞为"迎请二圣还朝"而浴血奋战，最终蒙冤遇害。宋徽宗沾李师师、岳飞这两位的光出了名，但这名出得实在不光彩，前者证明他在生活上荒淫腐败，后者反映他在政治上丧权辱国。

其实，宋徽宗在执政初期未尝不想有所作为，他的第二个年号"崇宁"，即崇尚熙宁之意，"奉神考恭行之志，绎绍圣申讲之文"，"慨念熙宁之盛际，辟开端揆之宏基"，显然倾向于新党，有改革变法的愿望。在文化艺术上，他开创新风，建立书院画院，研究博古鉴藏，讲修五礼新仪，兴办学校道观，意图以文致太平。流传后世的《宣和书谱》《宣和画谱》《宣和博古图》等名著，就是在宋徽宗的提议和支持下由官方编纂的。徽宗本人才华横溢，书画、吹弹、声歌、词赋无不精擅，有画迹和词集存世至今，人们常常把他与同是亡国之君兼文艺奇才的南唐后主李煜相提并论。

无论宋徽宗在历史上、在文艺作品和民间传说中的形象如何，广大钱币收藏爱好者对这位皇帝都是心存感激的。泉友们聚在一起常念叨：要是没有宋徽宗，哪会留下这么多好钱啊。徽宗钱被誉为宋钱巅峰、古币经典，无疑与宋徽宗推行重视文化的政策及其个人高深的艺术造诣分不开。宋徽宗被后世钱币学家推为铸钱能手，与新朝王莽并称"铸钱二圣"。马克思主义从不否认个人在历史发展进程中所发挥的特殊作用，中国钱币史上的宋徽宗就是个典型。

徽宗时期，官方货币发行政策发生了全面剧烈的变动。在铜钱铸行上，第一次在全宋范围内推行当十钱；在铁钱铸行上，把夹锡铁钱推向四川、陕西、河东以外的地区；在纸币发行上，把交子改名钱引，一度推广到全宋。因此，收藏徽宗时期钱币，意义绝不仅限于钱币本身的价值，还包含着中国古代政治、经济、军事、文化和社会变革的大量信息。

徽宗于1100年正月即位，次年定年号为建中靖国，铸国号钱圣宋元宝、通宝，后面五个年号崇宁、大观、政和、重和、宣和都铸有年号钱，分为元宝、通宝和重宝，其中崇宁通宝、大观通宝等钱文为御笔亲书的瘦金体，而后期以对钱为主，钱文书体变化无穷，具有极高的艺术价值和收藏价值。

宋徽宗的瘦金书，笔法刚劲清瘦，结构疏朗俊逸，气度阔大深远，在中国书法史上独占一格，并为后人纷纷摹写。此书体以形象论，本应为"瘦筋体"，以"金"易"筋"，是对御书的尊重。宋徽宗以御书铸制钱币，推行他"天骨遒美，逸超霭然"的瘦金书，令其流通传播于天下。较之纸绢，以金属铸成的钱币更易于流传与保存；较之碑帖，钱币上的文字更易于随时与民众接触。历代文人喜欢收藏徽宗钱，主要是喜欢瘦金书的"骨秀格清，令人意远"。有鉴赏家曾云："吾人收罗此泉数百种，陈览于绿窗绮几之间，直无异展开一部瘦金字帖也。"宋徽宗御笔书法早已成为国之至宝，一纸难求，崇宁通宝和大观通宝作为徽宗瘦金体书法艺术的物质载体，不能不为收藏界所珍视。

徽宗钱版式极多，令人集不胜集，这也是很多收藏者为其痴迷一生的重要原因。中华书局出版的《北宋铜钱》一书中，徽宗铜钱版式占北宋铜钱版式的1/3强；中华书局出版的《两宋铁钱》一书中，徽宗铁钱版式占整个北宋和南宋时期铁钱版式的1/4强。仅以崇宁通宝为例，日本古钱学家今井贞吉在1899年编著出版的《古泉大全》中就已经开始总结介绍崇宁通宝的版别。在崇宁通宝研究成果中，

《古泉大全》收录崇宁通宝版式77种，《崇宁通宝分类图谱》收录400种，《北宋铜钱》收录300种。有专家认为，2013年嘉德春拍以170多万元高价拍出的同嘉堂藏崇宁通宝大系，收集了300余种崇宁通宝大类，基本涵盖了目前已知的崇宁通宝的版式钱，而且还有大量的珍罕版，其中有数十种为钱谱所未载的仅见品，这样完备的崇宁通宝集藏，当是收藏家呕心沥血之作，殊为难得。

徽宗钱素以铸造精美著称，以至粗通古钱的人，也只需看钱背，就能马上从一堆古钱中识别出崇宁通宝或大观通宝来。这样严格的规范化铸钱固然与皇帝高度重视有关，但防止私铸也是原因之一。因当时铸行不足值大钱，民间私铸成风，所以官铸不惜工力，务必精益求精，与私铸钱泾渭分明，从而便于纠发制止，同时促进铸钱技术的飞跃。据专家分析，当时可能采用特别细腻范型砂，或以磁模或以失蜡法铸造母钱来提高子钱精美程度。更有专家认为，崇宁通宝和大观通宝铜母钱能够做到不需修整任何字口，铸造精度便直接达到母钱甚至原母钱的水准，这种技术能力竟连700年后的清代母钱也难以做到，时至今日依然令人匪夷所思。即使是崇宁通宝和大观通宝中很多普通的行用钱，其精美程度之高，也完全可以混同于母钱，甚至比其他年号的母钱还要精整。

很多历史书都重在讲徽宗时期通货膨胀，积贫积弱，最终导致北宋灭亡；但当我们欣赏徽宗时期铸造的精美钱币时，可以想见的却是，有宋一代，经济是多么发达，文化是多么繁荣。

虽然宋徽宗时代已过去将近900年，但有人估算，目前存世的徽宗钱仍有上亿枚，这无疑为历史研究和文化收藏提供了丰富的资源。

在北宋各朝钱币中，徽宗钱在收藏市场上整体价格一直是较高的，但与中国历代名泉大珍相比，徽宗钱却又属于"物美价廉"的。东西很好，但因存世量不小，所以具有潜在的收藏空间。

南宋钱扩额纪年

《红楼梦》中,南宋文化的影响也是十分明显的。比如典出南宋的俗话谚语在《红楼梦》中便多次出现。这些言简意赅、通俗易懂的俗话谚语,在这部小说中显示出很强的表现力。

第七十二回中,为了应付荣国府日常开支,贾琏以"求人不如求己"为由,请求鸳鸯"暂且把老太太查不着的金银家伙偷着运出一箱子来,暂押千数两银子支腾过去"。"求人不如求己"出自南宋张端义的《贵耳集》:"宋孝宗幸灵隐,见观音像手持数珠。问曰:'何用?'僧净辉对曰:'念观世音菩萨。'问:'自念则甚?'对曰:'求人不如求己。'"在第七十七回中,晴雯被撵出大观园后,担心她"病等得等不得"的宝玉对袭人说:"知道还能见他一面两面不能了。"袭人回答他:"可是你'只许州官放火,不许百姓点灯'。我们偶然说一句略妨碍些的话,就说是不利之谈,你如今好好的咒他,是该的了!"其实,深爱晴雯的宝玉哪里是诅咒。"只许州官放火,不许百姓点灯"出自南宋陆游《老学庵笔记》,讽刺的是那个妇孺皆知的太守田登:"田登作郡,自讳其名,触者必怒,吏卒多被榜笞,于是举州皆谓灯为火。上元放灯,许人入州治游观。吏人遂书榜揭于市曰:'本州依例放火三日'。"

南宋的疆域没法与北宋比。北宋收拾了五代十国那种乱糟糟的割据局面,能够维持比较长时期的统一和稳定,殊为难得,所以元代有汉、唐、宋为"后三代"的说法。宋太祖知道"卧榻之侧,岂容他人鼾睡",便把南唐吞并了,但北宋的疆域始终远没有汉唐那么阔大。到了南宋，则仅能偏安一隅了，钱钟书先生在《〈宋诗选注〉序》中对此有个形象的比喻："那张卧榻更从八尺方床收缩而为行军帆布床。"

南宋的铜钱，同样没法与北宋比。首先是数量上没法比。北宋一般年铸行铜钱三五百万贯，而南宋每年只铸行十五万贯上下，可谓一落千丈。1930年，日本人入田整三曾经对日本境内48个地方出土的古代铜钱做过统计，这些地方共出土铜钱554714枚，其中北宋铜钱456086枚，占出土钱币的82.2%，南宋铜钱8065枚，仅占出土钱币的1.45%。目前在中国收藏家手里和古钱市场上的两宋铜钱数量比例，大致也是如此。其次是质量上没法比。南宋铜钱的质地成色每况愈下，北宋初期所铸太平通宝，含铜65.98%，到南宋初期所铸绍兴通宝，含铜已降至54.48%。加之南宋铜钱很多都是在长期潮湿的环境里出土的，所以字口和锈色好的比较难寻。

南宋铜钱尽管质量差，但毕竟数量少，所以市场价格还是比北宋铜钱高出很多。目前北宋小平铜钱普品一般也就卖两元一枚，而南宋小平铜钱普品一般要卖到20元以上，两者相差10倍以上。南宋折二铜钱普品的价格，一般也要比北宋折二铜钱普品高出三四倍。更何况，对待北宋铜钱与南宋铜钱，"普品"的标准也不一样，假如将北宋铜钱的"普品"标准定为75分，那么南宋铜钱的"普品"标准也只能定到50分，换句话说，南宋铜钱如果到了75分，那就不是"普品"，而是"好品"了。

南宋铜钱中也有佳品，如端平通宝，为宋理宗赵昀端平年间所铸，铜质纯正，字体秀丽，有"长平短宝"和"短平长宝"之分，惹人喜爱。据鲁迅日记，1914年11月20日，鲁迅在北京小市地摊淘古钱，发现一枚端平通宝折三钱，他觉得这是一种比较稀少的钱币，但混在一堆南宋钱中，不为买者注意，遂以三十铜元的价格买下，连连称"佳"。

钱背纪年，即标明铸钱年份，是南宋钱币的一大特色。孝宗淳熙七年（1180）开始，南宋政府下令在当年铸造的钱币背面镌明铸造年份，如淳熙七年铸的淳熙元宝就在钱背上铸一"柒"字。淳熙元宝背柒钱，成为世界货币史上有明确记载的最早的纪年钱，欧洲在300多年后才出现纪年钱。纪年钱的出现，为今人研究南宋钱币提供了很大的便利，也为考古研究提供了可靠的依据。

过去通常认为南宋纪年钱只铸到度宗咸淳八年（1272），但1985年在福建省建宁县出土的一万多斤窖藏古钱币中，发现了一枚背纪年"九"的咸淳元宝折三钱，从而为纪年钱增添了一个新品种。根据现存实物可知，南宋纪年钱自淳熙七年至咸淳九年止，共有89个品种，分别是：淳熙元宝10种（背文柒到十六）、绍熙元宝5种（元到五）、庆元通宝6种（元到六）、嘉泰通宝4种（元到四）、开禧通宝3种（元到三）、嘉定通宝14种（元到十四）、大宋元宝3种（国号钱，非年号钱，元到三）、绍定通宝6种（元到六）、端平元宝1种（元）、嘉熙通宝4种（元到四）、淳祐元宝12种（元到十二）、皇宋元宝6种（国号钱，非年号钱，元到六）、开庆通宝1种（元）、景定元宝5种（元到五）、咸淳元宝9种（元到九）。这些纪年钱除绍熙、嘉熙、大宋、庆元钱的纪年文字在钱穿下方外，其余均在穿上。

南宋纪年钱是世界上最早的一套纪年钱币，要集全整套确实很难，很多收藏爱好者都知难而退或半途放弃了。多次见网上出售"南宋折二纪年钱87品"（自淳熙七年至咸淳八年），以及"南宋小平纪年钱88品"（比折二钱多个端平背元），总共标价一万多元。

"山外青山楼外楼，西湖歌舞几时休？暖风熏得游人醉，直把杭州作汴州。"这是南宋诗人林升的名诗《题临安邸》。1126年，金人攻陷北宋都城汴梁（今河南开封），俘虏了徽、钦二帝。康王赵构次年在南京应天府（今河南商丘）即位，改元建炎，重建宋朝，史称"南宋"。赵构消极抗金，随后南逃至临安府（今浙江杭州）定都。

南宋小朝廷并没有接受北宋亡国的惨痛教训而发愤图强，不思收复中原失地，只求苟且偏安，对外屈膝投降，政治上腐败无能，达官显贵纵情声色，寻欢作乐。《题临安邸》一诗倾吐了郁结在广大人民心头的义愤，也表达了诗人对国家民族命运的深切忧虑，但这首诗同时也透露出临安一带的繁华景象。南宋的版图虽然较北宋大大缩小，但其所占东南一隅是当时经济最发达的地区。北方人民由于不愿受女真贵族的压迫奴役而纷纷南迁，不但带来了中原的先进文化，而且也增加了劳动力，南方社会经济因此得以高度发展。

南宋社会经济的发展，使货币需求增大，金属货币短缺，出现了严重的"钱荒"。南宋张端义《贵耳集》记载了这样一段故事："京下忽阙见钱，市间颇皇皇。忽一日，秦会之（即宰相秦桧）呼一镊工（理发师）栉发，以五千当二钱犒之。谕云：此钱数日间有旨不使，早用之。镊工亲得钧旨，遂与外人言之。不三日间，京下见钱顿出。"秦桧不惜大钱小花，故意利用理发师之口传播现行货币即将停用的虚假消息，让人们都赶快把存款拿出来花掉，暂时解决了市面上的"钱荒"。

南宋时期大量发行纸币、铁钱，还铸造过代用货币"钱牌"。在货币减重贬值的大趋势下，铜钱也大规模扩额，铸行了折二、折三、折五、折十、当二十乃至当百等大钱，以折二居多，与北宋时期以小平铜钱为主的情况大为不同。这也是现今古钱市场上南宋小平铜钱的价格明显高于南宋折二铜钱的根源。

近年，南宋钱在杭州一带的价格相对高一些。杭州曾经是南宋的都城，杭州人可能多少有些南宋文化情结，所以比较喜欢搜集南宋钱，价格也容易炒得高一些。江南的钱币收藏者到北方出差旅游，常到北京的潘家园和报国寺、天津的沈阳道和古文化街专门搜购南宋钱，可能是想多囤积些在自己手里，等待将来有一天升值见利。

值得一说的还有南宋学者洪遵所撰《泉志》，它是现存世界上最早的钱币学专著。该书著录钱币 348 品,其中揭示的名贵钱币,无不与后世所传实物相吻合;在古代货币断代等方面均有独到的见解,对中国钱币学研究影响甚大;日本、朝鲜、安南等钱币,也是该书最先载录的。难能可贵的是,洪遵注重理论联系实际,于绍兴十九年(1149)撰成《泉志》后,对铸钱事业更加关心,建言献策,"因面对,论铸钱利害,帝嘉纳之",为扭转"钱荒"加剧的局面做出了努力。

明代钱时铸时停

《红楼梦》写的是什么朝代的历史？一般认为是清朝，然而书中确实有很多明朝的特征，这被专家们说成是作者为了模糊时代背景。索隐派代表人物蔡元培则认为，《红楼梦》写的是明末清初的历史，成书于康熙年间，旨在"悼明揭清"，作者是一个民族主义者。

中国古代铸钱最多的朝代，一是北宋，一是清代。北宋与清代之间历时最长的朝代是明代，而且明代比北宋和清代都要长，然而让古钱收藏者失望的是，明代铸钱不多，根本无法与北宋或清代相比。明代270多年中，约有半数年份是完全没有铸造铜钱的。除英宗外，明代每个皇帝只有一个年号，16个皇帝中仅有10个被铸了年号钱，其中有的还是继任皇帝为其补铸的。所铸10种年号钱，数量也是多寡不均，甚至极为悬殊。目前所见较多的是洪武通宝、永乐通宝、万历通宝和崇祯通宝；嘉靖通宝和天启通宝较少；其余的宣德通宝、弘治通宝、隆庆通宝、泰昌通宝就更少了。根据文字记载，泰昌通宝和天启通宝铸行并不少，但今天所见却不多。

造成明代铜钱铸行较少、时铸时停且多寡不均的主要原因，是明朝先后推行宝钞和使用银锭。明代商品经济有较大规模的发展，出现了资本主义萌芽，货币的铸造与流通也有其特点。明朝实行中央集中的货币政策，力求货币稳定。明初推行以纸钞为主的货币流通制度，太祖朱元璋于洪武八年（1375）正式发行"大明通行宝钞"，但由于钞法措施不当，事与愿违，最后也无法阻止宝钞的不断贬值，到明代中期，宝钞制度已名存实亡。随着社会经济的发展，民间交易中自发地使用银锭和铜钱。明代中期以后，白银成为社会经济生活中的主要货币，形成了以白银为主、铜钱为铺的货币流通制度，一般交易大数用银，小数用钱，这种币制一直实行到明亡，并形成中国封建社会后期货币制度的新格局。明代后期，铜钱的铸行量明显增加，乃至私铸严重，恶钱泛滥，引起灾难性的通货膨胀，加速了明朝的灭亡。

明代钱币还有一些新特点：明朝将本朝官炉所铸铜钱称为"制钱"，以别于前朝旧钱和本朝的私铸钱；明代所有铜钱统称"通宝"，包括折二至当十的当值钱，不再用"元宝"，据说是因避讳开国皇帝朱元璋之"元"字，也有说是忌讳元朝国号；明代制钱钱文的读法，一律为直读。

朱元璋除了铸有年号钱洪武通宝外，还铸过大中通宝。所铸大中通宝，分为前后两个阶段。元至正二十一年（1361），朱元璋在应天府（今南京）置宝源局，铸大中通宝钱。击败陈友谅后，又于江西置货泉局，颁大中通宝五等钱式铸钱。这个时期所铸大中通宝钱，为吴国公（朱元璋封号）钱，属于元末农民起义军钱币。明朝建立以后，明太祖朱元璋于洪武四年（1371）再铸的大中通宝钱，背文加铸"北平""豫""济""京""浙""福""鄂""广""桂"等地名，则属于明代钱币。

成祖朱棣即位后，一反明初的闭关政策，实行"怀柔远人"的对外开放政策，出于外交和外贸的需要，开铸了永乐通宝铜钱。永乐至宣德年间，郑和作为明朝的使臣，率领庞大的船队七下西洋，足迹遍布东南亚、南亚、阿拉伯半岛和东非的30多个国家和地区，扩大了中外友好往来和经济文化联系，成为世界航海史上的一个伟大奇迹。郑和船队不仅满载着丝绸、陶瓷等中国特产品，还带去了数额巨大的永乐通宝，为西洋、南洋各国普遍接受和使用。永乐通宝为明代对外开放发挥了重要作用，成为600年前国际贸易流通货币，古代日本、安南（今越南）都仿铸过此钱。

嘉靖是明朝国势由盛而衰的分界。正是在这一时期，明钱更加呈现出自己的风格。嘉靖铸钱，有几件事很值得一说。嘉靖铜钱最大的变化是采用锌黄铜作为铸材，取代了此前长期使用的锡青铜。"黄钱"的铸造，是中国铸币史上一个非常重要的分水岭，得益于锌冶炼技术的进步。黄铜的颜色接近于黄金，虽然其可塑性不如青铜，但是更耐磨和耐腐蚀，有利于保存。

自嘉靖开始，明钱有了金背、火漆、镟（旋）边、一条棍等工艺名称，这些名称皆来源于京师百姓对当时市面流通制钱的通俗称谓。明代重臣徐阶在其《请停止宝源局铸钱疏》中有详细的介绍："盖制钱之解自南京者，其背或以金涂之，民间因谓之金背；或以火熏其背而使之黑，民间因谓之火漆；其云南所解及宝源局先年所铸，纯以铜锡不掺以铅，每钱一文，秤重一钱二分，钱边又皆经由车旋，民间因其色黄美，其质坚重，其边圆美，谓之旋边；近年局中所铸，为科官建议，革去车旋，止用铸锉二匠，而工匠人等，又复侵盗铜料，民间因其色杂，其质轻，其边锉磨贫糙，遂谓之一条棍。所谓旋边者，工费重大，故奸民不利于私铸，所谓一条棍者，工费轻省，故私铸由之盛兴，且一条棍与私铸之钱相似而难辩，误受于甲，转眼便不能行之于乙，故民间于一条棍不肯行使，并将金背等项，亦皆不行。"这些钱的市场价值彼此不同，与一般钱有所差异。

明代嘉靖年间云南省会泽县铸造的巨型古钱币"嘉靖通宝"，为世界上最大的古钱币，上海大世界吉尼斯总部曾于2002年颁发证书予以认定。这枚古钱直径58厘米、厚3.5厘米、重41.47千克，经鉴定被认为是明代嘉靖年间东川府（会泽原为东川府）铸钱局开业纪念币。

嘉靖年间还出了一个中国货币史上的公案。据史书记载，嘉靖三十二年（1553），官方决定补铸从洪武到正德九个年号为钱文的铜钱，而且计划宏大，铸量惊人。补铸前代年号钱的命令在嘉靖朝一共下达过两次，但很可能由于国力不足都没有实施，因为至今没有发现这些所谓"补铸钱"。

　　崇祯皇帝朱由检在北京煤山自缢身亡，为大明王朝画上了句号。崇祯通宝中，最有名的是铸于南京的"跑马崇祯"钱，即背穿下有一匹奔跑马。由于当时百姓不满现状，便把这种崇祯通宝背马形钱与"一马乱天下"的民谣挂上钩。后来有人认为，"一马"指率领农民起义军攻进北京城、推翻明王朝的闯王李自成（"闯"字即"一马进门"）。其实，这种说法是毫无根据的，明朝的灭亡与铸崇祯马形钱并没有必然的联系。有人说"胜利者书写历史，失败者发明历史"，笔者想加上一句：失败者由于已经无法辩驳，往往给喜欢穿凿附会的人提供了更多的机会。

南明钱乱世纷呈

《红楼梦》的写作时代，距离南明仅有数十年的时间；就像列夫·托尔斯泰创作《战争与和平》，距离卫国战争仅有数十年时间一样。因此，红学界出现过很多《红楼梦》与南明历史及人物的考证文章。要想读懂《红楼梦》，就应该了解明朝的历史，更应该了解南明的历史。

有人说，南明是明朝留下的一条小尾巴。笔者并不赞同这样的比喻。南明虽然短促而慌乱，但其间的故事太多了，对它轻描淡写实在是说不过去。

20世纪80年代初期笔者上高中时，就迷上了南明史。80年代中期在北京大学读书时，喜欢上了孔尚任的传奇《桃花扇》，上学期间就发表了研究该剧男主人公侯方域的论文，这自然与我对南明史的爱好有很大关系。为研究《桃花扇》这部杰出的历史剧，笔者当时就阅读了北大图书馆收藏的大量的明末清初的正史野史和诗集文集，重点是南明。1986年，还利用暑期实习的机会，到南京、扬州、苏州、杭州等地，搜寻南明遗迹。80年代后期，在工作之余依然研究南明史。笔者最喜欢吴伟业的名诗《圆圆曲》，经常吟诵，对"恸哭六军俱缟素，冲冠一怒为红颜""全家白骨成灰土，一代红妆照汗青"等句感触尤深，还在《今晚报》上发表了鉴赏《圆圆曲》的文章。其间笔者读得比较多的是陈寅恪先生的《柳如是别传》和黄裳先生有关明末清初的历史随笔，对钱谦益和柳如是产生了更多的兴趣。后来一位朋友写了一本关于柳如是的书，笔者应邀为该书作跋，因文中涉及范曾十一世祖、与钱谦益有过交往的范凤翼的史实及评价，范曾先生在出版前认真阅读拙跋，并以"文佳抚掌"四字给予嘉勉。南京学者王振羽先生，笔名"雷雨"，出版有《梅村遗恨》等专著，在南明史方面造诣很深，我们曾经多次就此长谈，令笔者颇受启发。

喜欢南明史，喜欢与南明有关的文学，自然也重视南明钱币。南京作家、藏书家薛冰先生，与笔者也是多年的挚友，他喜欢收藏和研究古钱，出版过《钱神意蕴》一书，其中有一节"异彩纷呈南明钱"，对南明钱币评价很高。笔者非常同意他的观点，但又想换一个词语来表述南明钱币的特点，于是想起《桃花扇》开场的那首《西江月》词："公子秣陵侨寓，恰遇南国佳人。奸贼挟仇谗言进，打散鸳鸯情阵。天翻地覆世界，又值无道昏君。烈女溅血扇面存，栖真观内随心。"这首词既是该剧情节的概括，也是南明历史的缩写，选取其中"天翻地覆"四字作为南明钱币的历史文化背景，当是恰如其分。

1644年，明王朝在农民起义的风暴中覆灭，崇祯帝自缢于北京煤山。权臣马士英等人在南京拥立明万历帝的孙子、福王朱由崧即位，改元弘光，成为南明的第一个小朝廷。清军占领中原地区后，迅速南下，形势十分紧迫，但朱由崧却沉湎酒色，荒淫无度，下旨召乞儿捕蛤蟆为房中药，人称"蛤蟆天子"，马士英则排斥异己，任用奸党，而性喜蟋蟀，酷似南宋贾似道，人称"蟋蟀相公"。弘光朝在外患内讧中只存在了短短的一年，弘光通宝钱铸行时限仅有七个月，但是铸量相当可观，版别也很复杂，以面值论，分小平、折二两种。小平钱有光背、背星、背穿上"凤"字三大类。"凤"指安徽凤阳，与马士英曾任凤阳总督有关。折二钱除光背、背"凤"外，尚有背右铸"贰"字的，都很稀少。

1645年，鲁王朱以海被明朝旧臣张国维、张名振等拥立于绍兴监国，铸行大明通宝钱。该钱材质有红铜、黄铜两种，铸造不精，只见小平钱,有光背,亦有背铸"户""工""帅"等字,有的背"帅"在穿上,也有的"帅"字在穿右。大明通宝铸量少,市上难觅,价位较高。1646年,清军渡钱塘江攻打鲁王政权,朱以海逃出,流亡海上,后依郑成功,病死金门。

1645年,南明礼部尚书黄道周等人拥立唐王朱聿键在福州即位,铸行隆武通宝钱。该钱有小平、折二两种,小平钱有背星纹及"户""工""南""留"等字,以后两种为罕见。此外还有隆武通宝铁钱,亦较罕见。1646年,清军攻入闽,俘隆武帝,隆武帝几次欲自尽,都因清兵严密监守而未成,最终绝食死于福州囚处,唐王政权灭亡。

1646年,明朝两广总督丁魁楚等人共推桂王朱由榔监国,后在桂林称帝。在南明四个政权中,桂王政权存在时间最长,延续了16年。所铸永历通宝钱,背有记值"二分""五厘""壹分"等,另有"户""工"及敕书"明""定""辅""国"等字。1661年,清军攻入云南,永历帝逃到缅甸。清军攻入缅甸,他被俘,于1662年在昆明被吴三桂杀死。

研究南明钱,总要论及与其同期或相近的三藩钱和明末农民起义钱。明末清初,清顺治帝为夺取全国政权,起用明朝降将洪承畴、吴三桂等为其开路打先锋。至军事初定,康熙帝即位后,吴三桂、耿仲明、尚可喜作为"有功之臣"分驻各地,论功受赏,纷纷建起自己的势力范围,史称"三藩"。吴三桂镇守滇南时,使用当地铜材铸造利用通宝钱。该钱背面多铸有"云""贵"等地名。1673年,清政府为维护全国统一,下令"尽撤藩兵回籍",三藩中实力最强的吴三桂举旗反清。1678年,吴三桂在衡阳称帝,国号大周,铸昭武通宝钱。该钱有小平钱和壹分钱两种,小平钱又分楷、篆二体。不久吴三桂病死,其部将拥戴吴三桂之孙吴世璠在贵阳袭号,改元洪化,并铸行洪化通宝钱。此外,"靖南王"耿仲明之孙耿精忠在与清廷分庭抗礼的同时,于福建铸行裕民通宝钱。该钱有小平钱(背无文)、折二钱（背"壹分"）、折十钱（背有"壹钱"和"浙一钱"两种）。

明末农民起义军领袖李自成、张献忠、孙可望等在建立政权后也都铸造过自己的钱币。1644年，李自成在西安称王，建立大顺国，铸永昌通宝钱。该钱字体以楷书书写，背无文，流传至今的有小平钱、折五钱两种，其中小平钱的版别有20多种。张献忠于1644年在成都建立大西国，铸大顺通宝钱。该钱字体也是楷书，有小平钱、折二钱两种，大多为光背，一部分背面有"户""工""川户"三种文字，以后者最为罕见。该钱铜色金黄，传说过去民间妇女用它打制成首饰，灿若赤金。张献忠还铸有西王赏功大钱，专门用于赏赐大西军中有功将士，有金、银、铜三种。正面"西王赏功"四字为楷书。该钱铸造精美，存世极少。孙可望是张献忠的养子，1647年张献忠死后，孙可望掌握大西军余部，在昆明铸兴朝通宝钱。该钱字体亦为楷书，大致可分为小平钱（背"工"）、折五钱（背"五厘"）、折十钱（背"壹分"）三种，其中又各有不同的版别。

南明史，实是各地反清运动的历史。它是明朝的延续，也是清初历史的一个重要组成部分。对于南明钱、三藩钱及明末农民起义钱，每次观赏它们，都不禁产生这样的感慨：漫长的中国历史有治有乱，短暂的南明是典型的乱世。乱世出英雄，也出狗熊。英雄与狗熊频繁登台，各擅胜场，刀光剑影，你死我活，便使得那个世界天翻地覆，那段历史异彩纷呈。

清代钱满汉相依

《红楼梦》诞生的清朝,是中国最后一个封建王朝。清代铸行的铜钱有大量的遗存,传世于今的清钱数量居历代之首。收藏清钱,首先要记住清代十几位皇帝的年号,因为清代皇帝基本上是一帝一号;然后在每位皇帝的年号下,搜集不同钱局所铸铜钱。清朝由满族建立,是中国历史上统治时间最长的少数民族建立的政权。清朝入关后,满、汉两族在政治、经济、文化和社会生活等方面迅速交流、融合,在钱制上也体现出"满汉一体"的特征。清代铜钱正面所铸各个年号的"通宝"皆为汉文,背面则大多用满文表示钱局,或者左满文右汉文,这样既方便了占全国人口绝大多数的汉族人民使用,又呈现出满族的标志。因此,虽然现在已很少有人能辨识满文,但清钱收藏者对满文钱局名称都比较熟悉。

清朝的前身是后金,它早在入关前就铸造钱币。努尔哈赤天命年间,铸造了满文天命汗钱和汉文天命通宝。皇太极时,铸造了满文大钱天聪汗之钱。天命、天聪两代铸钱,政治上的作用远大于经济上的需要,所以铸量较少,流传下来的铜钱品相也大多不佳。

顺治年间经过五次改制,最终确立了清代的货币体系。随着五次改制产生了五种形式的顺治通宝,史称"顺治五式"。第一式在顺治元年(1644)铸造,是一种仿古式钱币,在很大程度上保留了明代铸币风格,正面铸有顺治通宝,光背。不久又铸了第二式钱币,正面仍是顺治通宝,背面类似唐代的会昌开元,是汉文钱局名,如工、户、东、福等。第三式是在顺治十年(1653)铸造的,背面铸有一厘和钱局名,一厘即一文,一千文合银一两。第四式又名顺治满文式,顺治十四年(1657)中央指令各地钱局停铸各类顺治旧钱,由户部宝泉局和工部宝源局开铸新钱,即顺治通宝背满文宝泉、宝源钱,铜质金黄,径大精美,俗称大制钱,自此完全脱离了明代钱币制式,确立了清代制钱风格。第五式又名顺治满汉文式,顺治十七年(1660)户部批准十几个地方局按照顺治四式的规格开铸新钱,其背文由各省满文局称和汉文局称组成。

康熙通宝钱铸行长达60年,铸量较大,传世较多。北京宝源、宝泉两局沿用顺治通宝满文式,背文满文,其他各地钱局则沿用顺治通宝满汉文式。民间为方便记忆,把这些钱局名串成了一首五言诗:"同福临东江,宣原苏蓟昌,南河宁广浙,台桂陕云漳。"四句诗中的20个字分别代表20个钱局,它们分别是:山西大同局、福建省局、山东临清局、山东省局、江苏江宁局、直隶宣府局、山西太原局、江苏苏州局、直隶蓟州局、江西南昌局、湖南省局、河南省局、甘肃宁夏局、广东省局、浙江省局、福建台湾局、广西省局、陕西省局、云南省局、福建漳州局。此外还有巩、西等局,但铸量不多。康熙通宝满文钱式中有十二地支套钱,为福建省造,现存世有"子、丑、寅、巳、未、申、酉、戌"八种。

康熙通宝中有一种著名的异品,后人称之为"罗汉钱"。罗汉钱的"通"字的走之旁是单点,而普通康熙通宝大多是双点;罗汉钱的"熙"字左上没有一竖,而普通康熙通宝则皆有这一竖。罗汉钱为宝泉局所铸,铜色金黄,铸造精良。传说康熙年间西部边境发生叛乱,朝廷派大将年羹尧前去平定,因军饷难以为继,正一筹莫展时,有一寺院僧人主动献出寺内所有铜器和十八尊金身罗汉供铸钱用,年大将军因此感动,命铸钱时故意留了点儿小秘密,以便日后回收重塑佛像。还有一种传说是,为庆祝康熙六十大寿,宝泉局用金罗汉铸钱,并将这种钱放在寺庙罗汉的腹内,在皇帝寿辰时分赠给各级官员以作纪念。民间一直把罗汉钱视为吉祥、幸福的象征，过年时用它"压岁"，婚嫁时用它"压箱"，也用它作为男女相爱的信物。沪剧、评剧、越剧等剧种都有一出《罗汉钱》，即表现一对农村男女青年相爱，他们互赠罗汉钱作为信物。

从雍正通宝开始，就只按顺治通宝满汉文式铸钱。乾隆通宝、嘉庆通宝、道光通宝皆如此。

近几年，市场上热销一种"五帝钱"。一套"五帝钱"，由清朝入关后的前五位皇帝发行的制钱——顺治通宝、康熙通宝、雍正通宝、乾隆通宝、嘉庆通宝——各一枚组成。商家解释说，因为这五位皇帝在位于清代较为兴旺的时期，所以"五帝钱"具有较大的"化煞作用"。近年市场上热销的另一种古钱组合是"钱到家"，它借用清代发行的乾隆通宝、道光通宝、嘉庆通宝三种年号钱首字的谐音，各取一枚拼成一套，当作礼品赠送亲友，与"恭喜发财"同义。

咸丰年间，爆发了大规模的太平天国起义，清政府因财政紧张而开铸大钱。咸丰钱分为三类：一是通宝，为小平铜、铁、铅钱；二是重宝，为当四至当五十的大钱；三是元宝，为当百及当千的大钱。

祺祥通宝和重宝，本是在咸丰皇帝去世后使用的新年号钱，但由于慈禧发动政变，改年号为同治，祺祥年号只用了69天，祺祥钱很快就停铸了，存世很少，成为最珍贵的清代年号钱。

同治、光绪年间，只铸造了通宝小钱和重宝当十制钱。

"天地玄黄，宇宙洪荒，日月盈昃，辰宿列张，寒来暑往……"这是中国古代家喻户晓的幼学启蒙读物《千字文》的开篇。《千字文》系南朝梁武帝时期员外散骑侍郎周兴嗣奉皇命从王羲之书法中选取一千个字编纂而成，四字一句，字不重复，行文流畅，句句押韵，涉及天文、自然、修身、人伦、地理、历史、农耕、祭祀、园艺、起居等多方面的知识。光绪年间曾经选用《千字文》中的"宇""宙""日""列""来""往"六字，分别加铸于光绪通宝的背面，俗称"千字文光绪钱",这在中国历代铸行的铜钱中是独有的,颇得收藏家青睐。

宣统年间,只铸造了通宝,有两种,一种较大,一种较小。宣统通宝,是中国正式铸行的最后一种内方外圆的年号钱。

将清代各朝制钱排列起来看,明显是越铸越小,这与大清王朝由盛至衰的发展趋势是完全一致的。

乾隆钱盛世精彩

《红楼梦》写作于乾隆时期，这个时期铸造的乾隆通宝，差不多是我们这代人接触最早的古钱。记得童年时，各家各户还都有几枚外圆内方的老钱，多用来扎上鸡毛做毽子踢，或者拴上细绳用以插住门上收卷的竹帘。这些遗落于民间的传世老钱，自然大多是清代的铜钱，其中又以乾隆通宝为最多。

20年前，我便非常钦佩乾隆皇帝及其文治武功，同时特别推崇乾隆时期的文物。我觉得那个时期制作的玉器、瓷器、珐琅器、漆器、竹木牙角器、文房用具、图书笺纸及织物等工艺品，无不精美绝伦，简直达到了中国传统工艺的极致。那时我几乎每周四上午都要逛天津沈阳道古物市场大集，无意间总会在地摊上遇见几枚乾隆通宝，于是便想：乾隆官窑瓷器固然是好，但那不是想买就能买的；乾隆通宝虽是盛世名钱，但我们毕竟还能买得起。当时我暗自定下的长远目标是：集存100枚乾隆通宝。但因为我一直不想专门收藏钱币，实际上对此事并未特别上心。20年过去了，近日我抽闲检点寒斋所存钱币，竟发现乾隆通宝不仅达到了100枚，而且超过了1000枚。

想来也不奇怪。清高宗乾隆帝爱新觉罗·弘历，享年89岁，在位60年，退位后又当了3年太上皇，实际掌握最高权力长达63年有余，是中国历史上年寿最高且执政时间最长的皇帝。难能可贵的是，身处被后世誉为"康乾盛世"之中的乾隆帝，没有辜负其祖父和父亲的重托，在前辈不懈奋斗的基础上，充分利用天时、地利、人和，努力施展自己的文韬武略，开拓治国理政的新境界，将中国的经济总量提升到世界首位，约占世界经济总量的1/3。这样高的经济水平，连后来最牛的美国都未曾达到过。执政时间如此之长，社会经济如此之盛，乾隆通宝的铸造量自然是个天数，也必然成为流传至今数量最多的古代年号钱。

从金融的角度看，清代实行的是白银与铜钱兼用的制度，以白银为本，以铜钱为辅，大额交易使用白银，小额交易使用铜钱。乾隆通宝铸造量大，流通量大，既是乾隆时期出现过通货膨胀的一种反映，也是这一时期城市经济快速发展、商业服务业发达、民间贸易频繁、手工业兴盛的一个见证。

乾隆通宝绝大部分为小平钱，但版式很多，仅一个"隆"的右下部，就有正隆、生隆、缶隆、山隆、田隆等区别。钱文方面，京局及大部分地方钱局多用宋体，宝浙局多用楷书，宝陕、宝川两局则用隶书。钱背文字，绝大部分钱局沿用雍正满文钱式，穿孔左边有"宝"字，穿孔右边分别铸有"源""泉""直""苏"等二十多个局名。漫长的乾隆统治时期，随着经济政策的不断调整，各地钱局时减时增，铸钱的数量和配料也有变化。私铸情况一度比较严重，甚至各省官员也参与盗铸，加之乾隆后期清政府放宽了铸钱标准，导致制钱质量参差不齐。由此我们不难体会到，家大业大固然风光，但也实在够麻烦的。

在全国各地钱局铸造的乾隆通宝中，新疆红钱特别值得一说。从乾隆朝开始，清政府对新疆少数民族地区实行了更加有效的管理，对当地用钱形制也做出了规定。新疆铜钱以紫铜（红铜）为原料，钱色红润，因而被称为"新疆红钱"。新疆红钱面文用汉文，背文多用维文和满文。叶尔羌局自乾隆二十四年（1759）开始铸造的乾隆通宝，是新疆最早的新红钱（相对于旧普尔红钱而言）。随后，新疆阿克苏局、乌什局、宝伊（伊犁）局等也分别铸造了乾隆通宝红钱。自乾隆打头，经嘉庆、道光、咸丰、同治、光绪，直到宣统，都铸行过年号红钱，其中不乏珍品，20世纪七八十年代以来成为海内外钱币收藏的一个热门专项。

我们说乾隆钱是"盛世宝藏"，除了其在社会经济发挥的重要作用外，还因为当时确实铸造了一种名为"乾隆宝藏"的钱币。乾隆五十七年（1792），清朝中央政府在西藏拉萨设立宝藏局铸造银币。福康安将军呈进钱模，正面铸"乾隆通宝"四字，背面铸"宝藏"二字，俱用藏文。乾隆帝亲自审阅后，认为其不合"同文规制"，要求予以修改。次年，宝藏局遵照清廷户部颁布的乾隆帝钦定的钱式，铸成大样、中样、小样三种规格的银币，正面铸汉文"乾隆宝藏"四字，背面铸藏文"乾隆宝藏"，边郭注明年份，行用于西藏地区。虽然中国很早就有银钱，但在清代以前银钱仅仅作为赏赐、贮存之用，而非正式流通货币，"乾隆宝藏"则是中国历史上第一次正式铸造的流通银币。如此说来，乾隆帝不仅为稳定西藏的经济秩序、维护国家统一做出了重大贡献，在中国铸币史上也书写了重要的一页。

近几年，市场上热销一种"五帝钱"。据商家宣传，将这种"五帝钱"摆放或悬挂于客厅、车内，或用红线拴在手机、包上随身携带，"有避邪、护身、旺财等功效"。"五帝钱"由清朝入关后的前五位皇帝发行的制钱——顺治通宝、康熙通宝、雍正通宝、乾隆通宝、嘉庆通宝——各一枚组成，商家解释说，因为这五位皇帝在位于清代较为兴旺的时期，所以"五帝钱"具有较大的"化煞作用"。中国古代钱币是中国传统吉祥文化的载体之一，由现代人组拼的"五帝钱"，也可以说是一项吉祥创意。近年市场上热销的另一种古钱组合是"钱到家"，它借用清代发行的乾隆通宝、道光通宝、嘉庆通宝三种年号钱首字的谐音，各取一枚拼成一套，当作礼品赠送亲友，与"恭喜发财"同意。在"五帝钱"和"钱到家"所用的几种年号钱中，雍正通宝存世最少，顺治通宝和康熙通宝也相对少些，而嘉庆通宝和道光通宝虽然存世不少但不太值钱，唯独乾隆通宝是存世不少却又比较值钱的。

据说，乾隆通宝之所以得到现代人青睐，除了因为乾隆盛世的特殊魅力外，还因为"乾"字十分重要。乾卦是易经六十四卦之第一卦，卦象为天，刚健中正，是上上卦。象曰：天行健，君子以自强不息。这个卦是同卦（下乾上乾）相叠。象征天，喻龙（德才的君子），又象征纯粹的阳和健，表明兴盛强健。乾卦是根据万物变通的道理，以"元亨利贞"为卦辞，示吉祥如意。"乾隆"，即寓意"天道昌隆"。或许正是出于这个缘故，乾隆通宝在当今的古玩市场颇为走红，有人买走几枚外观黄亮的，有人则不计外观，一气儿买走108枚。笔者曾问他们买了是否有用处，他们有的说用于打卦，有的说用于镇宅。笔者也见过有人买走200多枚乾隆通宝，请人编成宝剑，用以镇宅避邪。过去很多人建房时，根据风水理论的提示，将乾隆通宝埋在地基中，或置于房梁上，如今多住单元楼房，就在装修房屋时将乾隆通宝置于地板下，都是为了镇宅避邪。也有人认为，"乾隆"二字谐音"钱隆"，因而备受藏家喜爱。

这些年逛钱币摊时，常常遇到一些配购"五帝钱"或"钱到家"的年轻人。每每看到这些铸造精美而且数量巨大的乾隆通宝，看到这些200多年前曾经流通的老钱今天依然被百姓当作民俗饰品和文化符号，就仿佛感受到一种盛世的飞彩流韵。

铸红钱稳固新疆

《红楼梦》版本不同，出现了贾妃所赐到底是"清钱"还是"青钱"的问题。清朝铸造的铜钱，由于所包含的金属成分不同，制出钱币的色泽有很大差别，从而有黄钱、青钱、红钱等不同名称。钱币收藏界所说的"红钱"，是"新疆红钱"的简称。

清代铜钱一般为黄铜，但新疆所铸铜钱以红铜（紫铜）为原料，钱色红润，因而被称为"新疆红钱"。新疆红钱面文用汉文，背文兼用或分用维文、满文和汉文。叶尔羌局自乾隆二十五年（1760）开始铸造的乾隆通宝，是新疆最早的新红钱（相对于新疆统一之前准噶尔铸造的椭圆形无孔旧普尔红钱而言）。随后，新疆阿克苏局、乌什局、宝伊（伊犁）局等也分别铸造了乾隆通宝红钱。自乾隆打头，经嘉庆、道光、咸丰、同治、光绪，直到宣统，都铸行过年号红钱，其中不乏珍品。清穆宗爱新觉罗·载淳曾被立过"祺祥"和"同治"两个年号，但"祺祥"年号仅仅拟用了几十天，所以当时所铸"祺祥通宝"与"祺祥重宝"多为样币，存世稀少，且原先未见新疆局所铸祺祥钱，嘉德2013秋季邮品钱币拍卖会推出一枚阿克苏局所铸祺祥重宝背当十，当属首见。清代各朝连续150多年铸行新疆红钱，对稳定和繁荣新疆经济、巩固中国西北边疆起到了重要作用。

18世纪中叶，准噶尔贵族大小和卓兄弟发动叛乱，清乾隆帝派兵平叛，重新统一新疆，并设伊犁将军统辖新疆各部。大小和卓之乱的平定，是乾隆帝的十全武功之一，中国疆域臻于极盛，此后60多年中新疆没有发生大的动乱。乾隆二十四年（1759），乾隆帝下令将天山南路原来流通的普尔铜币销熔，改铸圆形方孔的乾隆通宝红钱。最早开铸乾隆通宝红钱的钱局是叶尔羌钱局，由户部颁发样钱，仿照制钱样式，面铸汉文"乾隆通宝"，背面为满、维文叶尔羌地名。道光八年（1828）始铸"八年十"折二红钱。咸丰三年（1853）全国财政困难，新疆亦随内地开铸大钱，但不久即因折当过多，受到民众抵制而停铸，只留"当十"的折二红钱。至光绪初年，"当十"的折二红钱被贬值为一文红钱行使。红钱与内地制钱的比价为一当五，即一枚红钱可换五枚制钱，这种比价关系一直延续至清末。如今，作为收藏品，新疆红钱的市场价格往往是相应制钱的十倍以上。

为永远纪念乾隆帝的功绩，自嘉庆帝始，每至新帝登基，新疆在铸造新的年号红钱的同时，还要铸造一定数量的乾隆通宝钱，并流通使用。于是就出现了"前铸乾隆通宝"和"后铸乾隆通宝"的区别，令后世集藏者难以辨识。从存世实物看，清代新疆叶尔羌、阿克苏、乌什、宝伊、喀什、库车等铸钱局皆铸有乾隆通宝红钱，直径与内地小平制钱相似，但略显厚重。新疆红钱与内地制钱的区别，除了铜色不同、背文各异外，面文"乾隆通宝"四个汉字的风格也有明显差别，制钱笔法端正，布局规整，而红钱的笔法和布局往往率性随意，乃至歪歪扭扭，加之红钱所用红铜的硬度低于一般制钱所用黄铜的硬度，红钱在流通过程中很容易磨损以致文字更加模糊，其品相也就不如一般制钱，这也使红钱别有一种拙朴粗犷的韵味。有些钱币收藏者追求精美规范，不喜欢红钱这种风格，所以不愿收藏红钱，这也是可以理解的，就像城市街头小馆常见的烤羊肉串，有人吃着上瘾，有人却从来不吃，实是饮食观念和习惯使然。

值得一提的是，清代新疆铸钱局还铸造了不少仿内地铸钱局的乾隆通宝钱。库车局仿铸有宝源、宝泉、宝云等局的乾隆通宝，阿克苏局仿铸有宝泉局的乾隆通宝等。20世纪80年代初，在上海、台湾同时发现了乾隆通宝宝浙局红铜质小平钱，已被确认为新疆所铸红钱。

近年还发现有新疆钱局仿宝陕、宝川局铸造的乾隆通宝红钱。乾隆通宝红钱是清代新疆地区开铸最早、铸时最长、铸局最多的红钱，因而也是种类最为繁多、版别最为丰富的新疆红钱。新疆铸钱局仿造内地铸钱局铸造乾隆通宝钱，使乾隆通宝红钱的种类更加繁多，版式更为复杂。

红钱起初仅限于南疆八城通行，如流出南疆只能当制钱行用。而北疆各地则与内地一样行用制钱，即宝伊、宝迪局铸币和内地流入的制钱。南北疆红钱与制钱互不通用，这是根据清朝银钱平行本位制度，大数用银，小数用钱以及稳定南疆红钱使之不外流而确定的。光绪十年（1884）新疆建省后，巡抚刘锦棠选择以红钱作为统一新疆的钱法，并规定"以一当四"的红钱币值。为降低成本，在乌鲁木齐开设宝新局铸造红钱，并就近开采南山铜矿，到库车等地换运红钱解省。后来又发行老龙票纸币一百万两，规定每张"凭票发足红钱肆百文"，可兑银一两。从此制钱在北疆各地停止行使，南北两路钱法归于统一，红钱通行全疆。

新疆红钱在中国古代钱币中别具一格，有鲜明的地域特色和民族特色，深得钱币收藏爱好者青睐。新疆红钱铸数较少，又远在边陲铸行，所以流入内地者不多。又因它铜质纯净，铸币局往往将回收的红钱重新回炉铸造，使红钱传世更少。新疆红钱种类繁多，版式丰富，而且是中国钱币史上唯一铸有三种不同民族文字的钱币。这些因素，使新疆红钱成为钱币收藏家眼中的稀罕物。20世纪80年代以来，新疆红钱成为海内外钱币收藏的一个热门专项。

红钱收藏热潮促进了红钱研究，出版了一批关于红钱的著述，如中国台湾陈鸿禧的《新疆清钱谱》，上海朱卓鹏、朱圣弢的《新疆红钱》以及日本谷巧二的《新疆红钱泉谱》。久居新疆的杜坚毅、顾佩玉夫妇，收藏红钱不遗余力，得钱十万余枚，并从中精选1700余品，编著成《新疆红钱大全图说》。该书对红钱的版别区分、级别审定等，都有独到的见解。新疆红钱是中国古代钱币一个相对独立的分支，在当代研究者的共同努力下，新疆红钱已经成为中国古钱学的一个重要分支。

天津与新疆虽然相距数千里，但两地有着传统的经贸往来。19世纪70年代，钦差大臣左宗棠率清军西征，击败了盘踞新疆多年的浩罕汗国军事头目阿古柏，收复了全疆。为满足数万大军的后勤补给，天津杨柳青人肩挑货担，跟随左宗棠大军进疆支边，被称为"赶大营"。随军的杨柳青商贩逐渐形成规模庞大、财势雄厚的"天津商帮"，即俗称的"天津帮"或"津帮"，并且翘居"新疆八帮"之首。"赶大营"推动了新疆的商业开发，促进了乌鲁木齐等城市的近代化，同时也极大地促进了天津和新疆两地的经济交流。改革开放后，天津作为新疆在国内最近的出海口岸，新疆作为天津这个北方经济中心的经济辐射地区，两地商贸关系愈加密切。新疆红钱在天津收藏市场时有发现，颇受欢迎。每次见到这些红钱，都会对清代中晚期天山南北的人文风情产生无限丰富的缅想。

金银锭贵重高端

《红楼梦》第五十三、五十四回中,贾母于除夕、正月十五两次赏压岁钱。除夕,"两府男妇小厮、丫鬟亦按差役上中下行礼毕,散押岁钱、荷包、金银锞"。这是正赏,提前分好档次、个性化的,有大赏,有特赏。正月十五,贾母"说了一个'赏'字。早有三四个媳妇已经手下预备下小笸箩,听见叫赏,走上去,向桌上的散钱堆内每人撮了一笸箩……向台上便撒,只听'豁啷啷'满台钱响……贾珍贾琏暗暗预备下大簸箩的钱,听见贾母说赏,他们也忙命小厮们快撒钱,只听满台钱响,贾母大悦"。这是补赏,撒的都是铜钱。金银锞,是做货币用的小块的金锭或银锭。作为赏钱,金银锭的档次显然比铜钱高。

"真金白银",是老百姓谈到经济利益时经常挂在嘴边的一个词语。人们爱说"真金白银",是希望所获实惠是看得见、摸得着的,同时也是希望在社会经济活动、金融活动中要保持和维护良好的信用。

人们爱说"真金白银",亦说明金银的财富属性是一种历史习惯。正如马克思所讲:"金银天然不是货币,但货币天然是金银。"人类最终选择金银作为货币来进行价值交换,具有历史必然性。虽然当今社会金银的货币属性被弱化,货币体系也不可能再回到金本位和银本位时代,但是总要有一种或者几种东西作为参考来衡量纸币的市场价值,所以金银作为财富象征的价值依然没有改变。一个国家的黄金储备量,及其在世界各国黄金储备量中的排名,依然是体现该国实力的一个重要方面。黄金储备，指一国货币当局持有的用以平衡国际收支、维持或影响汇率水平、作为金融资产持有的黄金，它在稳定国民经济、抑制通货膨胀、提高国际资信等方面起着特殊作用。

金，是最稀有、最珍贵和最被人看重的金属之一。它具有极强的延展性、可锻性和抗腐蚀性。"真金不怕火炼"，是中国人对金的特质的高度评价。19世纪以前，世界生产出的黄金非常少，有人研究认为，在19世纪前数千年间，世界总共生产的黄金还不到一万吨，如18世纪的百年间仅生产200吨黄金。银，与金相似，化学性质稳定，不易受腐蚀，质软，富有延展性。银在自然界中较少以单质状态存在，大部分是化合物状态，因而它的发现比金要晚。作为贵金属的黄金和白银，最适宜用作货币，这个观点世界各国不约而同地认同。

在中国，殷商后期已使用黄金。春秋战国时期，黄金的使用更为普遍。在古汉语中，"金"成为"财富"的同义词。楚国由于产金多，还铸成有"郢爰"等铭文的金版。楚国的金版，是中国最早的黄金铸币。秦始皇统一全国，把货币分为两等，黄币为上币，铜钱为下币。至汉代，黄金的单位改为斤，一斤折合铜钱一万枚。汉武帝时，曾铸过麟趾金和马蹄金。另外，还曾铸过三种银锡合金币，称"白金三品"，是有史可查的最早由政府铸造的银质货币。王莽的"宝货制"中，也有金货和银货两项。自南北朝以后，由于金价昂贵，黄金开始以两为单位。金银货币的形状，有金银锭，金银饼、金银钱等。金章宗承安年间，铸了锭形的"承安宝货"银币，对后世用银影响很大。元代初期，有的银锭上铸有"元宝"两个大字，意思是"元朝的宝货"，但后来锭状金银币也都被称为"金元宝""银元宝"。明代使用白银更加普遍。到了清代前期，银两已成为最主要的流通货币，大体可分为四种，大元宝重五十两，中锭重十两，馒头形的小锞重一二两到三五两，散碎的银子称滴珠等，重一两以下。清代是中国银锭铸造和发展的鼎盛时期，由于铸地不同，铸造工艺流程不同，银锭器型各异，形式多样，名称繁多。这些年笔者在拍卖会上和收藏家处所见，也多为清代银锭。

历代对银锭的铸造都没有统一、严格的规定，只要适应当时当地的流通环境和民间习俗，并且保证质量，便可铸造。汉代银锭为饼状。唐代一般是长方形条状，同时有饼状和船形。宋代银锭以铤为主，与唐银相比，其形态变宽、变厚，正面四角微翘，呈砝码形，两头两个圆弧成束腰形。元代银锭的形状与宋代出入不大，无铭文锭的区分是周缘翘起，中间内凹，多数元锭没有铭文。明代银锭长度较元代变短，而厚度增加，束腰已较小，两端的弧形消失，周缘增高，特别是两端更加突出，形成一个双翅。清代和民国时期银锭形式杂多，大体可分为元宝形、圆型、长方形、正方形、砝码形、牌坊形等几大类。2010年秋，笔者到山西旅游，在清末民初金融重镇太谷、平遥等地的博物馆和古玩店里，便观赏过很多种银锭。

西泠印社理事、天津印社社长、著名篆刻家孙家潭先生，也是一位著名的银锭收藏家，他曾经多次与笔者谈到其银锭收藏的经验与感悟。2013年他将新出版的两卷本《孙家潭艺踪》赠笔者，其中"银锭流霞"一节让笔者得以细心欣赏他收藏的银锭精品。孙家潭对银锭上的各种戳记颇有研究，这些戳记具有封缄与防伪作用，戳记文字常见有帝号纪年、监铸机构、地名、工匠姓名或商号银楼等，不同属性的戳记是考证与区分官银与商银的依据。孙家潭对银锭收藏充满信心，他认为银锭不仅体现了其本身作为贵重金属的价值，而且更多的是充当了市井生活见证者的角色，这使银锭在古玩市场上升值空间巨大，未来价格还会继续走高。

现在银锭成了高端的钱币藏品，但在旧时使用起来也不是很方便。它不仅分量较重，不好携带，而且找零也比较麻烦。例如《红楼梦》第五十一回，袭人不在家，晴雯生病，请了大夫来，看完病要付大夫轿马钱时，宝玉、麝月二人竟都不知银子的轻重。"二人来至宝玉堆东西的房子，开了螺甸柜子，上一格子都是些笔墨、扇子、香饼、各色荷包、汗巾等物；下一格却是几串钱。于是开了抽屉，才看见一个小簸箩内放着几块银子，倒也有一把戥子。麝月便拿了一块银子，提起戥子来问宝玉：'那（哪）是一两的星儿？'宝玉笑道：'你问我？有趣，你倒成了才来的了。'麝月也笑了，又要去问人。宝玉道：'拣那大的给他一块就是了。又不作买卖，算这些做什么！'麝月听了，便放下戥子，拣了一块掂了一掂，笑道：'这一块只怕是一两了。宁可多些好，别少了，叫那穷小子笑话，不说咱们不识戥子，倒说咱们有心小器似的。'那婆子站在外头台矶上，笑道：'那是五两的锭子夹了半边，这一块至少还有二两呢！这会子又没夹剪，姑娘收了这块，再拣一块小些的罢。'"您看，一会儿要用戥子称重，一会儿又要用夹剪切割，比起银元和钞票，使用银锭真是够麻烦的。

《红楼梦》第二回中，甄士隐家的丫鬟娇杏被贾雨村看中，贾雨村发迹后，先娶娇杏为二房，随即生子扶正。起初，贾雨村第一次见到甄士隐的岳丈封肃，临走送了他二两银子。至次日，贾雨村遣人送到甄家两封银子、四匹锦缎，答谢甄家娘子，又寄一封密书给封肃，转托向甄家娘子要那娇杏做二房。封肃喜得屁滚尿流，巴不得去奉承，便在女儿面前一力撺掇成了，乘夜只用一乘小轿，便把娇杏送进过去了。贾雨村欢喜，自不必说，乃封百金赠封肃，外谢甄家娘子许多物事……贾雨村起初送给封肃的二两银子，算是见面礼；转天送到甄家的两封银子，即二百两银子，实际上是讨要娇杏的定金；而得到娇杏后乃封百金赠封肃，实际上买人的酬金。中国古代社会，普通消费使用铜钱，重要的交易使用银两，而办大事一定用金，这在《红楼梦》中描写得十分清楚。

铸花钱祈福纳祥

《红楼梦》第十八回中，贾妃归省庆元宵，在赏给贾母的物品中，有"紫金'笔锭如意'锞十锭，'吉庆有鱼'银锞十锭"。"笔锭如意"，图案为毛笔、银锭、如意，寓意为"必定如意"。"吉庆有鱼"，图案由磬、鱼组成，用谐音和象征手法表示"吉庆有余"。贾府辈分和地位最高的人物贾母所居荣国府荣庆堂，即取"荣华富贵，吉庆有余"之意。

祈福纳祥，是中国民族心理和民俗文化的核心内容之一，在中国钱币上也有鲜明的体现。试举一例，近些年，钱币收藏者颇为看重康熙通宝背福钱，其市场价格走势扶摇直上。福，指清代铸钱之宝福局。顺治六年（1649），清政府在福州设福建铸钱局，俗称"宝福局"，铸背满、汉文"福"字顺治通宝。康熙十九年（1680），为平定台湾，给攻台清军搭配军饷，福建巡抚奏请除在福建前线漳州设炉开铸"漳"字康熙通宝外，也在宝福局大量铸钱。康熙通宝背福钱有多种版别，一般根据满文"福"字的大小和形状分为四类，即大福、中福、小福和弯弓福。这些年人们喜爱康熙通宝背福钱，除了康熙时期铸钱比较精美的因素外，更与同一枚钱币上铸有满文、汉文两个"福"字有关。这一对"福"字，恰好满足了人们祈福纳祥的愿望。

祈福纳祥的寓意，更多地反映在历代所铸花钱上。花钱，由于不是流通钱，因此材质大都比较粗糙。旧俗认为它可以压伏邪魅，故亦称厌胜钱、压胜钱、押胜钱。它虽然具有钱币的形态，但不作流通使用，是钱币中的"非正用品"，多为民间的吉利品或避邪物。不是货币，而被铸成钱币的形状，中国花钱成为世界众多货币中极为独特的一族。

花钱起源于西汉，至清末民初仍有铸造。花钱最初主要是压邪攘灾和喜庆祈福两大类，后来范围越来越广，诸如开炉、镇库、馈赠、赏赐、祝福、辟灾、占卜、玩赏、戏作、配饰、生肖等，都铸厌胜钱。按不同的用途，大略可分为纪念、厌胜、凭信、上梁、供养、博弈、吉语、成语、戏作等品类。其中吉语钱比较普遍，以"长命富贵""福德长寿""加官进禄""天下太平"等吉语为内容，体现出中国传统文化强大的渗透力。

旧时，吉语花钱除了自己佩戴把玩，还具备礼品功能。从存世实物看，诸如祝寿、婚庆及"早生贵子""儿孙满堂"之类的吉语钱十分丰富。清代的花钱铸造已形成专门行当和市场，类似今天的首饰加工，无论是达官显贵还是平民百姓，都可以按照自己的喜好上门订购，店铺里也常常制作一些常用吉语文字或图案的花钱，以备出售。

纵观历朝历代所铸厌胜钱，各种书法和图案内容多体现当时的礼俗时尚，成为历代民俗民风的缩影，对考察各朝代的政治、经济、文化和社会生活具有很高的参考价值。因此，当今花钱收藏队伍中不仅包括钱币收藏者，而且也包括古代文化研究者，尤其是民俗研究者和民间美术研究者。

生肖花钱，成为近年花钱拍卖市场的热点。生肖花钱正面是十二动物生肖图案、名称，或配有十二地支文字。背面多为八卦、星官、吉语等相衬。有的一个生肖为一枚，十二枚为一套，有的十二生肖全铸于同一枚钱上。十二生肖钱，是古人对大自然与人类关系的一种理解，生肖钱戴在身上，保佑平安吉祥，反映了人们追求幸福美满的一种愿望，历代均有大量铸造。

在漫长的农耕历史上，人类用马、养马、爱马，产生了许多与马有关的文化现象。在中国花钱中，便铸有很多马的形象和与马相关的吉语。古代有一种很有名的打马格钱，是打马格游戏的玩具，亦为圆形方孔状，钱面上多铸有古代骏马图案及名称，如赤骥、渠黄、骅骝、绿耳、追电、追风战骑及"昭陵六骏"等，或铸有马主人之名，皆为古代名将，如赵将李牧、齐将田单、燕将乐毅、唐将尉迟等。打马格是宋元时期流行的一种具有博弈性质的游戏，起源于中国古代的打马球运动。明代黄一正《事物绀珠》记述："打马用铜或牙角为钱样，共五十四枚，上刻良马，布图四面以投子掷打之。"宋代著名女词人李清照在《打马图经》一书中称打马格游戏"实博弈之上流，乃闺中之雅戏"。

很多文人不仅收藏花钱，而且将自己特别喜爱的花钱拓下，制成信笺使用。龟、鹤长年生活于大海和高山，富有灵气和仙气，被视为世上长寿之物。古人把二者巧妙地结合起来，号称"龟鹤齐寿"，并将其铸成吉语大花钱，祈望像龟鹤一样健康长寿。最早的龟鹤齐寿钱被认定为宋钱，而且极有可能是北宋末年的宫廷用品，十分珍贵。现代作家周作人便藏有一枚宋代龟鹤齐寿大花钱。这枚钱"字作六朝楷体，甚有雅趣"，且"制作精好"，系 1915 年他在绍兴帮助其兄鲁迅搜集金石拓本和实物时购自地摊。周作人在 20 世纪二三十年代写的文章中屡屡提到它，显系心爱之物。鲁迅也很喜欢这枚钱，在其 1918 年的日记中，有他将龟鹤齐寿泉拓寄给金石目录学家徐以孙先生的记录。2013 年新年前后，孙玉蓉编注的《周作人俞平伯往来通信集》由上海译文出版社出版，小川利康、止庵所编《周作人致松枝茂夫手札》由广西师范大学出版社出版，从这两种书中配印的周作人用自藏的龟鹤齐寿钱拓制的信笺和信封看，鲁迅、周作人所喜爱和收藏的龟鹤齐寿钱，文字深峻，风格古朴，品位很高。在鲁迅、周作人的文化观念和民俗信仰中，皆有一种"寿"情结。周氏兄弟名字里都有一个"寿"字，鲁迅是樟寿，周作人是櫆寿，三弟建人是松寿，六岁早夭的四弟叫椿寿。龟鹤齐寿，古人也说"龟鹤遐寿"，周作人的名字来自《诗经·大雅·棫朴》中的"周王寿考，遐不作人"，他晚年著述便署名"周遐寿"。另一个值得注意的情况是，周氏兄弟的父亲周伯宜三十多岁就病逝了，他卧病时，只有十三四岁的鲁迅每天都要奔走于药铺与当铺之间，饱尝了生活的困顿艰辛。父亲的早逝，加剧了家道衰败，使鲁迅和周作人不同程度地感到了世态炎凉。所有这些，足以成为他们兄弟二人都对人的健康和寿命问题格外敏感、对龟鹤齐寿钱特别喜爱的原因。

民俗本身具有世代相传、较为稳定的特点，有些题材的花钱从宋、辽、金至清代民国时期都有铸造，铸期长达千年。因此，收藏界有"花钱不分新旧"之说，即宋代铸过一种花钱，如果清代再有人铸这种花钱，则不能认为后者是赝品。花钱的断代比较难，可通过材质、文字、纹饰、形制等因素进行综合分析，不必强求。

近些年，花钱市场价格整体上涨，明显高于行用钱。于是有人将一些品种的行用钱加以组合，推出"五帝钱"（清代顺治通宝、康熙通宝、雍正通宝、乾隆通宝、嘉庆通宝）、"钱到家"（清代乾隆通宝、道光通宝、嘉庆通宝），也可以视为一项吉祥创意，给现代生活增添一些中国传统文化符号。由于盛传"五帝钱"有"化煞作用"，"钱到家"又与"恭喜发财"同义，所以这些钱币组合也颇有销路。但是它们不能代替传统花钱，无法体现民俗花钱反映人们生活和精神状态的真实性。正是由于这一点，花钱在 21 世纪的当下依然让人感到亲切。

前述《红楼梦》第十八回贾妃赏给贾母的"紫金'笔锭如意'锞十锭，'吉庆有鱼'银锞十锭"，还有第七回平儿替凤姐送给秦钟两个"'状元及第'的小金锞子"，第五十三回压岁用的 220 个金锞"也有梅花式的，也有海棠式的，也有笔锭如意的，也有八宝联春的",等等,说明《红楼梦》作者所处时代及其描写的时代,带有吉祥文字和图案的金银锭数量很多、品种丰富,成为皇亲国戚和富贵人家赏赠钱币的主流。这些实物描写,具有很强的历史的真实性,是《红楼梦》对中国钱币民俗乃至中国民俗学的一个重要贡献。

附篇

西厢记妙词通戏语　牡丹亭艳曲警芳心
——《红楼梦》第二十三回赏析

《西厢记》和《牡丹亭》诞生以后，一直是封建社会青年男女反抗封建伦理道德迫害、追求个性解放和婚姻恋爱自由的精神食粮。《红楼梦》第二十三回"西厢记妙词通戏语　牡丹亭艳曲警芳心"是宝、黛爱情生活中最有意义的篇章之一。它通过两部古典名剧，沟通了男、女主人公的心渠，在一片愉快与忧愁、理想与怅惘之中展示了他们纯洁而自由、天真而高尚的情操，使人们对他们可贵的思想性格产生进一步的了解，从而认识到他们的爱情悲剧确实是一次美的毁灭。

这一情节的背景是：元妃省亲以后，大观园对外开放，宝玉以他特殊的身份，也随姊妹们一同住进。贾政特意把他找去训诫道："娘娘吩咐说，你日日在外游嬉，渐次疏懒了工课，如今叫禁管你和姐妹们在园里读书，你可好生用心学习；再不守分安常，你可仔细着！"宝玉哪管这些，只是任意而为，"每日只和姊妹丫环们一处，或读书，或写字，或弹琴下棋，作画吟诗，以至描鸾刺凤，斗草簪花，低吟悄唱，拆字猜枚，无所不至，倒也十分快意"。大观园不仅是景物之大观，而且是人物之大观，这里是黑暗王国中唯一一块比较光明的乐土，照理说宝玉应该满足了吧，然而，"谁想静中生动，忽一日，不自在起来，这也不好，那也不好，出来进去，只是发闷"。现实的一切快乐，都不能弥补他心灵的空虚。他理想中的大观园，还应该是自由精神的大观园。聪明的茗烟窥其心事，投其所好，买了许多小说、传奇给他看。宝玉一见，如得珍宝。故事就从宝玉偷看《西厢记》开始。

那日正当三月中浣，春暖时节，气候宜人。沁芳闸桥，桃花底下，景色宜人。宝玉展开了《西厢记》，从头细看。"正看到'落红成阵'，只见一阵风过，树上桃花吹下一大斗来，落得满身满书满地皆是花片。"情景交融，书心相感，一切都被美好的春光拥抱着。正值青春觉醒之际的宝玉，生命的活力在春光中萌发着。一贯怜红惜翠的宝玉，自然不忍践踏桃花，"只得兜了那花瓣儿，来至池边，抖在池内"，让流水把它们飘浮出沁芳闸。人的主观心境与大自然的客观环境真正浑然妙合了，人的精神也就从尘世之累中彻底地解脱了。

然而，再细心的男子也不如姑娘心细，黛玉毕竟是这出葬花戏的主角。她像一瓣桃花，飘飘而来。"肩上担着花锄，花锄上挂着纱囊，手内拿着花帚"，一个素美淡雅的潇湘妃子的形象亭亭玉立，脱颖而出。她比宝玉想得周到："撂在水里不好，你看这里的水干净，只一流出去，有人家的地方儿什么没有？仍旧把花糟蹋了。那畸角儿上我有一个花冢，如今把他扫了，装在这绢袋里，埋在那里，日久随土化了，岂不干净。"过分的生活洁癖，深刻地反映了她"孤高自许，目下无尘"性格的一个重要方面。

"葬花"本身已经写得很美，与下面宝、黛读书的情节相映衬，就更显出它美的价值所在。宝玉无意中将《西厢记》暴露在黛玉面前。黛玉非看不可，宝玉也兴奋地将她引为知音："妹妹，要论你，我是不怕的。你看了，好歹别告诉人。"进大观园之前，贾政还警告宝玉不要在"浓词艳诗上做工夫"，看《西厢记》更是大逆不道，可是宝玉对林妹妹非常信任，不忍心隐瞒着她。

对《西厢记》，宝玉倾心赞美："真是好文章！你要看了，连饭也不想吃呢！"前面并没有写宝玉是怎样认真地读《西厢记》的，但是人们从这两句感叹中，完全可以想象到他读书时如获至宝、爱不释手的神态。《西厢记》是封建社会青年男女心目中真正的《圣经》，连被视为典型的封建淑女薛宝钗也说自己曾"背着大人瞧《西厢》《元人百种》，大人知道，打的打，烧得烧，才丢开了"，更何况思想自由的宝、黛呢？

果然，"黛玉把花具放下，"接书来瞧，从头看去，越看越爱，不顿饭时，已看了好几出了。但觉词句警人，余香满口。一面看了，只管出神，心内还默默记诵"。葬花时冰清玉洁般的黛玉，原来胸中也有一团青春之火，只不过在没有遇到《西厢记》这颗火种之前，没有机会熊熊燃烧罢了。《西厢记》以它的真情叩开了这个美丽少女的心扉，使她感受到生活的温馨和明丽、人生的充实和满足。

此时的宝玉当然也不甘寂寞，他迫不及待地向黛玉谈了自己读书的心得："我就是个'多愁多病的身'，你就是那'倾国倾城的貌'。"爱情的宣言，就在这种半认真半开玩笑的口吻中发出了。黛玉从宝玉调皮而稚气的戏语中，一下子感受到他的真情。心有灵犀一点通，多少个日日夜夜，她一直盼着他说这句话，又恐怕他说出这句话。"黛玉听了，不觉带腮连耳的通红了，登时竖起两道似蹙非蹙的眉，瞪了一双似睁非睁的眼，桃腮带怒，薄面含嗔，指着宝玉道：'你这该死的，胡说了！好好儿的，把这些淫词艳曲弄了来，说这些混账话，欺负我。我告诉舅舅、舅母去！'——说到'欺负'二字，就把眼圈儿红了，转身就走。"这一瞬间的黛玉，腮红，耳红，眼红，脸红，恰恰是一朵盛开的人面桃花！这是由于少女纯洁的内心受到强烈刺激而产生的羞涩。羞涩之后紧接着是无限的感伤，感伤之中又夹杂着爱情的喜悦——这一切对她说来心理压力太大了，她实在坚持不住了。也许，她说去告状，是为了吓唬宝玉？那就只有她自己心里清楚了。还是宝玉会哄女孩子，把黛玉哄笑了："呸！原来也是个'银样蜡枪头'！"也是一句戏语，回报了宝玉对她的倾心的爱。他们在互相了解和思想一致的基础上得到了进一步的默契。两个人一起收拾落花，其乐也融融。这个大观园的春天，正是宝、黛爱情顺利发展的季节，所有情感的波澜，都归于爱的和谐。

宝玉走了，却把春天、春风、春花、春意留给了黛玉。让我们完整地观赏一下"牡丹亭艳曲警芳心"一段：

> 这里黛玉见宝玉去了，听见众姐妹也不在房中，自己闷闷的。正欲回房，刚走到梨香院墙角外，只听见墙内笛韵悠扬，歌声婉转，黛玉便知是那十二个女孩子演习戏文。虽未留心去听，偶然两句吹到耳朵内，明明白白一字不落道："原来是姹紫嫣红开遍，似这般，都付与断井颓垣……"黛玉听了，倒也十分感慨缠绵，便止步侧耳细听，又唱道是："良辰美景奈何天，赏心乐事谁家院……"听了这两句，不觉点头自叹，心下自思："原来戏上也有好文章，可惜世人只知看戏，未必能领略其中的趣味。"想毕，又后悔不该胡想，耽误了听曲子。再听时，恰唱到："只为你如花美眷，似水流年……"黛玉听了这两句，不觉心动神摇。又听道："你在幽闺自怜"等句，越发如醉如痴，站立不住，便一蹲身坐在一块山子石上，细嚼"如花美眷，似水流年"八个字的滋味。忽又想起前日见古人诗中，有"水流花谢两无情"之句；再有词中又有"流水落花春去也，天上人间"之句；又兼方才所见《西厢记》中"花落水流红，闲愁万种"之句：都一时想起来，凑聚在一处。仔细忖度，不觉心痛神驰，眼中落泪。

这里四次写黛玉听《牡丹亭》曲词，四次写她自己的心理活动。黑格尔说过："诗不会像绘画那样局限于某一一定的空间以及某一情节中的某一一定的时刻，这就使其有可能按照所写对象的内在深度以及时间上发展的广度把它表现出来。"这一段正是跳跃式地从时间流动和空间移动的广度上表现黛玉思想发展的内在深度。她四次听到的曲词恰恰都是《牡丹亭》中最动人的几句,这就使得她的四次心理活动能够巧妙地组合在一起,好像一段把四个精彩镜头连接在一起的影片。随着戏文的发展,心理的变化,时间在她的耳边默默地流动,空间在她的脚下悄悄地移动。而曲词、时间、空间都只不过是环境,为人物心境的发展烘托着、陪衬着、服务着。从"感慨缠绵""点头自叹""心动神摇"到"如醉如痴",其中蕴含着难以言述的丰富复杂的感情。再到有关"流水落花"的诗、词、曲、画一起涌入心头,产生强烈的共鸣,艺术通感唤起了立体的人生悲凉之感,"不觉心痛神驰,眼中落泪",则达到了中国古典小说心理描写的一个极致。

这一段并没有冗长繁琐地描写黛玉究竟在想什么,但是人们会从中体会出她的思想。林黛玉的处境远比杜丽娘自由,精神生活也比杜丽娘丰富。特别是丽娘与心上人柳梦梅只能梦中相会,而黛玉所钟情的宝玉则时时刻刻生活在自己身边。两人互相体贴,互相爱慕,耳鬓厮磨,两小无猜。但是,无情的封建势力对黛玉的迫害并不比丽娘少。宝玉是她唯一的生活寄托,可对她来说,宝玉又是那么遥远和渺茫,可望而不可及。黛玉的痛苦是无法名状的,再加上她多愁善感的性格,最终逃不出悲剧命运的结局。因此,每当人们读到宝、黛愉快幸福的爱情生活的篇章时,不免揪心、叹息。

"西厢记妙词通戏语,牡丹亭艳曲警芳心"的艺术处理是非常成功的,显示了作者独特的艺术匠心。前半部分是《西厢记》的天下,后半部分是《牡丹亭》的世界。前半部分是画境,桃花世界,色彩热烈,在喜悦的气氛中烘托男女主人公甜蜜的恋爱;后半部分是声境,曲词天下,音调清越,在淡雅的气氛中映衬黛玉孤独的愁思。前半部分是言境,以宝黛二人的对话为主体;后半部分是心境,以黛玉的内心活动为主体。前半部分的语言活泼、生动,后半部分的语言深沉、凄婉。以上先喜后悲、先合后离的种种安排都是为作品深刻的思想内容服务的。这样可以使人们不仅仅停留在对男女主人公爱情的欣赏上,而更重要的是认识到他们的快乐是在巨大的悲剧背景下暂时的、有限的快乐,从而同情他们的遭遇,理解他们的性格。两个部分不是简单的、机械的叠加,而是按照自觉的程序有机的组合,正如宗白华先生所说的:"艺术意境不是单层的平面的自然的再现,而是一个境界层深的创构。"

勇皓然巧续石头记

——曹温百回本《红楼梦》闲评

二百多年来,《红楼梦》在中国文化中占据着极为特殊的地位。在我四十多年的私人阅读史中,《红楼梦》同样占据着十分重要的地位。在我的书房中,至少有一整柜书籍都是与《红楼梦》有关的,其中包括《红楼梦》的各种版本,也包括《红楼梦》的各种续书,如《后红楼梦》《绮楼重梦》《续红楼梦》《红楼复梦》《补红楼梦》《增补红楼梦》《红楼梦补》《红楼圆梦》《红楼真梦》《红楼梦影》《红楼幻梦》等。2012年,经我选荐和编辑,温皓然创作的长篇小说《红楼梦续》在《天津日报》连载百日,受到读者和专家的普遍好评。做这件事本身,亦可说明我对《红楼梦》续书的关注和重视。今天,曹温百回本《红楼梦》走进了我的书房,丰富了我的红学世界,也促使我对《红楼梦》续书做一些新的思考。

北京大学一直重视《红楼梦》的教学与研究,北大学生热衷阅读和讨论《红楼梦》的风气也延续了数十年。20世纪80年代我在北大中文系读书时,在以吴组缃先生为首的《红楼梦》及中国小说史教师团队的教育和熏陶下,我也曾经痴爱《红楼梦》。当时北大学生社团众多,但我只加入了北大红学会,可见我对《红楼梦》情有独钟。同一宿舍的同学中,有好几位"红迷"。有一次在宿舍里讨论《红楼梦》续书问题时,何兰生、宋平等同学指出:曹雪芹以外的作者,不具备曹雪芹那样的的家世、经历、思想、性格和学养,怎么可能续好《红楼梦》?他们还认为,今人续"红楼",更加上一层时代的隔阂，所以必然愈发地续不好。何兰生不仅平时喜读《红楼梦》，而且看过不少与曹雪芹家深有渊源的贵族公子、著名词人纳兰性德家的史料。乾隆皇帝即认为，《红楼梦》写的是纳兰家事。至今我仍清楚地记得何兰生说了这样一句话："如果说谁有资格续'红楼'，那么凭俞平伯先生的出身、学问和文学水平，他还差不多。"然而，著名作家、红学家俞平伯先生不仅终生没有续过《红楼梦》，而且还写了《论续书的不可能》一文，其中明确说："从高鹗以下，百余年来，续《红楼梦》的人如此之多，但都是失败的。"因此，有很多年，包括20世纪80年代读了当代作家张之先生的《红楼梦新补》后，我都认为《红楼梦》是不可补和不宜补的。

直到近几年读了著名作家刘心武先生的《红楼梦》探佚续书，我对《红楼梦》续书问题逐渐产生了新的认识。小说《红楼梦》既然可以被改编成昆曲、京剧、越剧、舞剧、朝鲜歌舞剧、电影、电视剧、连环画等其他艺术形式，而且在有些艺术品种里被多次改编，被二度创作，那么，它为什么不能在小说范畴内被续完，并且出现多种续书呢？只有人评论影视剧改编得好不好，但没有人说不能改成影视剧。同理，续书的著作权永远属于续书者，续书续得再好也不等同于原著，因此，应该给续书者以再创作的理由与自由。

难能可贵的是，出版过多部长篇小说，发表过大量散文、诗歌的温皓然，在充分尊重已有红学研究成果，尽量贴近曹雪芹"原意""原笔"以及与清代历史语境基本契合的前提下，融合各类红楼续书模式之长，将《红楼梦》续出了时代意义和主体精神，并且形成了自己独特的文化品格，作者也被评论界称为"后现代古典主义文学流派的奠基人之一"。

品读温续《红楼》，不禁令人想起原著第五十二回"俏平儿情掩虾须镯　勇晴雯病补雀金裘"中晴雯补裘的故事。贾宝玉穿的一件雀金裘被烧了一个洞，急于补上，但是"不但能干织补匠人，就连裁缝绣匠并作女工的问了，都不认得这是什么，都不敢揽"，最后却由大观园内的丫环晴雯完成了，且是在病中硬挺着身子补的。晴雯用孔雀金线，"先将里子拆开，用茶杯口大的一个竹弓钉牢在背，再将破口四边用金刀刮的散松松的，然后再用针纫了两条，分出经纬，变如界线之法，先界出地子后，依本衣之纹来回织补……"这件事，反映了晴雯之勇——知难而上，敢于承接这样棘手的活计；也反映了晴雯之巧——充分展露非凡之技，将珍罕的雀金裘织补成如初一般光鲜亮丽，将困难复杂之事做得圆满完美。

温续《红楼》的字里行间，闪映着晴雯补裘的可贵精神。作者之勇，是温续《红楼》的原点；作者之巧，则成为温续《红楼》的亮点。

经典巨著《红楼梦》留给世人一个残缺的文本，同时也留给后人一个补续的空间。对于《红楼梦》的续书，可以用"狗尾续貂"来贬评，亦可用"晴雯补裘"来褒论。我觉得，在这两者之间，并没有一个绝对的界标，都是事在人为。艺术本来就是瞬间与永恒的结合——瞬间产生永恒，永恒包含瞬间。曹雪芹写《红楼梦》，以时代的瞬间，达到历史的永恒；后人续写《红楼梦》，如果能深悟历史的永恒，再现时代的瞬间，同样能成就精彩之作。

吴组缃先生讲《红楼梦》

2008年4月27日,我在我编的《天津日报·满庭芳》上,以头条位置刊发了我的大学同学、北大中文系教授孔庆东的文章《留得一千八百担——纪念吴组缃先生百年诞辰》。孔庆东这篇文章写于4月13日,此前一天,他参加了在北大举行的吴组缃先生诞辰百年纪念会。我上大学时,专业兴趣主要在中国古典文学上,因而比其他同学更关注和了解吴组缃先生。后来我在几篇文章中都写到过吴先生,引起很多北大校友的亲切回响。吴组缃先生百年诞辰之际,我刊发孔庆东这篇文章,实际也是借此表达我自己对吴先生的缅怀之情。

2007年夏天,我们北大中文系八三级同学回母校聚会,纪念大学毕业二十周年。座谈中,我再次提到吴组缃先生那句对我影响极大的名言:"中文系的学生不会写东西,就等于糖不甜。"重温此语,我实是有感而发的。我的潜台词是:以我们文学八三班的五十人来说,当初人人都是满怀着文学理想,以各省文科状元或高分考生的身份来到未名湖畔,经受中国最高学府的文学洗礼的;而今呢,虽然每个人都在各自领域里有所成就,但坚持写东西的却没有几人。这是文学的失宠,还是我们的骛俗?这是文学的尴尬,还是我们的悲哀?

吴组缃先生留给我印象最深的是他的卓然风骨。北大的很多老师都知道吴先生的脾气倔强,而且都说这与他和周恩来总理有特殊关系有关。新中国成立时,吴先生刚过不惑之年,以写农村和农民称誉文坛的他,完全可以继续他的小说创作,但是他却毅然转了舵,致力于中国古代小说的教学与研究,没有再从事文学创作。据说他做出这个改变自己人生的重要决定，就是接受了周恩来总理的建议。他的倔强，体现在口头上，就是无所顾忌。他给我们讲《红楼梦》时，提到一位学者的一个观点，他表示不同意，又谈到听说这位学者是当时一位高级领导人的儿子，紧接着便说："我管他是谁儿子！"话音刚落，就激起课堂一片掌声。

古代文学教研室的吕乃岩老师告诉我，吴先生一直就是这么耿直。在某段特殊年代，有人将小说《三国演义》中的人物与作者罗贯中所处元末明初时期的历史人物生拉硬扯，牵强附会，吴先生认为不能把这样的知识灌输给学生们，就在讨论时拍案而起，带头反对，说："我不同意朱元璋就是曹操！"吕乃岩老师见吴先生打了头炮，自己的胆子也壮了，马上说："那……元顺帝，他也不是个汉献帝呀！"我曾在宿舍里多次向同学们模仿吕老师说这话时的山东口音，阿忆同学总是跟我学，引得室友们哈哈大笑。

吴先生在文学界和学术界享有崇高地位，主要还是由于他的见识不凡。他善于将生活感受、创作经验和研究成果融合成自己独到的见解。大家都知道他批评过茅盾的小说，我也亲耳听他批评过姚雪垠的《李自成》，那真是不留情面，但却鞭辟入里，令人信服。

我们上学时，中文系的中年教师习惯上称吴组缃先生为"大吴先生"，而称吴小如先生为"小吴先生"。虽然当时吴小如先生已经从中文系调到中国中古史研究中心，但大家依然把他当作中文系的老先生，有重要的讲座和活动还是要请他出场唱主角。但无论是"大吴先生"还是"小吴先生"，都有一个全校公认的突出特点——课讲得好。因此，我能读懂吴小如先生那句话的弦外音：教授，首先要课讲得好。

孔庆东本人也在《百家讲坛》讲过金庸和鲁迅，是"百家讲坛"的著名"坛主"，他以亲身经历评价道："我还有幸听过吴组缃先生的讲座，那是他在北大最后的演讲，真是大师级的。《百家讲坛》里的诸位老师,只有周汝昌先生有那样的水平。不过吴组缃还是上不了《百家讲坛》的,就因为一条:普通话不达标也。"我认为孔庆东的话说得十分公道,因为吴组缃先生在北大最后的那次演讲,我是和孔庆东一起听的,而且我们是坐在大型阶梯教室头一排的正中间,我还当场回答了吴先生提出的有关《红楼梦》的三个问题。

大"杂家"启功先生

2005年6月30日,启功先生以93岁高龄辞世,新华社发布的消息称他为"国学大师、书画大师",并介绍了他的主要身份:中国人民政治协商会议全国委员会常务委员会委员、国家文物鉴定委员会主任委员、中央文史研究馆馆长、中国书法家协会名誉主席、北京师范大学教授、博士研究生导师。启功先生是一位博学多才的文化大师,是诸多学术和艺术领域的泰斗,而我最初的印象,他是一位"红学家"。

1979年《红楼梦学刊》创刊,正上初中的我很快就买到一本。那时社会上学术文化刊物很少,因此我非常珍爱这本杂志,翻来覆去地看,连该刊所有编委的姓名都背下来了:王利器、王朝闻、吴世昌、吴组缃、吴恩裕、周汝昌、周绍良、张毕来、顾颉刚、郭豫衡、蒋和森、端木蕻良……里面也有启功。后来我才知道,早在20世纪50年代,启功先生就笺注过程乙本,出版了新中国成立后第一个《红楼梦》注释本。

启功先生研究《红楼梦》,有其独特的优势。他学识渊博,是一位大杂家,正适合解析《红楼梦》这部大杂书。他是清代皇室后裔,为中华书局标点过《清史稿》,熟悉清代的历史和满族的文化,对《红楼梦》中涉及的风俗、礼仪、名物、制度以及人物的心态,有着更深层次的体会和理解。有一次与启功先生聊天,谈到黛玉不能嫁给宝玉的理由,他说这其实是一个简单的常识问题:不能"血亲还家",或叫"骨肉还家"。黛玉是宝玉姑姑家的女儿,姑姑的女儿嫁给舅舅的儿子就是"血亲还家"。我们的古人还是很科学的，虽然表兄妹可以通婚，但绝不能"血亲还家"，那样生出的孩子有缺陷，"其生不蕃"。这个常识一直在民间流传，农村老太太都懂，《红楼梦》自然不能例外。启先生解读《红楼梦》，发常人之未见，不神化古典名著，不拔高作者思想，最大程度地指出历史的真实和文学的真实，既具权威性，又有亲和力，令读者信服，从而正确欣赏这部小说时真时假、忽隐忽显的神奇笔法，进而感受到曹雪芹"将真事隐去""借假语村言"的苦心孤诣。

20世纪八九十年代，我曾多次采访启功先生，在天津印象较深的有两次：一次是80年代末，启功先生和国家文物局中国古代书画鉴定组其他专家来津，对天津市艺术博物馆的书画馆藏进行鉴定；另一次是1992年他80岁时，应天津市艺术博物馆馆长云希正先生之邀，在天津举办个人书画展。前不久，山东作家阿滢先生写了一篇介绍我的文章，先后在《中国新闻出版报》《文汇读书周报》等报刊发表，其中有这样一段："一次，启功去天津，罗文华与众多记者前去采访，有关部门为启功身体着想，规定采访时间为半个小时，启功因午睡晚出来了几分钟，一见面就作揖致歉……当谈到他的《自撰墓志铭》时，罗文华当场背诵下来，启功很兴奋，聊兴大发，无形中延长了采访时间……"此次采访，启功先生给了我好大面子，他是在天津新闻界抬举我，实际上形成了由我领衔提问的采访局面，日后天津各报刊出的通讯报道其实几乎就是我与启功先生的对话内容。如今回想起这件往事，启功先生那和蔼微笑的表情，他对年轻人、对新闻记者宽厚慈爱的态度，依然深深地感动着我。

启功先生鉴定书画作品，讲解鉴赏心得，我细心聆听过，领悟颇多，受益匪浅；我也曾多次看他写字，比较熟悉其书法特点。近些年，经常有朋友拿来各种各样的字画让我鉴定，其中署名启功的书法最多，每年我都能见到几十件，里面绝大多数是赝品，而且多半是低仿,放在京、津两市的地摊上一幅也就只能卖个二三十元。更可恶的是,有人竟然在仿冒古人的书画赝品上以启功的名义题字落款:"此系真迹无疑。"曾有一位大款朋友花六万元买了一幅文徵明书法赝品,邀我"同赏",我见那上面就有冒充启功的鉴定款识,便指出书作之伪,并告诉他这绝不是启功先生写的鉴定意见。这位朋友问我为什么这么有根,我直言相告:"张中行八十高龄才出山,发表文章不会欺世;启元白(启功先生字'元白')没儿没女没牵挂,鉴定字画无由骗人。"在启功先生身上,智慧与道德、才华与人格达到了完美的统一。

说到智慧和才华,启功先生也给世人留下了遗憾。他的学生、南开大学教授来新夏先生曾发出感叹:"为什么启功老师如海的学问,如山的高龄,竟没有一人能尽得其传?"对此,我亦有同感:前无古人,后无来者,必是大师;但我们更希望看到的,是"后有来者"的大师。

给周汝昌先生做编辑

"话到津城六百年,万艘曾聚一桥连。银河卧地星辉灿,虹影龙光第一篇。"2004年纪念天津建城六百周年时,我约周汝昌先生写了一组名为"六百春秋话天津"的文章,发在《天津日报·满庭芳》的"沽上丛话"专栏。此诗即出自这组文章的第一篇《虹影龙光天津桥》中。周汝昌先生是从天津走出去的红学大家,他一直热爱自己的家乡,几十年来发表了无数歌颂天津的诗文,深受三津七十二沽广大读者的敬重。

日月忽其不淹兮。一晃,我已经有十多年没见到周汝昌先生了。20世纪80年代到90年代初,我在京、津两地曾多次目睹周先生的风采,但也有一件令人遗憾的事。大约在1988年,一天下午,我完成采访任务回到报社,见办公桌上压着一张纸条,一看,是文艺部名编辑张仲老师昨天下午写给我的,告诉我今天他要陪周汝昌先生逛古文化街,让我一同参加。因昨天下午我出去采访没回报社,当时家里没装电话,更没有什么"呼机",仲老没有别的方式通知我,因此我就错过了一次与周汝昌先生"亲近"的机会。转天,我看到《天津日报》第二版刊出仲老亲自写的一篇通讯(凡署"本报记者张仲"的新闻稿,一定是很重要的),报道了周汝昌先生游览古文化街的实况,里面还提到街上由周先生以独特的瘦金体题写匾额的一座小公园"宫南别苑"(现在已经消失了)。我想,如果我参加了这次活动,仲老一定会让我来写这篇通讯的。

周汝昌先生的手迹,我也有幸见过不少。那时,文艺部老编辑张金池老师负责编发周先生的稿件,他极为认真,每次都先将周先生的原稿誊录一遍,看不清楚的地方随时与周先生查对核实,再将自己誊清的稿子发排,这样就减少了见报出错的几率。我与金池老一同编过"满庭芳",他对我非常关照,也经常拿周先生的原稿给我看,让我帮助辨识其中的一些字词。在我20多年的编辑生涯中,接触了大量像张中行、孙犁、周汝昌、吴小如这样大师级作者的原稿、手迹,一方面锻炼出一种能够自如地应对和处理名家稿件的信心和能力,一方面也从他们的原稿、手迹中直接感受和吸纳了丰富自己人生和修养的博大气息。这对于从事为人做嫁衣的编辑职业的人来说,也算是一大收益吧。

近10年来,周先生刊载在《天津日报》上的文章,多半是由我编发的。比起仲老、金池老来,我的条件优越多了,因为稿子已经由周先生的女儿兼助手周伦玲(有些书上也作"周伦苓")誊清,或者由周先生口述、伦玲大姐笔录完成,并通过电子邮件传来。我自幼就是个"红谜",上大学时就发表过两篇关于《红楼梦》的评论文章,十几年前寒斋集存的有关《红楼梦》的书籍就有整整一书柜,所以由我来编辑周汝昌先生的稿件,周先生和伦玲大姐非常满意,双方合作默契。这表现在:第一,近些年,经我约稿、编辑,刊发在"满庭芳"上的周先生文章有几十篇,包括几组系列文章。其间,周先生还将他新出版的《红楼小讲》(曾在"满庭芳"连载)等著作赐我,因他目力极低,书上他签名的字都是核桃般大小,而且是下面一个字半套着上面一个字。第二,伦玲大姐不仅给我传来大量周先生的文章,而且把她自己写的重头文章及时供我刊用,如2006年3月12日她在"满庭芳"头条发表的《帮父亲编书》一文,向世人介绍了周汝昌先生在米寿之年有八本红学书籍问世的盛况及过程,"为的是让读者了解一下成书的来龙去脉,了解一下父亲写作的艰辛",见报后很受读者关注。第三,周先生和伦玲大姐不仅自家长期供稿,还热心地为我推荐了一些优秀作者,如中华诗词学会副会长、著名学者周笃文先生,他在"满庭芳"发表的《诗家本色绝清奇——谈谈沈鹏先生的诗缘》一文,就很有分量,书法大家、原中国书法家协会主席沈鹏先生看到报纸后,还特意赐书给我,表示十分满意。

  周汝昌先生爱家乡,家乡人民也惦念着他。这些年,我分别从他的故乡津南咸水沽镇的朋友那里,从天津水西庄研究会、南市街红学会、实验中学那里,从名画家杜明岑先生、名中医张贵发先生那里,收到过周先生健康愉快的信息。2008 年 4 月 13 日,在周先生九十一华诞前夕,本报编辑和津南文友一起,专程进京为老人贺寿。这位编辑回来说,周先生耳目虽弱,但文思清晰,话语精当,精神矍铄,谈兴很好。我听了十分开心,又想到近年周先生在央视《百家讲坛》上的精彩演讲,觉得将"宝刀不老"这个词送给他,简直是再合适不过了。

津沽名镇走出的红学大师

——读周汝昌《曹雪芹小传》毛边本

1918年4月14日,后来成为享誉中外的红学大师的周汝昌先生,出生在位居七十二沽前列的津南名镇咸水沽。今年适逢周汝昌先生诞辰100周年,我和天津市红楼梦研究会其他骨干成员一起,积极筹备举办纪念活动。我有幸与中国红楼梦学会副会长、天津市红楼梦研究会会长赵建忠教授一起,接待了来津参加周汝昌学术研讨活动的著名红学家邓遂夫先生、来津参加著名画家彭连熙先生所绘《红楼梦群芳图》邮资明信片首发活动的电视连续剧《红楼梦》贾宝玉的饰演者欧阳奋强先生。但非常令人遗憾的是,天津市红楼梦研究会等单位联合主办的全国规模的纪念周汝昌先生诞辰100周年学术研讨会,却因会址所在单位内部突生变化,不得不延期了。

周汝昌先生出身于津南"养船"富户。那不是一般的富户,而是花园建楼祀魁星的人家,延续着虔诚的诗书传家的传统。周汝昌富有天资,加之勤奋,读高中时便开始发表文章。在燕京大学西语系读书期间,为了研究《红楼梦》,他写信给未曾见过面的大学者胡适,求借珍贵的甲戌本,胡适先生竟然托人带给了他。周汝昌的《曹雪芹生卒年之新推定》等文章在天津报纸发表,得到胡适的激赏,成就了一段奇缘佳话。靠着深厚的文化底蕴,周汝昌对《红楼梦》的独到解读,影响了几代学人的相关研究,也引导了几代读者的名著欣赏。因为下笔如有神,他特别擅长报章文体,这为他的学术打通了普及大众的捷径。用曾任《今晚报》副刊部主任的著名学者吴裕成先生的话说,周汝昌先生"为家乡天津两张大报写专栏,他的桑梓情怀、文史探讨,多有卓见;论及风土民俗,追本求真,往往以提升文化品位的阐述,令人耳目一新。"周汝昌从津沽名镇走出,终于成为红学巨匠、国学大师,成为代表天津走向全国乃至世界的一张文化名片,反过来又把自己大半生精心酿造的文化美酒奉献给家乡人民,他是天津人的骄傲,值得我们深情缅怀。

周汝昌先生晚年十几年间刊载在《天津日报》副刊上的大量文章,多半是由我编发的。后来他的文稿由其女儿兼助手周伦玲誊清,或者由周先生口述、伦玲大姐笔录完成。我自幼是个"红谜",上大学时就发表过两篇关于《红楼梦》的评论文章,二十年前寒斋集存的有关《红楼梦》的书籍就有整整一书柜,所以由我来编辑周汝昌先生的稿件,周先生和伦玲大姐非常满意,双方合作默契。

2017年5月20日上午,我逛天津古文化街文化小城,在地摊上淘得一册周汝昌著《曹雪芹小传》。此书系百花文艺出版社1980年4月第一版,1981年4月第二次印刷,没署责任编辑姓名,封面设计是陈新,毛边本。摊主刘明兄以经营旧票证为主,是老朋友,见我欲买此书,他坚持不收钱,我则坚持付钱,争执半天,最后他只象征性地收了一元。

《曹雪芹小传》书前有美国威斯康辛大学教授、著名红学家和历史学家周策纵(1916—2007)写的不算短的序,介绍了此书的渊源:"新春里才从墨西哥度寒假回来时,收到周汝昌先生自北京来信,说他最近已把旧著《曹雪芹》一书增删修订,改题作《曹雪芹小传》,即将出版,要我写一小序,以志墨缘。"自五四时期新红学发展以来,经过许多学者的努力,对《红楼梦》和它的作者、编者和批者的研究,已有很大进步。其间,周汝昌1948年起草、1953年出版的《红楼梦新证》成为一部划时代的最重要的红学著作。周汝昌挖掘史料之勤慎、论证史实之细密,都十分令人敬佩。曹雪芹的一生留下可考的资料实在太少了,所以对于《红楼梦》作者的研究也许是红学中最为艰难的,但红学又的确需要这样一本著作,这是周汝昌又一令人敬佩之处。正如赵建忠先生所评价的:在200多年来的红楼"寻梦"之旅中,能够为了一部作品及其作者耗费一生心血进行研究并卓有建树,可以说唯周汝昌一人而已。

《曹雪芹小传》早已是一本学术名著,后来百花文艺出版社又再版重印过,其他出版社也出版过,我甚至还见过日文译本。关键是我手里这册是毛边本,部分已裁。1981年出版的书,极少见毛边本,可见天津是改革开放后制造毛边书的先行城市。毛边本,除了作者自留外,只能送给亲近而且懂书的朋友。如此看来,在这本书的流传过程中一定还有一段好听的文人故事。

与宁宗一先生聊"亲自读书"

2013年岁尾,在天津师范大学举行了天津市红楼梦研究会成立、《红楼梦与津沽文化研究》创刊暨曹雪芹逝世250周年纪念大会,来自全国各地的著名学者纷纷发言,内容十分丰富。其中最有亮点的是南开大学教授、著名中国古典文学研究专家、天津市红楼梦研究会名誉会长宁宗一先生的发言,其主旨是"亲自读书,走进文本"。这不仅对今后的《红楼梦》研究具有推动作用,对更多的读者也会有启示作用。

宁宗一先生曾为《天津日报·满庭芳》撰文,提出要"大力提倡'亲自读书',不全靠电脑的检索去成文成书,努力把握曹雪芹至微至隐之文心"。有精明的记者在报道天津市红楼梦研究会成立大会的消息时,特意以宁宗一先生在会上的发言为重点,突出他提出的"亲自读书,走进文本"主题。一度被热谈的"死活读不下的作品"排行榜中,中国古典四大名著之一《红楼梦》居然高居榜首。对此,宁宗一先生认为,应该对《红楼梦》进行通俗而又有意味的解读,把普及与提高恰到好处地结合起来。他根据长期从事古典文学教学的经验,从三个层面开出自己的阅读"秘方"。他说,自己曾试着从"回到青春期""进入心灵世界""回归人性"这三个层面去解读这部文学巨著,获益匪浅。其一,《红楼梦》作者曹雪芹的言说方式首先是通过十几岁的"孩子们"的眼睛观察世界,以青少年的口吻对人生给出符合他们年龄段的思维方式、价值取向和审美标准;其二,《红楼梦》以心理描述形式剖析人物复杂的内心世界;其三,曹雪芹以宽厚的胸怀发掘隐蔽在人生苦难和生命缺憾背后的那份令人感动的温情。希望更多的学者能够像宁宗一先生这样，重视阅读经验的总结与传授，或许可以使那些"死活读不下"名著的朋友，逐步把握作品的精髓，从而能够真正"读下去"。

在天津市红楼梦研究会成立大会休会间隙，我陪宁宗一先生在天津师范大学校园里散步，继续聊着读书的话题。宁先生已是82岁高龄，却依然身体矫健、精神矍铄、思维敏捷、谈吐风趣。他生动的话语总能给年轻人以潜移默化的教益，在微有寒气的初冬季节，我感到如沐春风。

聊到"亲自读书"，宁先生说，这是北京大学教授陈平原先生提出来的，因为"亲自读书"现在已经成了一种奢侈，即使是职业的读书人，也未必都能做到"亲自读书"。我告诉宁先生，我也与陈平原先生聊过这方面的话题，陈先生特别忧虑于当前阅读的概论化、摘要化、简介化趋势，提出要警惕数码时代的"全文检索"对阅读体验的取代。陈先生认为亲自阅读虽然是一份苦差事，但只要带着问题读，带着趣味读，以较少的功利心态对待阅读，"读书还是一件好玩的事儿"。我对宁先生说，如果"亲自读书"被电子化、电脑化、手机化所取代，那么"人力"就逐渐会被"机力"所取代，实质是人被"机"弱化、矮化、贱化，最终导致人的无用化。

宁先生说，要"亲自读书"，就必须"走进文本"，"我是文本主义，主张小说文本，就是多做点审美和形象的研究，无聊的考据只会授人以柄。"他从衣袋里掏出一份文摘报给我看，上面有一篇介绍新书《李清照的红楼梦》的文章。我曾看到过关于《李清照的红楼梦》的报道，说作者在书中表达了一个"令人耳目一新"的公式：《红楼梦》=《风月宝鉴》+李清照，即《红楼梦》是曹雪芹在自己早年小说《风月宝鉴》的基础上，引进李清照的大量素材而完成的以林黛玉为主人公的文学作品。有人认为该书的观点是"21世纪'红学'

研究之重大文化发现"。而宁先生在谈到"走进文本""尊重文本"的时候特举此书为例,他的态度是不言而喻的。

我对宁先生谈了自己在读书、看稿中的一些感受,觉得在《红楼梦》研究、鲁迅研究等文学研究领域,文学专业出身的学者还比较重视文本,而有些学者则喜欢撰写和讲授作品以外的东西,可能因为他们认为那些东西对读者和学生更有吸引力。一名小学语文教师,仅仅凭着自己对作品本身的熟悉,就可以把课文给学生们讲明白,讲生动,因为他立足于文本;而一名大学教授、博导,虽然具备高深的理论水平,掌握最新的学术信息,但讲起课来却使学生们听得如坠五里雾中,因为他迷失了文本。

20世纪80年代我在北大上学时,著名中国古代小说研究专家侯忠义老师就多次向我介绍宁宗一先生的学术成果。20多年来,我多次在讲座和座谈会上聆听过宁先生的高见。宁先生也长期关心我的读书和写作,予以热情指导。宁先生曾将他的新著《心灵投影》赐我,我认真拜读,深感书中颇多创见,嘉惠学林。南开大学教授、著名历史学家来新夏先生在为该书所作序言中,一语道破宁先生治学奥妙:"宁先生之所以在学术上能老而不衰,稍加分析,即可知其得益于凡研究探索皆从原著切入,直奔心灵,并身体力行以求其效。"

似我辈年轻读书人,应该学习宁宗一先生,波澜不兴,潜心不变,矢志不移,读自己想读的书,做自己想做的学问。

后 记

感谢中国红楼梦学会副会长、天津市红楼梦研究会会长赵建忠教授,把拙著《红楼与中华名物谭》纳入他主编的"天津《红楼梦》与古典文学论丛"中。这本书的书名,即是赵教授给起的。他在为这本书所作序言中说:"《红楼与中华名物谭》一书,以屏风、如意、茶具、钱币这四种《红楼梦》中的重要名物为主题,充分挖掘和利用历史文献和实物资源,溯本求源,详征博引……不仅提示和解读了《红楼梦》中一些很有价值的文化问题,而且在更加广阔深厚的中华文化背景下证实了这些名物的重要意义和特殊作用。"对这本书的内容做了很好的概括。

作为中国封建社会的百科全书,《红楼梦》真是渊博精深。书中能够称为"名物"的,总有千种以上。那么,拙著为什么要以屏风、如意、茶具、钱币这四种名物为主题来写呢?

简单地说,第一,屏风、如意、茶具、钱币这四种名物在《红楼梦》中出现的频率较高,阅读者容易对其产生关注和兴趣;第二,这四种名物的出现基本贯串曹雪芹所著《红楼梦》的始终,并且理应为续书作者所考虑;第三,这四种名物都在《红楼梦》中的重要场合或特殊场合有过突出亮相,重要场合如元妃省亲、贾府过年等,特殊场合如栊翠庵品茶等。

结合《红楼梦》的文学价值和文本价值来说,屏风、如意、茶具、钱币这四种名物在标志人物身份、塑造人物性格、展示人物关系、推动情节发展等方面发挥过特殊作用,并且通过它们自身特征的展现,印证了《红楼梦》的写作年代。

从中华名物发展史来说,屏风、如意、茶具、钱币这四种名物在清代乾隆时期都达到了各自发展的鼎盛期,宫廷和皇帝本人极为重视。这个现象成为曹雪芹写作《红楼梦》的文化背景和素材来源。

出版过《物色：金瓶梅读"物"记》一书的扬之水女士认为，"《金瓶梅》最大的特色就是写实"，而"《红楼梦》区别于《金瓶梅》的地方，就在于《红楼梦》是虚虚实实，而非完全写实"。其实，虚虚实实，既是《红楼梦》研究的一大难点，也是红学的一大价值。《红楼梦》固然是一部小说，是文学作品，但是由于《红楼梦》作者与作品关系的复杂性、作品与历史关系的复杂性、作品版本的复杂性等因素，对于《红楼梦》中的"虚构"，又不能完全以现代文学理论中的"虚构"概念来对待。如果一遇到《红楼梦》中难以解读的事物就认为是作者虚构乃至瞎编的，这就跟面对金字塔的不解之谜就认为它们是上帝或外星人搬来的一样，是一种不负责任的态度。我们应该采取的是负责任的态度，这就需要我们对作品中那些难以解读的事物逐一考证，弄清虚实，并且推究出作者的写作动机。邓云乡先生《红楼风俗谭》一书中的《假古董》《真古董》两文，就此作出了有益的提示。

一部《红楼梦》，"字字看来皆是血，十年辛苦不寻常"，"满纸荒唐言，一把辛酸泪。都云作者痴，谁解其中味"。曹雪芹给读者、给后世留下了巨大而神秘的解读空间，红学家们只有通过字里行间孜孜矻矻地研究这门大学问，才能成为真正的"解味者"。

拙著不是对《红楼梦》中的屏风、如意、茶具、钱币进行名词解释，也不是单纯的名物考证文章，而是努力以名物为角度发现《红楼梦》中还有哪些有价值的文化问题，同时努力在更加广阔深厚的中华文化背景下证实这些名物的重要意义和特殊作用。只有对屏风进行全面的考察和分析，笔者才能发现：《红楼梦》虽然在很多地方写到屏风，但并没有写到挂屏，而在一些《红楼梦》影视作品中，室内布景却出现了挂屏。笔者认为，这种安排是符合《红楼梦》原著环境设计风格的，也是符合《红楼梦》写作时代即清代中期富贵家庭室内装饰风格的，从而提升了《红楼梦》的可视性。也只有对

后记

中国历代茶具进行全面的考察和分析，笔者才能发现：《红楼梦》写作时代，江苏宜兴制作的紫砂壶已经非常著名，清朝皇宫及北京、南京等地的贵族、富商、文人多有使用与收藏；然而，《红楼梦》写了这么多种茶具，却没有提到紫砂壶。与曹雪芹几乎同时代的吴敬梓，在另一部长篇小说名著《儒林外史》中便写到了紫砂壶。例如该书第四十一回："船舱中间放一张小方金漆桌子，桌上摆着宜兴砂壶，极细的成窑、宜窑的杯子，烹的上好的雨水毛尖茶。"这是对明清时期南京春天茶事的真实描写，不仅有紫砂壶，还有宜窑的杯子，即紫砂杯。曹雪芹出生在南京，并在南京生活过十几年，他熟悉南京，他的《红楼梦》内容有着浓重的南京背景，但却没有提到著名而常见的紫砂壶，是何原因，难道不值得研究吗？

当代多数名物专著的作者都是学者型的，即从古今文献图书中搜集有关名物的文字和图片，也到博物馆拍摄相关的藏品图片，实际上做的是"以图证史"或"以史证图"的工作。这种工作固然需要严密的考证与推理，但毕竟还仅仅属于从书本到书本、从案头到案头的工作，容易产生某些思维定势，得出比较简单或轻率的结论，甚至落入学术陷阱。几十年来，笔者在从古今文献图书中搜集有关名物的文字和图片、观赏博物馆藏品的同时，还长期钻进文物艺术品收藏市场进行考察，接触名物实物，了解名物的流传状态及收藏爱好者对它们的认知状态，得到大量第一手的资料。不仅如此，笔者还到名物的原料产地和制作场地，到著名收藏家的家里，了解它们的来龙去脉。更使笔者增加自信心的是，笔者自己也喜欢收藏名物，像茶具、钱币这样的收藏大项，笔者个人的藏品早已形成系统。因此，拙著不是就事论事，亦非一物一解，而是结合自己的收藏经验、鉴赏经验和研究经验，努力把名物讲清讲透。吴组缃先生经常讲，研究《红楼梦》要有"生活"；周汝昌先生也反复强调，研究《红楼梦》要"见闻多、阅历多"。前辈学者的谆谆教导，值得我们深入领会，努力践行。

拙著所收文稿，写作跨度长达 30 余年。如《西厢记妙词通戏语 牡丹亭艳曲警芳心——〈红楼梦〉第二十三回赏析》一文，是 20 世纪 80 年代中期笔者 20 岁时发表的。在这 30 多年中，笔者使用过《红楼梦》的多种版本。此次编辑成书，考虑到使用不同的版本并未对行文产生学术性质的影响，所以没有将全书的引文统一成原著的某一版本，只在涉及具体问题时标明诸本之异同。此外，书中多处写到名物的市场行情，皆是相对于当时而言，此次编辑成书亦未做变动，仅供读者参考。

在《红楼与中华名物谭》一书出版过程中，知识产权出版社编辑徐家春先生奉献很多智慧，责任编辑张冠玉女士付出很多辛劳，笔者深表感谢。赵建忠教授的研究生吕琼峰女士帮我录入书稿，认真校对，在此一并致谢。限于水平，书中定有舛误或不当之处，敬请大方之家有以教正。

罗文华

2019 年 3 月 8 日于天津镇东晴旭

看七十二沽往来帆影轩增 1 号

参考文献

［1］胡德生．中国古代家具［M］．上海：上海文化出版社，1992．

［2］胡德生．胡德生谈明清家具［M］．长春：吉林科学技术出版社，1998．

［3］章用秀．天然石画——大理石的鉴赏与收藏［M］．天津：百花文艺出版社，2003．

［4］章用秀．中国古今鉴藏大观［M］．青岛：青岛出版社，1994．

［5］章用秀．古玩典籍探秘［M］．天津：天津古籍出版社，1999．

［6］章用秀．鉴定家谈古玩鉴定［M］．北京：蓝天出版社，2002．

［7］章用秀．珍藏吉祥物［M］．天津：天津人民美术出版社，2004．

［8］毛宪民．皇宫祈福［M］．北京：文物出版社，2003．

［9］毛宪民．故宫片羽［M］．北京：文物出版社，2003．

［10］徐秀棠．中国紫砂［M］．上海：上海古籍出版社，1998．

［11］张浦生，王健华．宜兴紫砂鉴定与鉴赏［M］．南昌：江西美术出版社，2000．

［12］李英豪编著．紫砂茶壶［M］．沈阳：辽宁画报出版社，2000．

［13］高英姿选注．紫砂名陶典籍［M］．杭州：浙江摄影出版社，2000．

［14］胡小军，姚国坤．中国古代茶具［M］．上海：上海文化出版社，1998．

［15］商成勇，岳南．万世法门——法门寺地宫佛骨再世之谜［M］．北京：新世界出版社，1997．

［16］唐石父．中国古钱币［M］．上海：上海古籍出版社，2001．

［17］薛冰．钱神意蕴［M］．太原：书海出版社，2004．

［18］邓云乡．红楼识小录，太原：山西人民出版社，1984．

［19］邓云乡．红楼风俗谭［M］．北京：中华书局，1987．

［20］冯其庸，李希凡．红楼梦大辞典（增订本）［M］．北京：文化艺术出版社，2010．

［21］张德祥．中国古代屏风源流［J］．收藏家．1995（3）34－37．

［22］张德斌．小屏闲放画帘垂——谈《红楼梦》里的屏风［J］．红楼梦学刊，

2019（2）

[23] 陈克杰. 如意手中握 好运自然来［J］. 收藏界，2003（3）48－51.

[24] 邓昭辉. 如意拾遗［J］. 收藏界，2004（7）87－88.

[25] 李福敏. 故宫设《倦勤斋陈档》之一［J］. 故宫博物院院刊，2004（3）125－151.

[26] 董健丽. 清宫茶具及茶礼［J］. 文物世界，2004（2）51－20.

[27] 许树信. 贾妃赐钱辨析［J］. 红楼梦学刊，1980（3）238－240.

[28] 罗文华. 鉴藏屏风［M］. 天津：天津人民美术出版社，2006.

[29] 罗文华. 鉴藏如意［M］. 天津：天津人民美术出版社，2005.

[30] 罗文华. 紫砂茗壶最风流［M］. 北京：蓝天出版社，2003.

[31] 罗文华. 罗文华说紫砂壶［M］. 福州：海潮摄影艺术出版社，2004.

[32] 罗文华. 紫砂茗壶鉴赏［M］. 北京：蓝天出版社，2004.

[33] 罗文华. 趣谈中国茶具［M］. 天津：百花文艺出版社，2005.

[34] 罗文华. 紫气东来·罗文华说紫砂·鼎朴陶刻精品集［M］. 成都：四川美术出版社，2009.

[35] 罗文华. 紫砂致爱［M］. 成都：四川民族出版社，2010.

[36] 罗文华. 铁映十八式紫砂［M］. 成都：四川美术出版社，2011.

[37] 罗文华. 中国钱币的故事［M］. 济南：山东画报出版社，2017.

[38] 罗文华. 说洋钱：世界硬币鉴藏录［M］. 上海：上海远东出版社，2017.

[39] 罗文华. 收藏杂学［M］. 天津：天津人民美术出版社，2005.

[40] 罗文华. 装饰厅堂提升品位 屏风收藏日渐红火［N］. 天津日报，2005－08－28.

[41] 罗文华. 美化厅堂的挂屏［N］. 天津日报，2005－11－20.

[42] 罗文华. 画绘皆天生 造化诗无声 大理石屏收藏日渐红火［N］. 天津日报，2011－01－09.

[43] 罗文华. 屏风：挡不住的风情［N］. 海南日报》，2011－01－10.

[44] 罗文华. 说挂屏［N］. 天津日报，2011－12－10.

[45] 罗文华. 钟情传统吉祥物 如意收藏成热门［N］. 天津日报，2005－01－16.

[46] 罗文华. 祈福纳祥藏如意［N］. 海南日报》，2010－11－08.

[47] 罗文华. 亮亮咱天津的"民间国宝"——走近央视"寻宝——走进天津小站"[N]. 天津日报, 2012-09-15.

[48] 罗文华. 从大罗天到沈阳道——近百年天津古玩市场变迁（下）[N]. 天津日报, 2013-08-17.

[49] 罗文华. 江南江北爱紫砂 藏壶品茗成时尚[N]. 天津日报, 2000-10-02.

[50] 罗文华. 收藏紫砂看什么书[N]. 天津日报, 2000-11-20.

[51] 罗文华. 井栏壶与井文化[N]. 天津日报, 2002-04-27.

[52] 罗文华. 天津紫砂壶收藏的历史和特点[J]. 天津档案, 2002（7）47-48.

[53] 罗文华.《红楼梦》里的真假古董茶具[N]. 天津日报, 2003-03-22.

[54] 罗文华. 现代家居中的紫砂壶[N]. 天津日报, 2003-04-19.

[55] 罗文华. 天津人钟爱紫砂壶[N]. 天津日报, 2003-06-28.

[56] 罗文华. 尹长江：平生最爱紫砂壶[N]. 天津日报, 2004-6-6.

[57] 罗文华. 具有较高历史价值 近代纪念茶具走红[N]. 天津日报, 2004-10-17.

[58] 罗文华. 曼生壶与鼎朴壶[N]. 天津日报, 2007-10-21.

[59] 罗文华. 紫砂玩赏各风流[N]. 海南日报, 2010-04-19.

[60] 罗文华. 茶具与茶器[N]. 天津日报, 2010-05-30.

[61] 罗文华. 法门寺珍藏世界最早宫廷茶具[N]. 天津日报, 2010-07-25.

[62] 罗文华. 龙年再说"鱼化龙"[N]. 天津日报, 2012-02-11.

[63] 罗文华. 文房清供引人注目 名家茶器精彩纷呈[N]. 天津日报, 2013-09-14.

[64] 罗文华. 蒲松龄孔尚任妙用茶具[N]. 天津日报, 2013-12-07.

[65] 罗文华. 奥玄宝的茗壶图录[N]. 天津日报, 2014-10-08.

[66] 罗文华. 紫砂壶的"鉴"与"赏"（上）[N]. 天津日报, 2015-06-17.

[67] 罗文华. 劝业场观泉拓记[N]. 天津日报, 2013-01-05.

[68] 罗文华. 集币与读书[N]. 天津日报, 2013-06-22.

[69] 罗文华. 佳节得福记[N]. 天津日报, 2013-10-12.

[70] 罗文华. 钱上有马 马上有钱 [N]. 天津日报, 2014-03-29.

[71] 罗文华. 端午淘得乾隆通宝背安南 [N]. 天津日报, 2014-06-18.

[72] 罗文华. 鲁迅周作人与龟鹤齐寿钱 [N]. 今晚报, 2014-07-12.

[73] 罗文华. 崇祯通宝背满文钱的铸造者是谁 [N]. 天津日报, 2014-09-10.

[74] 罗文华. 泉缘 [N]. 天津日报, 2015-06-08.

[75] 罗文华.《梁范馆谈屑》记天津泉藏 [N]. 今晚报, 2016-11-28.

[76] 罗文华. 琉璃厂古玩鉴赏录往事 [N]. 太原晚报, 2018-06-08.

[77] 罗文华."中国钱币鉴藏"专栏（29篇）[J]. 新领军者, 2013（8）-（12）.